M. C. Poets
Stattmord

D1731676

EDITION
M

Das Buch

In der Hansestadt wird der skrupellose Immobilieninvestor Sven Scholz mit einer Axt angegriffen. Als Lina Svenson und Max Berg von der Hamburger Mordkommission die Mieter des Mannes befragen, finden sie eine Leiche. Hat sich der Immobilieninvestor für den Überfall auf ihn gerächt? Oder wollte er nur einen aufmüpfigen Mieter endgültig aus dem Haus haben, und seine zwielichtigen Hausmeister haben etwas über die Stränge geschlagen? Die Ermittler tappen im Dunklen. Doch dann wird ein weiterer Mann mit einer Axt überfallen.

Die Autorin

M. C. Poets, Jahrgang 1966, lebt in Norddeutschland auf dem Land. Sie übersetzte mehr als vierzig Bücher aus dem Englischen ins Deutsche. Seit 2013 veröffentlicht sie eigene Titel, teils als Selfpublisherin, teils in Verlagen. Ihr Thriller »Berechnung« wurde ein Bestseller und gehörte 2014 zu den zehn am häufigsten heruntergeladenen E-Books bei amazon.de.

»Mordswald« wurde von Edition M veröffentlicht. »Stattmord« ist der zweite Krimi mit dem eigenwilligen Ermittlerduo Lina Svenson und Max Berg.

M.C. POETS

STATT MORD

KRIMI

Deutsche Erstveröffentlichung bei
Edition M, Amazon Media EU S.à r.l.
5 Rue Plaetis, L-2338 Luxembourg
August 2017
Copyright © der deutschsprachigen Ausgabe 2017
By M.C. Poets
All rights reserved.

Umschlaggestaltung: bürosüd[0] München, www.buerosued.de
Umschlagmotiv: © Lluís Real / Getty; © tanatat / Shutterstock
1. Lektorat: Karla Schmidt
2. Lektorat: Cathérine Fischer
Korrektorat: Manuela Tiller/DRSVS
Printed in Germany
By Amazon Distribution GmbH
Amazonstraße 1
04347 Leipzig, Germany

ISBN: 978-1-542-04607-7

www.edition-m-verlag-de

Für Regina

PROLOG

Es ist ruhig. Die Blätter der Bäume rauschen leise im Wind, eine milde Süße liegt in der Luft: Die Linden blühen.

Aufatmen. Kraft schöpfen. Jetzt, in der Nacht, ist die Luft klarer und frischer. Statt der stinkenden Abgase nehme ich die feinen Düfte der mich umgebenden Bäume auf. Die Kastanien leiden unter der Trockenheit, der kleine Mandelbaum hinter dem Zaun ist heute gewässert worden und sprüht nur so vor Energie. Die Birke, deren Wurzeln mit meinen eigenen verwoben sind, nimmt sich, rabiat wie immer, den größten Anteil vom Wasser und den Nährstoffen. Doch noch bekomme ich selbst genug, mehr als ich benötige, und habe keinen Grund, mich zu beklagen.

Ich bin glücklich. Ich lebe, ich gedeihe und wachse. Die anderen Bäume in meiner Nachbarschaft sind gutmütige Gesellen, selbst die Birke, die nichts dafürkann, dass sie mehr braucht als die anderen. Die Pilze, die mit ihren winzigen Sporen danach trachten, uns zu vernichten, haben bei mir keine Chance, denn ich bin stark und kräftig.

Ich weiß um meine besondere Stellung unter den Bäumen; keiner sonst hat so viel Platz um sich herum. Meine Krone kann sich in alle Richtungen ausbreiten und muss nicht mit den Nachbarn um einen Platz an der Sonne buhlen. Wenn ich Augen hätte, würde ich den Blick über den kleinen Wald vor mir schweifen lassen, in dem sich die Bäume drängen und aneinander reiben. Ich dagegen stehe allein, dem Wind und den Stürmen trotzend. Unter mir gedeiht kaum etwas, außer Rasen und einigen Wildkräutern, und sobald ein kleiner Baum unter mir zu wachsen versucht, wird er fortgenommen, damit ich nicht gestört werde.

Ich bin die Königin.

Voller Mitleid denke ich an den kleinen Mandelbaum. Er ist erst vor wenigen Wochen gepflanzt worden, noch hat er alle Energie eines Jungbaums, doch ich weiß, dass er schon bald begreifen wird, dass sein Los alles andere als glücklich ist. Er steht in meinem Schatten, die Sonne, die er braucht, die er mehr braucht als die meisten seiner neuen Nachbarn, wird ihm fehlen. Er wird an Kraft einbüßen, klein und anfällig bleiben. Er wird jung sterben, so wie schon seine Vorgänger, an derselben Stelle gepflanzt, immer und immer wieder. Wie sie wird er rasch müde werden und kränkeln. Bis eines Tages das Geräusch der Kettensäge die Luft durchschneiden wird und alle Bäume, ob alt, ob jung, in lautloser Panik ihre Angst ausdünsten werden, feine Stoffe, mit denen wir uns austauschen über unsere Feinde und Freunde und das Leben und den Tod.

Noch weiß der kleine Mandelbaum nichts davon, noch genießt er das Leben, wie die jungen Gezähmten es tun, sobald sie sich nach ihrer letzten Verpflanzung anschicken, ihre neue Umgebung zu erobern. Ich mag den kleinen Kerl, wie er sich so frisch und selbstbewusst nicht weit von mir emporreckt. Ein liebenswerter Geselle, schön anzuschauen, im Frühjahr ein bunter Farbtupfer im Grau des sich dem Ende entgegenneigenden Winters.

Schritte im Gras. Über mein weitverzweigtes Wurzelgeflecht nehme ich die Erschütterungen des Bodens wahr. Ein Mensch nähert sich. Im Laufe der Jahrzehnte habe ich gelernt zu unterscheiden: einen Menschen von einem Reh, einen Hund von einer Katze, Maus, Igel, Marder …

Ich weiß, dass die Menschen mich mögen. Wenn jemand sich an meinen Stamm lehnt, spüre ich, wie sich der Körper entspannt und der Atem ruhiger wird. Ich spüre das Glucksen und Kollern, wenn Kinder in meinem Geäst turnen und dabei das tun, was die Menschen »lachen« nennen. Ich spüre die kaum wahrnehmbaren Erschütterungen, wenn jemand sich unter den Schutz meiner Krone zurückzieht und leise weint, bis der Schmerz nachlässt. Gerade im Sommer kommen oft Menschen zu mir, auch des Nachts wie jetzt, allein oder zu zweit, und diese stillen Momente liebe ich besonders. Manchmal rieche ich das Glück der Menschen, das meinem eigenen gar nicht so unähnlich ist: Leben und spüren, dass man lebt.

Die Schritte kommen näher. Schwere Schritte, die anders im Boden schwingen als die, die sich mir sonst um diese Zeit nähern. Zielstrebig, entschlossen, angespannt. Der Mensch bleibt stehen. Geht weiter. Zögert erneut.

Er berührt meinen Stamm. Umkreist mich einmal.

Ich spüre sein inneres Kochen, ein leichtes Vibrieren im Boden, ein Sirren, das sich über meine Wurzeln mitteilt.

Stille.

Und dann der Schmerz. Ein heftiger, nie zuvor erlebter Schmerz, als abrupt ein großes Stück meiner Rinde fortgerissen wird. Gleich darauf folgt ein zweiter Hieb, der harte Stahl dringt in meinen Stamm ein. Ein dritter Hieb, ein vierter, ein fünfter. Stück für Stück arbeitet sich der Mensch um meinen Stamm herum, schlägt immer wieder zu und raubt mir die Borke und damit die Lebensadern, über die die lebensnotwendigen Nährstoffe transportiert werden. Nicht lange, und in einem breiten

Streifen um meinen Stamm fehlt die Rinde. Es folgen weitere Hiebe an verschiedenen Stellen, die sich tief in mein Holz hineinbohren.

Ich kann nicht schreien, ich kann nicht davonlaufen, ich kann mich nicht wehren. Hilflos muss ich es geschehen lassen, bin dem Hass und der Wut ohnmächtig ausgeliefert. Ich sondere Duftstoffe ab, die den anderen Bäumen in meiner Nähe signalisieren, was mir geschieht, und allmählich verbreitet sich die Nachricht unter den Bewohnern des kleinen Wäldchens. Die anderen Bäume werden unruhig, mit der Nachtruhe ist es vorbei. Jeder spürt angestrengt in seine Wurzeln hinein, ob sich der Feind, der Mensch, auch ihm nähert, ob ihm das gleiche Schicksal droht wie mir, der Ulme oben auf der Wiese.

Aber nein, ich bin die Einzige, auf die der Mensch in seiner maßlosen Zerstörungswut einhackt. Bis er endlich schweißnass innehält. Ich spüre seine Erschöpfung, den rasenden Puls, der sich wie sehr leichte Stöße von seinen Fußsohlen in den Boden überträgt. Er tritt ein letztes Mal gegen meinen Stamm, dann verschwindet er in der Dunkelheit.

Die Erregung der anderen Bäume legt sich, als sie spüren, dass der Mensch sich über die Wiese entfernt, am Mandelbaum vorbei, und schließlich dorthin verschwindet, wo die Baumwurzeln nicht hinreichen: in die Welt der Menschen.

Stille.

Und Schmerz. Ein gleichbleibender, pulsierender Schmerz, während ich versuche, die Wunde zu verschließen, wohl wissend, dass es vergeblich ist: Die Verletzung ist zu gewaltig. Ich spüre den Nachtwind an meinen zerstörten Lebensadern entlangstreifen, doch er hat nichts Tröstliches mehr an sich. Jetzt bringt er den Tod zu mir: winzige Pilzsporen, die bereits anfangen, mein schutzloses Holz zu besiedeln, die sich in mir ausbreiten werden. Anders als die Pilze im Boden, mit denen wir über unsere Wurzeln eng verbunden sind und mit denen wir Nahrung und Informationen austauschen, sind diese Parasiten die ärgsten Feinde der Bäume. Doch ich werde nicht durch seinen Befall sterben. Lange vorher werde ich verdursten, weil das Wasser, das meine Wurzeln aus dem Erdreich saugen, nicht mehr nach oben transportiert werden kann. Ich werde verhungern, weil die Nährstoffe, die ich in den Blättern produziere, nicht mehr zu den Wurzeln gelangen können.

Meine Trauer und meine Angst sind grenzenlos. Seit mehr als zweihundert Jahren stehe ich an diesem Platz. Ich habe Generationen von Menschen, Tieren und Pflanzen kommen und gehen sehen. Ich war ein großer, starker Baum, gesund und kräftig, und ich hätte ohne Weiteres noch weitere zweihundert Jahre leben können.

Doch jetzt bin ich nicht mehr als ein zum Tode verurteilter Krüppel. Niemand kann mir helfen, meine Tage sind gezählt. Kaum merklich senken sich meine starken Äste bereits zu Boden, matt und mutlos. An der klaffenden Wunde sammelt sich Harz, durchsichtig und zäh, in dicken Tropfen, erstarrten Tränen gleich.

1

Es gab Tage, da hasste Lina ihren Job. Heute zum Beispiel. Sie brauchte Sven Scholz nur ins Gesicht zu blicken, um zu wissen, dass dieser Mann ihr den Tag versauen würde. Es gab einfach Menschen, die konnte man von der ersten Sekunde an nicht ausstehen. Dabei hätte der Mann eher ihr Mitgefühl verdient; immerhin lag er im Krankenhaus in Altona, weil ihm jemand am Abend zuvor mit einer Axt das linke Bein fast abgetrennt hatte, und das direkt vor der eigenen Haustür. Nur der Tatsache, dass er in einer belebten Gegend wohnte und schnell gefunden wurde, hatte er es zu verdanken, dass er jetzt im Krankenhaus und nicht in der Leichenhalle lag.

Dafür, dass er dem Tod nur knapp entronnen war, ging es Scholz erstaunlich gut, als Lina mit ihrem Kollegen Max Berg nach einem höflichen Klopfen das Krankenzimmer betrat. Vom riesigen Fenster aus hatte man einen fantastischen Blick über die Elbe, wie alle Krankenzimmer auf dieser Privatstation. Auf Sven Scholz' Nachttisch standen ein gigantischer Blumenstrauß und eine Schale mit frischem Obst. Eine junge Frau, die seine Tochter sein könnte, ihn aber so anschmachtete, wie Töchter es bei ihren Vätern selten tun, schreckte auf, als Max sich räusperte.

»Guten Morgen, Herr Scholz. Ich bin Max Berg von der Mordkommission Hamburg.« Er zeigte seinen Ausweis vor und deutete auf Lina. »Dies ist meine Kollegin Lina Svenson.«

Alles andere als sanft schob der Mann die junge Frau beiseite, und sie zog einen Schmollmund. Scholz trug einen schwarzen Seidenpyjama, war frisch rasiert und hatte eine leichte Schramme an der Schläfe. In seinem linken Arm steckte eine Braunüle, durch die eine farblose Flüssigkeit in seinen Körper lief. Er war blass und wirkte noch etwas benommen, doch sein Blick wurde klarer, als er das Rückenteil seines Bettes nach oben fuhr. Er hatte eine tiefe Wunde am Oberschenkel, und die Blutung war so stark gewesen, dass er hätte verbluten können. Noch in der Nacht war er operiert worden.

»Püppi, jetzt mach dich mal vom Acker. Komm heute Nachmittag wieder, und besorg mir was Vernünftiges zu essen, hörst du? Geh zu Maurice und sag ihm, er soll dir was Leckeres einpacken.«

Püppi nickte brav, hauchte ihm ein Küsschen zu und tippelte zur Tür, wobei ihr Po hin- und herschwang wie die Schwanzflosse eines Delfins. Scholz starrte den prallen Rundungen hinterher, bis die Tür hinter Püppi ins Schloss fiel. Er seufzte vernehmlich.

»Ein süßes Ding, aber man muss ihr alles ganz genau erklären. Wahrscheinlich bringt sie mir was vom Süllberg mit.« Scholz' Stimme klang noch ein wenig verwaschen, wohl die Nachwirkungen der Narkose. »Egal, das ist auf jeden Fall besser als dieser Fraß hier.«

Endlich blickte er auf und musterte erst Max, dann Lina, wobei sein Blick auffallend lange in Höhe ihrer Brüste verharrte. Er schien zu dem Schluss zu kommen, dass Lina ihn nicht interessierte, weder als Frau noch als Polizistin, und wandte sich an Max.

»Haben Sie den Kerl schon erwischt?«

»Nein, tut mir leid. Wir haben gerade erst mit den Ermittlungen begonnen.«

Der Mann im Krankenbett starrte Max ungläubig an, dann verzog er das Gesicht, als könne er nicht fassen, wie nachlässig die Polizei arbeitete. Lina kannte diese Reaktion – viele Opfer von Gewaltverbrechen hatten das Gefühl, die Polizei würde sich nicht genügend anstrengen, denjenigen zu fassen, der ihnen *das* angetan hatte. Aber meistens ging es einfach nicht so schnell, wie die Menschen sich das vorstellten und wünschten.

»Herr Scholz, bitte erzählen Sie uns möglichst genau, was gestern Abend vorgefallen ist.«

»Tja. Ich bin abends nach Hause gekommen. Ich habe schon den Schlüssel in der Hand, da springt mich einer von hinten an und hackt mit einer Axt auf mich ein. Ich gehe zu Boden, der Mistkerl verschwindet, und ich werde ohnmächtig. Das war's.« Er sah Max streng an. »Der Rest ist Ihr Job.«

Max ging nicht auf die letzte Bemerkung ein. »Sie haben den Angreifer also nicht erkannt?«

»Wie denn?« Es klang wie: *So eine dämliche Frage.* »Es war stockdunkel, es hat geregnet, und der Kerl kam von hinten.«

»Woher wissen Sie dann, dass es eine Axt war?«

»Hat der Doc gesagt. Typische Axtwunde, meint er.«

Max nickte. »War der Angreifer größer oder eher kleiner als Sie?«

Scholz schloss kurz die Augen. »Etwa gleich groß.«

»Und Sie sind wie groß?«, fragte Lina.

Scholz musterte sie und grinste schließlich auf eine ziemlich schmierige Art. »Eins sechsundachtzig, Schätzchen.«

Lina spürte, wie sich alles in ihr verkrampfte. Vom ersten Moment an war klar gewesen, dass dieser Mann nicht zu den Menschen gehörte, mit denen sie gern mal einen Kaffee trinken würde, doch jetzt hatte er bei ihr endgültig verschissen. »Um wie viel Uhr sind Sie nach Hause gekommen?«, fragte sie scharf.

»Gegen eins, Schätzchen. Ich kam gerade von Püppi.«

Lina zückte ihren Notizblock. »Zweimal Schätzchen«, murmelte sie beim Schreiben, dann hob sie den Kopf und sah Scholz an. »Beamtenbeleidigung. Das wird teuer.«

Scholz' Grinsen verschwand, und er wandte sich an Max. »Ist die immer so zugeknöpft? Hat die keinen Kerl?«

»Passen Sie lieber auf, was Sie sagen, Herr Scholz«, erwiderte Max, höflich wie immer. Doch Lina hörte diesen frostigen Unterton heraus, den er sich nur in sehr seltenen Fällen gestattete. Einen Moment lang war es still im Zimmer. Max sah den Mann im Krankenbett einfach nur ruhig an, und nach wenigen Sekunden wurde dieser tatsächlich rot und rutschte unbehaglich im Bett hin und her. Prompt schien seine Wunde zu schmerzen, und Lina gönnte es ihm von Herzen.

»Was machen Sie beruflich, Herr Scholz?«, fragte Max.

»Ich bin Investor und sorge dafür, dass hier in der Stadt ein paar vernünftige Immobilien entstehen.«

Lina runzelte die Stirn. Es gab in der Stadt einen Investor namens Scholz, der in allen Punkten dem Klischee eines Immobilienhais entsprach. Er kaufte alte Mietshäuser, warf die Bewohner mit teils rabiaten Methoden aus ihren Wohnungen, sanierte das Haus und verkaufte die neu geschaffenen Eigentumswohnungen mit hohem Gewinn weiter. Oder er ließ das Haus abreißen, baute neu und verkaufte mit noch höherem Gewinn.

»Haben Sie einen Verdacht, wer Sie gestern Abend überfallen haben könnte?«, fragte Max.

Nachdenklich, mit leicht verächtlichem Blick, sah Scholz von Max zu Lina und wieder zurück. »Sicher. Gehen Sie in mein Büro und lassen Sie sich von meiner Sekretärin eine Liste geben.« Er verdrehte die Augen. »So ziemlich jeder, den ich irgendwann mal aus seiner Bruchbude rausgescheucht habe, könnte es gewesen sein.« Er wandte sich direkt an Lina. »Sie wissen doch garantiert, wen ich meine, oder? Dieses Gesocks aus den Schrottimmobilien. Ich würde denen sogar den Umzug bezahlen, aber die weigern sich, ihren geliebten Slum zu verlassen.« Er sah ihr in die Augen, und sie musste sich zusammenreißen, um ihm sein selbstgefälliges Grinsen nicht aus dem Gesicht zu prügeln. Dabei hatte er, sachlich betrachtet, gar nicht mal so unrecht. Die meisten Leute, die Lina kannte, lebten genau wie sie selbst in Altbauwohnungen in Vierteln wie Ottensen oder Eimsbüttel, in Häusern, nach denen sich Investoren wie dieser Scholz die Finger leckten. Eine Freundin war letztes Jahr aus ihrer Wohnung vertrieben worden, ein guter Bekannter erzählte jedes Mal von dem Dauerstress mit dem neuen Besitzer, der wie Sven Scholz aus einem urigen Altbau mit billigem Wohnraum ein kaputtsaniertes Allerweltshaus ohne Charme, aber mit Marmorbad machen wollte. Lina wusste also genau, was und wen Sven Scholz mit dem Gesocks meinte – Leute wie sie.

Max schob sich ein winziges Stück zwischen Lina und den Mann. Er kannte sie gut und wusste genau, wie es in ihr aussah.

»Fällt Ihnen sonst noch jemand ein?« Lina gab sich keinerlei Mühe, ihren ätzenden Ton abzumildern. »Geschäftspartner vielleicht, die mit einem Vertragsabschluss nicht zufrieden waren? Jemand aus dem Bekanntenkreis, der Ihnen Ihren Erfolg neidet?«

Sven Scholz bedachte sie mit einem spöttischen Blick, doch dann schloss er tatsächlich kurz die Augen, um nachzudenken. »Tut mir leid«, sagte er schließlich. »Ich weiß nicht, worauf Sie hinauswollen. Ich pflege meine Geschäftspartner nicht über den Tisch zu ziehen, wie Sie so freundlich andeuteten, und meine Bekannten haben keinen Grund, neidisch zu sein. Privat habe ich nur mit Menschen zu tun, die ähnlich erfolgreich sind wie ich. Für Jammerlappen ist mir meine Zeit zu schade.«

Lina öffnete den Mund, um darauf etwas zu erwidern, doch Max kam ihr zuvor.

»Nun, Herr Scholz, vielen Dank für Ihre Hilfe«, sagte er, beherrscht wie eh und je. »Bei der großen Anzahl der Verdächtigen wird es möglicherweise eine Weile dauern, bis wir den Täter gefunden haben.«

Lina staunte. Für Max' Verhältnisse kam seine Äußerung in diesem kühlen Ton schon fast einer Beleidigung gleich. Übersetzt in Lina-Sprech lautete der Satz in etwa: *Und für so ein Arschloch wie Sie soll ich mir die Mühe machen und irgendein armes Schwein aufspüren, das Sie aus seiner Wohnung vertrieben haben? Vergessen Sie's!*

Ein deutliches Zeichen, dass Sven Scholz auch Max alles andere als sympathisch war.

Scholz stutzte einen Moment. Trotz seiner leichten Benommenheit nach der Narkose schien ihm Max' kühler Ton nicht entgangen zu sein. »Finden Sie den Kerl lieber ganz schnell, sonst muss ich mich selbst darum kümmern.«

Max sagte nichts, sondern sah den Mann nur an. Zum zweiten Mal binnen weniger Minuten errötete Sven Scholz.

»Wow, du bist ja regelrecht ausfallend geworden«, sagte Lina grinsend, als sie durch den Regenschauer über den großen Besucherparkplatz am Krankenhaus zu ihrem Auto liefen. »So kenne ich dich ja gar nicht.«

Max schwieg und warf die Tüte mit Sven Scholz' Kleidung, die von der Kriminaltechnik untersucht werden musste, auf den Rücksitz. Wie meistens, wenn sie zusammen unterwegs waren, fuhr er, was vor allem an Linas Bequemlichkeit lag. Sie war gerade mal einen Meter vierundfünfzig groß und hatte keine Lust, jedes Mal, wenn sie sich ans Steuer setzte, erst das halbe Auto umbauen zu müssen – Sitz nach vorn, Sitz höher, Lenkrad kippen, Spiegel einstellen. Statt den Zündschlüssel umzudrehen, blickte Max nachdenklich hinaus auf den Parkplatz. Lina fragte sich, ob er womöglich ein schlechtes Gewissen hatte, weil er dem Opfer und Zeugen nicht seine übliche Freundlichkeit gezeigt hatte. Max war Buddhist, Zen-Buddhist, um genauer zu sein, und Lina wusste, dass es für ihn eine Art Gebot war, allen Menschen – und auch allen anderen Lebewesen, selbst Mücken und Ratten – Liebe und Mitgefühl entgegenzubringen. Und in der Tat schaffte Max es in der Regel, jedem mit der gleichen Liebenswürdigkeit zu begegnen, selbst Verdächtigen, denen die übelsten Straftaten zur Last gelegt wurden. Lina wäre froh, wenn sie in einer Woche nur halb so viel Geduld und Verständnis aufbringen könnte, wie Max in einem einzigen Atemzug verströmte.

»Du hast recht«, sagte er jetzt und drehte sich zu Lina um. »Dieser Mann hat irgendetwas mit mir gemacht, das ich noch nicht recht begreife.«

»Ach komm, der Kerl ist zwar ein Arschloch, aber wir hatten doch schon schlimmere Typen bei uns sitzen. Denk doch nur an diesen Vergewaltiger letztes Jahr, der die Frau erst grün und blau geschlagen und anschließend behauptet hat, darüber hätte sich noch nie eine beschwert!«

»Das ist es ja. Der hat mich nicht so auf die Palme gebracht wie dieser Scholz. Merkwürdig.«

Lina ging es ähnlich, aber bei sich selbst wusste sie immerhin, warum jemand wie Sven Scholz sie binnen Sekunden zur Weißglut bringen konnte. Menschen, die glaubten, ihnen gehöre die Stadt, die in alten Häusern lediglich Goldgruben und nicht das Zuhause von Menschen sahen – solche Leute konnte sie auf den Tod nicht ausstehen. Menschen, die meinten, die Gesetze würden für sie nicht gelten, die sich schamlos über Regeln hinwegsetzten, die ihnen nicht passten, und damit auch noch oft genug durchkamen.

»Erinnerst du dich noch an das Haus in der Kastanienallee, das vor ein paar Jahren abgerissen werden musste, obwohl es unter Denkmalschutz stand?«

Max runzelte die Stirn.

»Angeblich wurde es bei Bauarbeiten auf dem Nachbargrundstück so beschädigt, dass es einsturzgefährdet war. Aber diese Bauarbeiter haben den Schaden mit voller Absicht verursacht.« Lina schnaubte. »So eine Aktion würde ich Sven Scholz auch glatt zutrauen.«

Max sah sie an. »Du bist aber nicht irgendwie voreingenommen oder so?«

»Nein. Überhaupt nicht. Wie kommst du denn darauf?«

Schmunzelnd startete Max den Wagen und fädelte sich in den fließenden Verkehr ein. Die Scheibenwischer quietschten leise, das Gebläse pustete geräuschvoll abgestandene Luft gegen die beschlagenen Scheiben. Es war Mitte Januar, regnerisch und unangenehm kalt.

Auf dem Weg zum Büro von Sven Scholz machten sie einen kurzen Abstecher zum Tatort. Ein kleiner Platz mitten in Ottensen, begehrte Wohnlage, hohe Mieten. Scholz bewohnte das Penthouse eines Neubaus im neuen Hamburger Stil mit hohen Decken und großen Fenstern. Nicht so hässlich wie die Architektur der Siebziger- oder Achtzigerjahre, aber mit den Gründerzeithäusern in der Nachbarschaft konnte das Gebäude in Linas Augen bei Weitem nicht mithalten.

Sie sah sich um. Durch eine schräge Straßeneinmündung wurde ein Dreieck gebildet, vor dem Haus von Sven Scholz war der Gehweg breiter, wodurch der Eindruck eines Platzes entstand. Gegenüber dem Neubau befand sich das *Tres Perros*, eine Bar mit fest installierten Raucherbänken auf dem Gehweg. Am Rinnstein parkten die Autos Stoßstange an Stoßstange. Wer hier wohnte und noch einen Wagen besaß, brauchte gute Nerven. Oder eine Tiefgarage. Mit hochgezogenen Schultern deutete Lina auf das anthrazitfarbene Garagentor in dem Neubau.

»Hier stand früher mal ein total schöner alter Baum. Der wurde letztes Jahr gefällt, als Scholz neu gebaut hat.«

Jetzt kämpfte anstelle des Ahorns, dessen mächtige Krone fast die gesamte Straßenbreite überspannt hatte, ein kleines Bäumchen tapfer um sein Überleben. Fünf, vielleicht sechs Meter hoch. Die Holzpfosten, die ihm Halt geben sollten, dienten als Fahrradständer.

Max betrachtete das Pflaster vor dem Haus. Ein dunkler Fleck verriet, wo Sven Scholz überfallen worden war. Der Regen hatte sein Blut noch nicht vollständig fortgespült. Er hob den Kopf und musterte das Tor zur Tiefgarage. »Sven Scholz ist also zu Fuß nach Hause gekommen«, stellte er fest. »Von der Garage hat man garantiert einen direkten Zugang zum Haus.«

»Hätte ich ihm gar nicht zugetraut«, giftete Lina.

Später, als sie im Polizeicomputer nachschaute, ob es Einträge über Sven Scholz gab, entdeckte sie dann auch, warum er völlig untypisch zu Fuß unterwegs gewesen war: Er war gerade für drei Monate seinen Führerschein los, wegen zu schnellen Fahrens unter Alkoholeinfluss. Passt doch, dachte sie.

Das Büro von Sven Scholz lag in bester Citylage direkt am Jungfernstieg mit Blick auf die Binnenalster. Ein Altbau im Stil des Neoklassizismus, dem man sein Alter von innen nicht ansah. Weiß verputzte Wände, hellgrauer Teppichboden, Schreibtische mit viel Chrom und Glas. An der Tür wurden sie bereits von der Sekretärin erwartet. Zumindest äußerlich war eine gewisse Ähnlichkeit mit Püppi nicht zu leugnen – auch diese Frau war stark geschminkt, hatte blondierte Haare und große Brüste. Scholz hatte die Frau vom Krankenhaus aus angewiesen, eine Liste mit den Mietern zusammenzustellen, die in den letzten zwei Jahren durch ihn ihre Wohnung verloren hatten. Fast zweihundert Menschen und somit fast zweihundert potenzielle Verdächtige.

»Wissen Sie, wie viele dieser ehemaligen Mieter sich gegen die Kündigung gewehrt haben?«, fragte Lina die Frau, die sich ihr und Max als Berit Sander vorgestellt hatte.

Stirnrunzelnd besah sich Frau Sander die Liste, blätterte die sieben Seiten oberflächlich durch. »Vielleicht fünfzig, sechzig«, sagte sie schließlich und musterte Lina, die mit ihrem zerknitterten Shirt, der verwaschenen Jeans und den strubbeligen Haaren in der Welt des Sven Scholz eindeutig eher zu den Mietern als zu den Kunden und Käufern gehörte. »Sie wissen ja, wie das ist: Wenn Sie einen im Haus haben, der die anderen aufhetzt, ziehen immer ein paar mit. Bei manchen Häusern dauert es Jahre, bis wir endlich mit der Sanierung anfangen können.«

»Da muss man dann auch mal zu rabiateren Methoden greifen, um die Leute loszuwerden, nicht wahr?«, sagte Lina. Die Methoden, die Scholz und seinesgleichen anwandten, waren hinlänglich bekannt – man setzte den alteingesessenen Mietern einen Haufen Drogenabhängige ins Haus, die Treppenhausreinigung wurde eingestellt, defekte Glühbirnen nicht mehr ersetzt, Reparaturen in den Wohnungen verschleppt. Und das waren noch die harmlosesten Mittel.

Berit Sander zog einen Schmollmund, was ihre Ähnlichkeit mit Püppi noch verstärkte. »Ich weiß nicht, was Sie damit andeuten wollen. Mit unseren Investitionen erhalten wir alte Häuser, die sonst verfallen würden. Wenn Sie wüssten, in welchem Zustand manche der Gebäude sind, wenn wir sie übernehmen!«

Klar, wenn der vorige Besitzer jahrelang kein Geld in das Haus hineingesteckt, aber von den Bewohnern jeden Monat Miete kassiert hat … So ein Haus wurde auch nicht jünger, es musste gehegt und gepflegt werden, wenn man lange etwas davon haben wollte. Lina riss sich zusammen. Sie waren nicht hier, um über die Hamburger Wohnungsbaupolitik, Gentrifizierung oder den Kapitalismus im Allgemeinen zu streiten, sondern um schwere Körperverletzung, womöglich sogar einen Mordversuch aufzuklären.

»Welche Mieter bereiten Ihnen denn momentan am meisten Schwierigkeiten?«, fragte Max freundlich und lächelte Frau Sander an, die sich sichtlich entspannte. Max, das spürte sie, verurteilte sie nicht für ihren Job. Erneut warf sie einen Blick auf die Liste der Mieter.

»Hier, die Clemens-Schultz-Straße. Oder dieses Objekt hier, in der Juliusstraße. Dann vielleicht noch das neue Objekt in Eimsbüttel, da zeichnet sich schon Ärger ab.« Sie schüttelte den Kopf. »Ich begreife einfach nicht, wie die Leute freiwillig in solchen Bruchbuden wohnen können. Dabei sollten Sie mal sehen, wie schön die Wohnungen nach der Sanierung sind!«

Lina konnte sich einen Einwand nicht verkneifen: »Nur dass die Menschen sich ihre alten Wohnungen dann nicht mehr leisten können.« Doch ehe Berit Sander etwas darauf erwidern konnte, hob sie beschwichtigend die Hand. »Ich weiß, Sie machen nur Ihren Job, und deswegen sind wir ja auch gar nicht hier.« Sie tippte auf die Liste, die Berit Sander immer noch in der Hand hielt. »Gibt es in den Häusern, die Sie gerade genannt haben, vielleicht jemanden, der besonders aggressiv auftritt? Hat vielleicht schon einmal jemand mit Gewalt gedroht?«

Frau Sander hob entschuldigend die Schultern. »Tut mir leid, aber darüber weiß ich nichts. Die Verhandlungen mit den Mietern übernimmt immer Herr Scholz persönlich – oder unser Anwalt. Ich bin hier nur für die Buchhaltung zuständig und habe so gut wie keinen Kontakt zu den Mietern.« Aber dann runzelte sie die Stirn. »Warten Sie – vor ein paar Monaten gab es hier vor dem Haus eine Demonstration, ein paar von diesen Spinnern hatten Plakate dabei und haben den Verkehr aufgehalten.« Sie wandte sich an Max, der ihr offensichtlich weniger suspekt war als Lina. »›Miethaie zu Fischstäbchen‹ stand auf einem der Plakate. Das ist doch ein Aufruf zur Gewalt, oder?«

Lina wandte sich ab, tat, als würde sie den Tatort der Demonstration zwei Stockwerke unter sich in Augenschein nehmen, und unterdrückte ein Grinsen. Diesen Spruch hatte sie schon auf den Demos mitgebrüllt, zu denen ihre Mutter sie als Kleinkind mitgenommen hatte. Aufruf zu Gewalt? Na ja.

»Vielen Dank, Frau Sander, Sie haben uns sehr weitergeholfen«, hörte sie Max hinter sich freundlich sagen. Jetzt, dachte sie, reiche er der Frau seine Karte, und gleich käme der Standardsatz …

»Falls Ihnen noch etwas einfällt, melden Sie sich bitte.«

Lina drehte sich um und lächelte Berit Sander so freundlich an, wie sie konnte. Die Frau machte ja nur ihren Job.

Aber warum, dachte sie auf dem Weg nach unten, musste sie sich ausgerechnet *so* einen Job aussuchen?

2

Als sie im Büro ankamen, war Max froh, als Lina erst einmal verschwand und dabei etwas von Mittagessen und Kantine murmelte. So hatte er seine Ruhe, was ihm sehr recht war. Nicht dass er etwas gegen Lina hätte, im Gegenteil. Sie konnten gut zusammenarbeiten, was auch bedeutete, dass sie gut zusammen schweigen konnten. Aber im Moment hatte er das dringende Bedürfnis nach Alleinsein.

Die Begegnung mit Sven Scholz ging ihm nicht aus dem Kopf. Er setzte sich auf seinen Bürostuhl, arretierte die Rückenlehne, schloss die Augen und atmete ein paar Mal tief ein und aus. Seine Gedanken kreisten immer noch um den Besuch im Krankenhaus und kamen nur langsam zur Ruhe. Er sah Scholz' Gesicht vor sich, sein Grinsen, den abschätzigen Blick, mit dem er Lina gemustert hatte – und ließ alles an sich vorbeiziehen wie auf einer Leinwand. Einatmen. Ausatmen. Nichts denken. Nichts bewerten. Dank jahrelanger Übung gelang es ihm schließlich, den Kopf freizubekommen, sich zu lösen von dem quälenden Gefühl, in vollem Tempo gegen eine Mauer gerast zu sein.

Max war sich nicht sicher, ob Lina wusste, *wie* recht sie mit der Bemerkung gehabt hatte, er sei für seine Verhältnisse regelrecht ausfallend geworden. Dabei kam es für ihn keineswegs auf die äußere Form an, er wusste, dass er höflich geblieben war und niemand ihm vorwerfen konnte, einem Opferzeugen nicht mit dem nötigen Respekt begegnet zu sein. Was ihn erschütterte, waren die Gefühle, die ihn in dieser Situation überkommen hatten: Wut und Zorn in einem Ausmaß, das ihn erstaunte und erschreckte. Es stimmte, dass Scholz bei Weitem nicht der größte Unsympath war, dem er in seinem Beruf je begegnet war. Vielleicht, so grübelte er, lag es daran, dass Scholz ein Opfer, kein Täter war. Bei Tätern rechnete er damit, auf Ablehnung, nicht selten auch auf Hass zu treffen. Beleidigungen überraschten ihn schon gar nicht mehr. Und nicht nur Täter, sondern auch Opfer oder Hinterbliebene hatten ihn schon beschimpft und verhöhnt – doch dann schwang da stets ein Unterton der Verzweiflung und des Leids mit; wie ein knurrender, kläffender Hund, dessen wedelnder Schwanz verriet, dass er sich nur großbellen musste, weil er Angst hatte.

Einatmen. Ausatmen. Seine Gedanken hatten sich schon wieder festgebissen. Loslassen. Er konzentrierte sich ganz auf seinen Atem, auf die Leere, auf das große weiße Nichts. Schon seit er ein Kind war, meditierte er regelmäßig. Er hatte gelernt, die Welt um sich herum auszublenden und sich zumindest für kurze Momente vollkommen von allen Anhaftungen zu lösen.

Innerlich ruhiger als vorher schlug er die Augen auf, als Lina zur Tür hereinkam, einen Becher Kaffee und ein Brötchen mit Käse und Salat in den Händen. Der Rucksack war ihr von der Schulter gerutscht und hing in ihrer linken Ellenbeuge. Konzentriert stellte sie den Kaffee ab, legte das Brötchen daneben und ließ den Rucksack auf den Boden plumpsen. Dann warf sie sich auf ihren Stuhl und holte vernehmlich Luft.

»Was für ein Arschloch«, sagte sie. Doch Lina ordnete deutlich mehr Menschen dieser Kategorie zu als Max, weshalb diese

Wertung nicht besonders viel zu bedeuten hatte. Lina mochte weder Männer, die ihr gegenüber ausfallend wurden, noch Menschen, die reich waren und das auch zeigten – womit Sven Scholz bereits in zwei Disziplinen die schlechteste Note bekam. Ohne etwas von ihrem Kaffee zu trinken oder von dem Brötchen abzubeißen, fing sie an, auf ihrer Tastatur herumzutippen. Max konnte ihren Bildschirm nicht sehen, da sie sich gegenübersaßen, aber als sie leise »Beleidigung« murmelte, ahnte er, dass sie eine Anzeige gegen Sven Scholz aufsetzte.

»Ich kann dich doch als Zeugen aufführen, oder?«, fragte sie und schielte kurz an ihrem Monitor vorbei.

»Klar.«

Mit einem letzten energischen Schlag auf die Tastatur schickte Lina das Formular ab und griff nun sichtlich zufrieden nach dem Kaffee und ihrem Brötchen.

Kauend kramte sie die Liste, die Scholz' Sekretärin ihnen ausgedruckt hatte, aus ihrem Rucksack hervor und strich sie vor sich auf dem Schreibtisch glatt. Sie überflog die Namen der Mieterinnen und Mieter, die laut Sven Scholz für einen Angriff auf ihn infrage kamen, und vergaß darüber, weiterzuessen.

»Allein in den drei Häusern, die momentan entmietet werden, leben über dreißig Menschen.« Sie hob den Kopf und sah Max an.

»Dann sollten wir besser gleich mit dem Klinkenputzen anfangen.«

»Als ob das etwas bringen würde.« Lina warf die Blätter vor sich auf den Schreibtisch und lehnte sich zurück. »Clemens-Schultz-Straße und Juliusstraße. St. Pauli und Schanzenviertel. Da mag man die Polizei nicht besonders, die werden uns nichts erzählen. Schon gar nicht, wenn Sven Scholz das Opfer ist. Die machen heute Abend eher noch Party, sobald sich die Nachricht von dem Überfall herumgesprochen hat.«

Max gab ihr recht. Trotzdem mussten sie ihre Arbeit tun,

auch wenn sie von Anfang an wussten, dass wahrscheinlich nichts dabei herauskommen würde. Wahrscheinlich. Aber ›wahrscheinlich‹ bedeutete eben nicht ›garantiert‹, also mussten sie sich die Mühe machen. Stundenlange vergebliche Befragungen für am Ende höchstens ein fünfminütiges Gespräch, das sie – vielleicht – weiterbrachte.

Sie begannen in der Juliusstraße. Bei dem Haus, das Sven Scholz vor knapp sechs Monaten gekauft hatte, handelte es sich um einen recht gut erhaltenen Altbau ganz in der Nähe des Schulterblatts, der Partymeile des Schanzenviertels mit einer Kneipendichte von nahezu hundert Prozent. Ganz in der Nähe befand sich die *Rote Flora,* das berühmt-berüchtigte autonome Kulturzentrum.

Das Mietshaus hatte fünf Stockwerke, Stuckfassade, eine große, imposante Hoftür. Graffitis am Parterre, im Souterrain ein verrammelter Keller, auf dessen Treppe sich Müll angesammelt hatte. Max klingelte beim ersten Namen auf der Klingelleiste. Nach kurzer Zeit ertönte der Summer, und Lina lehnte sich mit der Schulter gegen die große Holztür mit dem halbkreisförmigen Oberlicht. Der hohe Durchgang führte auf den Hof, nach rechts ging es ins Treppenhaus. Im Hochparterre stand eine Wohnungstür offen, ein kleiner Lockenschopf spähte durch den schmalen Spalt.

»Mila, hast du schon wieder die Tür aufgemacht, ohne zu fragen, wer da ist?«, ertönte eine Frauenstimme aus dem Inneren der Wohnung.

Die Holztür mit bunten Glasfenstern wurde geöffnet, und Max erblickte eine Frau, die Linas Schwester hätte sein können. Sie war etwas größer als seine Kollegin, hatte aber dieselben strubbeligen Haare, trug eine weite, bequeme Cargohose und ein Kapuzenshirt. Fragend sah sie erst Max, dann Lina an. Ein offener Blick, neugierig, vielleicht eine Spur Misstrauen.

»Frau Schneider?«, fragte Max nach einem raschen Blick auf das Schild neben der Tür, und die Frau nickte. Er zückte seinen Ausweis, auch Lina hielt ihren bereit. Sie stellten sich vor, und die Miene der Frau wurde abweisend.

»Dürfen wir vielleicht kurz hereinkommen?«, fragte Max und lächelte.

»Nein. Was wollen Sie?« Sie hatte einen Arm schützend um das kleine Mädchen gelegt.

»Wir müssen in einem Gewaltdelikt ermitteln«, übernahm Lina und wählte ihre Worte mit Bedacht. »Der neue Eigentümer dieses Hauses, Sven Scholz, wurde überfallen und schwer verletzt.« Fast entschuldigend hob sie die Schultern.

»Dieser Mistkerl ist überfallen worden? Super«, sagte die Frau. »Sagen Sie mir Bescheid, wenn Sie wissen, wer es war, damit ich dem- oder derjenigen persönlich danken kann.«

Lina seufzte. »Hören Sie, wir wissen, wer Sven Scholz ist, wie er mit den Mietern in seinen Häusern umspringt, um sie zu vergraulen, und was er anschließend mit den Häusern anstellt. Trotzdem, er ist überfallen worden, und wir müssen versuchen herauszufinden, wer das war.«

»Ich kann Ihnen da nicht weiterhelfen.« Frau Schneider musterte Lina neugierig, die Jeans, die strubbeligen Haare, die derbe Jacke und festen Stiefel. Max überlegte, ob die beiden sich womöglich schon einmal über den Weg gelaufen waren. Ausgeschlossen war es nicht. Lina wohnte in Ottensen, einem Viertel ganz in der Nähe mit ähnlicher Subkultur, und er wusste, dass ihre Mutter früher der Hausbesetzerszene angehört hatte. Lina war in diesem sozialen Milieu hier groß geworden.

Frau Schneider machte bereits Anstalten, die Wohnungstür wieder zu schließen, als Max seine Visitenkarte zückte und sie ihr reichte. »Falls Ihnen doch etwas einfällt oder zu Ohren kommt, rufen Sie uns bitte an.«

Das schmale Gesicht der jungen Frau verzerrte sich vor Wut. »Ich geh doch nicht für die Bullen spitzeln!«, sagte sie und knallte die Tür zu.

Max und Lina sahen sich an. »Die nächste Anzeige wegen Beleidigung?«, fragte Max.

»Wieso?« Lina wirkte aufrichtig erstaunt.

»Na ja, die Bullen …«

Lina machte eine wegwerfende Handbewegung. »Ach, das hat nichts zu bedeuten. Das sagt man hier so, so wie man Tempo sagt, wenn man Taschentücher meint.«

Max lachte. Hinter der Wohnungstür erkannte er den Schatten einer Person und wusste, dass Frau Schneider Linas Worte ebenfalls gehört hatte. Alte Häuser konnten ziemlich hellhörig sein.

Bei den nächsten zwei Wohnungen öffnete niemand, als sie klingelten, bei der dritten, sie waren inzwischen im ersten Stock, wurde ihnen von einer alten Frau mit Gehhilfe geöffnet. Max musste ziemlich laut sprechen, um sich verständlich zu machen, doch schließlich nickte die alte Dame und ließ Max und Lina eintreten, nachdem sie sorgfältig ihre Dienstausweise studiert hatte. Im Wohnzimmer war es angenehm warm, ohne stickig zu sein. Neben einem Lehnstuhl brannte eine Leselampe, ein aufgeschlagenes Buch lag umgedreht auf der Sessellehne. Die Frau, laut dem Klingelschild Frau Amalia Nikasch, kramte in einer kleinen Schachtel herum und setzte sich ihre Hörgeräte ein, ehe sie sich zu ihren Besuchern umdrehte und sie höflich anlächelte.

»So, junger Mann, erzählen Sie bitte noch einmal, was Sie von mir wollen. Ist jemand gestorben?« Sie setzte sich in ihren Lehnsessel und bat Max und Lina mit einer einladenden Handbewegung, auf dem Sofa Platz zu nehmen.

»Nein, Frau Nikasch, niemand ist gestorben. Wir ermitteln in einem Gewaltdelikt. Sven Scholz, der neue Eigentümer des Hauses, ist überfallen und schwer verletzt worden. Wir versuchen herauszufinden, wer dafür verantwortlich ist.«

»Herr Scholz ist überfallen worden? Na, so was!« Die alte Dame schüttelte den Kopf, klang aber alles andere als entsetzt. Ihre weißen Haare waren sorgfältig frisiert, die Fingernägel in einem dezenten Altrosa lackiert. Über ihre Lesebrille hinweg betrachtete sie ihre Besucher. »Und jetzt glauben Sie, ich sei das gewesen?«

Max lächelte. »Nein, natürlich nicht.«

»Dabei hätte ich ja allen Grund dazu«, verkündete Frau Nikasch und machte eine dramatische Pause, als fände sie es höchst bedauerlich, nicht zu den Verdächtigen zu gehören.

»Das kann ich mir denken. Sven Scholz will Sie alle aus dem Haus vertreiben, nicht wahr? Um das Haus zu sanieren und die Wohnungen anschließend teuer weiterzuverkaufen.«

»Allerdings, aber damit wird er nicht durchkommen, da hat er sich mit der Falschen angelegt. Ich lebe seit vierzig Jahren in dieser Wohnung, und ich werde sie nur mit den Füßen zuerst verlassen.«

»Was hat Herr Scholz denn bisher unternommen, um Sie aus der Wohnung zu vertreiben?«, fragte Lina.

»Er hat mir geschrieben, dass demnächst umfangreiche Sanierungsmaßnahmen anstehen, dass er mir eine Ausweichwohnung anbietet, aber auch meine Kündigung akzeptieren würde. Im letzten Fall würde er sich sogar an den Umzugskosten in eine andere Wohnung beteiligen.«

»Er hat Ihnen eine Ausweichwohnung angeboten? Wo denn?«, wollte Lina wissen.

Frau Nikasch schnaubte verächtlich. »In Lurup. In einem dieser hässlichen Hochhäuser.« Empört ballte sie die kleinen Hände zu Fäusten. »Häuser ohne Seelen in einem Viertel ohne Geschichte. Pfui Teufel.«

»Sie haben abgelehnt?«

»Natürlich! Was denken Sie denn? Sie glauben doch wohl nicht, dass der mich noch mal zurück in meine Wohnung lässt, wenn ich erst einmal draußen bin.«

»Sie haben wahrscheinlich recht.« Max lächelte gewinnend. »Haben Sie seitdem schon wieder etwas von Herrn Scholz gehört?«

»Noch nicht. Aber Sven Scholz ist ja in der Hamburger Wohnungspolitik auch kein unbeschriebenes Blatt.« Sie blickte von einem zum anderen. »Ich lese schließlich die Zeitung und informiere mich. Ich weiß, dass er nicht so leicht klein beigeben wird.« Sie klang kampfeslustig, als sei sie nur zu gern bereit, es persönlich mit einem der berüchtigtsten Immobilieninvestoren der Stadt aufzunehmen. Max schwankte zwischen Bewunderung und Mitleid, da es in solchen Fällen meist doch die Mieter waren, die am Ende den Kürzeren zogen. Unauffällig schaute er sich im Zimmer um. Die Wände waren hell gestrichen, die Einrichtung war eine angenehme Mischung aus alt und modern. Auf dem kleinen Beistelltisch neben Max' Sessel stand eine Schale mit Pfefferminzbonbons.

»Wie ist das eigentlich mit den anderen Mietern hier im Haus?«, fragte Lina. »Haben Sie schon einmal mit Ihren Nachbarn über die anstehenden Sanierungen gesprochen? Ich nehme an, die anderen haben alle ähnliche Schreiben bekommen?«

»Aber sicher doch! Kurz danach haben wir uns zum ersten Mal zusammengesetzt, letztes Jahr war das noch, im Herbst. Wir saßen unten bei Carolin im Parterre, wegen der Kleinen, wissen Sie, die musste ja ins Bett. Es gab leckeren Tee und Kuchen, und dann haben wir geredet. Nee, nee, wir halten zusammen! Uns bekommt der Scholz hier nicht raus!«

»Waren denn alle Nachbarn dabei?«, wollte Max wissen.

Amalia Nikasch zog die Lippen kraus, als wollte sie jemanden küssen, ihre Brauen rückten näher zusammen. Nachdenklich sagte sie: »Fast alle. Der alte Hinz aus dem Hinterhaus war nicht da, aber der Säufer bekommt sowieso nichts mehr richtig mit. Dann noch die Neuen aus dem Dritten, die wohnen erst seit dem Sommer hier, die sind auch nicht gekommen und haben bisher auch kein Interesse gezeigt.« Sie seufzte tief. »Wissen Sie, das hier ist ein feines Haus, ist es schon immer gewesen. Einfache Leute, aber keiner will dem anderen was Böses. Ich bin damals mit meinem Mann hier eingezogen, vor vierzig Jahren, kurz nach unserer Hochzeit. Ich war Lehrerin und habe ganz gut verdient, wissen Sie, und mein Mann war Künstler – leider kein sehr erfolgreicher. Er ist vor zehn Jahren gestorben. Herzinfarkt. Von einem Tag auf den anderen war ich plötzlich allein.« In Gedanken versunken starrte sie aus dem Fenster. Auf der anderen Straßenseite standen ein paar Bäume, die im Sommer etwas Grün in die enge Häuserschlucht brachten. Auf einer zierlichen Kirschholzkommode tickte leise eine Uhr.

»Frau Nikasch«, fragte Max sanft, »wie war denn die Stimmung bei diesem Treffen? Haben Sie da eher sachlich diskutiert, oder kam es da auch schon mal zu Ausfällen und Beschimpfungen gegenüber Herrn Scholz?«

»Na ja, besonders gern hat den hier keiner, das können Sie mir glauben«, sagte die alte Dame und musterte Max streng über den Rand ihrer Brille hinweg. »Aber Sie glauben doch wohl nicht, dass ich Ihnen irgendwelche Namen nenne, wer sich da besonders hervorgetan hat, oder?«

Max spürte, dass er leicht errötete. Lina neben ihm grinste und begann zu husten, um ihr Lachen zu verbergen, doch es war zu spät. Amalia Nikasch musterte sie. Ihre Lippen verzogen sich zu etwas, das ein Lächeln sein könnte oder auch ein leichter Tadel.

»Ich weiß, Sie machen nur Ihre Arbeit«, sagte die alte Lehrerin. »Aber Sven Scholz ist ein böser Mensch. Vergessen Sie das nicht bei Ihrer Suche nach dem Schuldigen.«

Als sie wieder im Treppenhaus standen, war Lina auffallend still. Max schaute auf die Uhr, es war kurz vor vier an einem Freitagnachmittag. Die Chancen standen gut, dass sie noch weitere Mieter antreffen würden, doch als er den Fuß auf die erste Treppenstufe zum nächsten Stockwerk stellte, legte Lina ihm eine Hand auf den Ärmel.

»Du, ich muss für heute Schluss machen. Ich habe noch was vor.«

»Aber …«, widersprach Max.

Doch Lina winkte ab. »Hier wird uns ohnehin niemand mehr verraten, als wir gerade gehört haben. Die Abfuhren können wir uns genauso gut am Montag abholen. So eilig ist es auch wieder nicht.«

Unschlüssig schaute Max die Treppe hoch. Auf dem Fensterbrett auf halber Treppe standen zwei Blumentöpfe, ein Drachenbaum und eine Grünlilie, die sich dort recht wohlzufühlen schienen. Im Treppenhaus roch es nach Essen, der Boden war leidlich sauber, die Fenster waren schon länger nicht mehr geputzt worden. Trotzdem machte das Haus – oder das, was er bisher davon gesehen hatte – keineswegs einen verwahrlosten Eindruck. Von einer Bruchbude konnte gar keine Rede sein. Er drehte sich zu Lina um. Ungeduldig tippte sie mit dem linken Fuß, bereits halb zum Gehen gewandt. Sollte er die Befragung allein weiterführen?

Er entschied sich dagegen. Einerseits stimmte das, was Lina sagte – er glaubte selbst nicht daran, dass sie hier noch viel erfahren würden, schon gar nicht, wer Sven Scholz überfallen hatte. Andererseits hatte er das irritierende Gefühl, Lina in den Rücken zu fallen, wenn er allein weitermachte. Gut möglich, dass sie noch etwas vorhatte und einfach nur pünktlich Feierabend machen wollte – doch er war sich fast sicher, dass noch mehr hinter ihrem plötzlichen Termin stand. Sie wollte hier raus, das war nicht zu übersehen.

»Gut«, sagte er und nickte ihr zu. »Machen wir Montag weiter.«

Es gelang Lina nur schlecht, ihre Erleichterung zu verbergen, und Max fragte sich verwundert, was sie dazu treiben mochte, die Treppe herunterzustürmen und das Haus beinahe fluchtartig zu verlassen.

3

Das Wochenende brachte Regen und Wind, was Lina als Vorwand nutzte, um sich in ihrer Wohnung zu verkriechen und nur Samstag einmal kurz zum Einkaufen ins Mercado zu gehen. Am Sonntag kuschelte sie sich mit einer großen Tasse Kaffee auf ihr Sofa und versuchte zu lesen.

Was ihr gründlich misslang. *Gehe hin, stelle einen Wächter* von Harper Lee war zweifelsohne ein gutes Buch, aber sie konnte sich partout nicht darauf konzentrieren.

Natürlich hatte sie am Freitag keinen wichtigen Termin gehabt, und das hatte Max auch genau gewusst. Doch sie kannte ihren Kollegen gut genug, um zu wissen, dass er ihr das nicht übel nahm – weder dass sie die Gelegenheit ungenutzt hatte verstreichen lassen, möglicherweise einen versuchten Mord aufzuklären, noch dass sie ihm gegenüber nicht ehrlich gewesen war. Ein schlechtes Gewissen hatte sie trotzdem, denn sie hatte ihn noch nie angelogen, und er hatte das auch nicht verdient. Max wusste Dinge über sie, die nur wenige Menschen wussten, aber sie war sicher, dass er ihr Vertrauen niemals enttäuschen würde. Nicht so wie sie, als sie ihn am Freitag angelogen und einfach stehen gelassen hatte.

Seufzend legte sie das Buch beiseite und richtete sich auf. *Sie machen ja nur Ihre Arbeit.*

Dieser Satz der alten Dame war es, der ihr keine Ruhe ließ. Der Satz selbst und die Tatsache, dass sie kurz zuvor nahezu denselben Satz zu Scholz' Sekretärin gesagt hatte. *Sie machen nur Ihren Job.* Und beide Male, wie überhaupt jedes Mal, wenn diese Worte fielen, schwang der unausgesprochene Vorwurf mit, den falschen Job zu machen, auf der falschen Seite zu stehen.

Dabei sollte sie als Polizistin, die sie war, doch auf der Seite der Guten, auf der richtigen Seite stehen. Die Polizei jagte die Bösen und beschützte die Unschuldigen, sie half alten Damen über die Straße, rettete verirrte Kätzchen und erklärte Kindern die Straßenverkehrsordnung. Aber so einfach war es für Lina nie gewesen. Wie denn auch? Aufgewachsen in Ottensen, hatte sie anfangs zusammen mit ihrer Mutter in einer WG gelebt, in der am Abendbrottisch über den Zusammenhang von IWF und Hungerrevolten in Südamerika diskutiert wurde, über die Vertreibung armer Bevölkerungsschichten aus ihren angestammten Wohnvierteln, über die Verseuchung der Umwelt nach dem Super-GAU von Tschernobyl. Die Wände im Gemeinschaftsraum waren mit Bildern von Rosa Luxemburg und Che Guevara geschmückt, in der Küche hingen Plakate mit Demoaufrufen oder Ankündigungen für *Soli-Feten* – Partys, bei denen der Erlös für eine inhaftierte Genossin, einen Gefangenen des Schweinesystems gespendet wurde. Als Kind hatte Lina geglaubt, von Feinden umzingelt zu sein. Die ganze Welt war böse, ihre Mutter und deren Freunde waren tapfere Helden, die gegen das Unrecht kämpften, die letzten Robin Hoods dieser Welt. Und der größte Feind von allen waren natürlich der böse Sheriff von Nottingham und seine Schergen – die Bullen. Als Lina vier Jahre alt war, zog Asta

Svenson mit ihrer kleinen Tochter und ihrem Freund aus der WG in eine große Altbauwohnung mit hohen Decken und hellen Räumen. Lina kam in den Kindergarten und später in die Schule, wo sie Kinder kennenlernte, die noch nie etwas vom Imperialismus, dem Trikont oder dem militärisch-industriellen Komplex gehört hatten. Rasch begriff sie, dass die meisten ihrer Altersgenossen in einer anderen Welt lebten als sie selbst – und wurde neugierig. Ihr bester Freund teilte sich ein Zimmer mit drei Geschwistern, sein Vater war Maurer und hatte einen kaputten Rücken, die Mutter war Kassiererin im Supermarkt. Bei Lutz durfte sie fernsehen, so viel sie wollte – ein Vergnügen, das sie mangels Fernsehapparat von zu Hause gar nicht kannte –, bekam Bratwurst und Pommes statt Gemüsebratlinge mit Naturreis und ab und zu sogar einen Schluck Cola. Als kleine Dreikäsehochs lernten Lutz und sie zusammen Kickboxen, und als sie älter wurden, entdeckten sie den Elbstrand und den Volkspark Altona, den Hafen und die alten Gleisanlagen beim Diebsteich. Sie legten Münzen auf die Schienen und warteten im sicheren Versteck, bis der nächste Zug sie platt walzte, dann krochen sie auf der Suche nach ihren Glücksbringern über den Schotter.

Linas Grübeleien wurden fast schon zu Träumen, über denen sie langsam eindöste. Das Klingeln an der Tür ließ sie hochschrecken.

Lina stand vom Sofa auf und öffnete die Tür.

»Lutz!« Sie umarmte ihn, und er drückte sie kurz.

In der Küche bereitete sie frischen Espresso zu und wärmte Milch auf. Lutz nahm sich einen Becher aus dem Schrank und holte ihren aus dem Wohnzimmer. Er kannte sie gut, auf seine Weise besser als Max, und wusste, dass sie schon mindestens drei Tassen Kaffee getrunken hatte (es waren vier gewesen). Es war nicht ungewöhnlich, dass Lutz am Sonntag bei ihr vorbeischaute, er wohnte gleich um die Ecke, und sie unternahmen am Wochenende häufig spontan etwas zusammen.

Doch Lina spürte, dass dies kein normaler Besuch unter Freunden war. Er wirkte angespannt, als hätte er etwas auf dem Herzen, womit er nicht herauszurücken wagte. Lina brauchte nicht lange zu raten, was das wohl war.

»Das mit Sven Scholz hast du schon gehört, oder?«, fragte sie, als der Espresso leise zu blubbern begann und die Milch bereits kleine Blasen bildete. Sie hatte ihm den Rücken zugekehrt. So war es einfacher für sie beide.

»Ja.«

Sie wollte gar nicht wissen, über welche Kanäle genau er davon erfahren hatte. Lutz war in der linken Szene Hamburgs gut vernetzt, besser als sie, die, seit sie bei der Polizei war, in manchen Kreisen als Persona non grata galt. Es war nur eine Frage der Zeit gewesen, bis sich sowohl der Überfall auf den Immobilieninvestor als auch ihre Beteiligung an den Ermittlungen herumgesprochen haben würden. Unangenehme Stille breitete sich in der kleinen Küche aus, nur das Brodeln des Espressokochers und das leise Summen des Milchaufschäumers waren zu hören. Schweigend schenkte Lina den Kaffee ein und gab Milch hinzu.

Sie setzte sich zu Lutz an den Küchentisch, ließ einen Teelöffel Zucker über ihren Milchschaum rieseln und verrührte beides zu der süßen Masse, die im Mund so köstlich knirschte.

»Und du ermittelst in dem Fall?« Er tat beiläufig, fast gelangweilt, doch Lina konnte er nichts vormachen.

»Ja.« Sie verzog das Gesicht. »Leider.«

Lutz nahm sich einen Löffel und rührte seinen Kaffee um, obwohl er keinen Zucker hineingetan hatte. Sein hoch konzentrierter Blick war auf den weißen Porzellanbecher gerichtet.

Aufmerksam musterte Lina ihren Freund. Dass sie bei der Polizei war, war zwischen ihnen nie Thema gewesen. Er hatte sie zwar nicht gerade ermutigt, sie aber stets verteidigt, wenn jemand sich berufen fühlte, der *Bullenschlampe* mal ordentlich zu zeigen, was er von ihr hielt. Dabei hatte alles so harmlos angefangen, damals vor elf Jahren: mit einer Wette. Würde Lina sich trauen, sich bei der Polizei zu bewerben und vier Wochen durchzuhalten? Sie hatte sich getraut, und sie hielt durch, zunächst vier Wochen und dann, aus lauter Neugier, noch etwas länger. Und dann noch ein Semester und noch ein Jahr, und ehe sie es sich versah, war sie Oberkommissarin und verbeamtet. Mehrere Freundschaften waren an ihrer Entscheidung, aus einer bescheuerten Kneipenwette Ernst werden zu lassen, zerbrochen, ihr Bekanntenkreis hatte sich seitdem stark ausgedünnt. Viele Aktivisten im Umfeld der Roten Flora mieden sie seit Jahren wie die Pest, in manchen Kneipen erstarben die Gespräche, sobald sie den Raum betrat. Selbst in ihrem Kickbox-Verein, in den sie vor Jahren mit Lutz eingetreten und in dem er heute selbst Trainer war, wurde sie von manchen Leuten offen angefeindet. Die wenigen Freundschaften, die ihr geblieben waren, bedeuteten ihr dafür umso mehr, allen voran die mit Lutz. Manchmal erzählte sie ihm von ihrer Arbeit, wenn sie das Gefühl hatte, die Vorurteile, die in ihren früheren Kreisen über die Polizei herrschten, entkräften zu können; doch oft genug schwieg sie, um nicht noch Öl ins Feuer zu gießen. Noch nie hatte er sie für ihre Entscheidung kritisiert oder von ihr verlangt, sich einen neuen Job zu suchen – oder sich gefälligst aus dem Viertel zu verpissen, in dem sie aufgewachsen war, oder sich im Dojo ihres Vereins ja nicht mehr blicken zu lassen. Möglicherweise, weil er derjenige gewesen war, der sie zu der folgenreichen Wette herausgefordert hatte. Doch Lina glaubte lieber, dass es sich um echte Loyalität unter Freunden handelte – und nicht um Kompensation für ein schlechtes Gewissen.

Dass Lutz jetzt von sich aus auf ihre Arbeit zu sprechen kam, konnte kein Zufall sein. Ein Gedanke kam ihr, nicht zum ersten Mal, seit sie im Büro von Sven Scholz gestanden und die Mieterliste überflogen hatte. Auf Anhieb war ihr kein Name bekannt vorgekommen, aber das hatte wenig zu sagen. Von vielen Leuten aus ihrem Bekanntenkreis kannte sie nur den Vornamen und bisweilen sogar nur einen Spitznamen. Trotzdem könnte sie sich vermutlich wegen Befangenheit von dem Fall abziehen lassen. Sobald sie feststellte, dass sie einen der potenziellen Verdächtigen tatsächlich kannte, müsste sie das streng genommen sogar tun.

Konnte es sein, dass Lutz etwas über diese Sache wusste? Kannte er womöglich die Person, die hinter dem Überfall auf Sven Scholz steckte, und wollte bei Lina vorfühlen, was sie bereits herausgefunden hatten?

Er hatte immer noch nicht den Mund aufgemacht, sondern rührte nur schweigend seinen Kaffee um. Der Löffel kratzte leise am Porzellan. Lina seufzte.

»Wäre es dir lieber, wenn jemand anders die Ermittlungen übernähme?«, fragte sie. »Zum Beispiel jemand, der sich liebend gern einen Durchsuchungsbeschluss besorgt, sobald er bei einer Befragung nicht in die Wohnung gelassen wird?« Sie musste an Sebastian Muhl denken, ihren Lieblingsfeind unter den Kollegen, der garantiert die Gelegenheit nutzen würde, um dieses *linke Gesocks* einmal ordentlich aufzumischen. Auch der polizeiliche Staatsschutz würde sich nach einer solchen Gelegenheit die Finger lecken – aber das war zum Glück eine ganz andere Abteilung, die mit der Mordkommission nichts zu tun hatte. »Lutz, ich weiß, wer Sven Scholz ist und was er macht. Ich hatte sogar das zweifelhafte Vergnügen, diesen Mann kennenzulernen. Glaubst du, mir macht es Spaß, zu seinen Gunsten zu ermitteln?«

Lutz hielt in seiner Bewegung inne, ohne den Löffel aus der Tasse zu nehmen. Noch immer sah er sie nicht an. In der Küche war es still, nur aus der Nachbarwohnung drang leise Musik zu ihnen. Klassik, was Lina jeden Sonntag aufs Neue nervte.

»Was passiert denn mit dem, der das getan hat?« Endlich hob er den Kopf und sah sie an. »Ich meine, wenn ihr den fasst?«

»Eine Anklage wegen gefährlicher Körperverletzung, mindestens. Vielleicht auch versuchter Mord. Ziemlich sicher kommt derjenige ins Gefängnis, für mindestens sechs Monate, eher für mehrere Jahre.«

»Und das findest du gerecht?« Jetzt sah er sie offen, fast herausfordernd an. »Bei so einem wie Sven Scholz?«

»Du meinst, Scholz hat nichts Besseres verdient? Der hat nur seine gerechte Strafe bekommen?«

Er nickte.

»Lutz, so sehr ich deine Position nachvollziehen kann – so etwas ist Selbstjustiz, und das geht gar nicht. Jeder Mensch in diesem Land hat das gleiche Recht darauf, dass die Polizei ihn schützt oder, falls es dafür zu spät ist, den Täter ermittelt.«

»Erklär das mal dem Flüchtling, der von Nazis zusammengeschlagen wurde. Oder der Frau, die von ihrem Chef vergewaltigt wurde. Oder dem Hartz-IV-Empfänger, der aus seiner Wohnung verjagt wird.« Er beugte sich vor, bis Lina seinen Atem auf ihrer Wange spürte. »Wer schützt diese Leute? Wird bei denen genauso akribisch ermittelt wie bei einem Sven Scholz?«

Unvermittelt wurde Lina kalt, und sie klammerte sich an dem warmen Kaffeebecher fest. Noch nie zuvor hatte sie diese Verachtung in Lutz' Blick gesehen, eine Verachtung, die auch ihr, Lina, galt. »Von mir schon«, entgegnete sie. »Ich weiß, dass es Kollegen gibt, bei denen es anders ist. Aber für die bin ich nicht verantwortlich. Gegen die alten, verkrusteten Strukturen in dem Laden komme ich nicht an.«

»Ja klar. Du machst ja nur deinen Job.«

Lina setzte ihre Tasse ab. Da war er wieder, dieser Satz, den sie so hasste. »Wäre es dir lieber, wenn nur die anderen diesen Job machen? Kollegen, die eine vergewaltigte Frau nicht ernst nehmen und sie zusätzlich demütigen? Ermittler, für die Nazis nur ein paar normale Jungs sind, die mal über die Stränge geschlagen haben? Beamte, die sich von Leuten wie Scholz schmieren lassen, weil das jämmerliche Gehalt, das wir bekommen, kaum ausreicht, um eine Familie zu ernähren? Ist es das, was du willst?« Sie merkte, dass sie laut geworden war, aber das war ihr egal.

»Nee, aber …«, setzte Lutz an, doch Lina ließ ihn gar nicht zu Wort kommen.

»Oder möchtest du lieber, dass die Leute das Gesetz selbst in die Hand nehmen? Nach dem Motto: Wir sind die Guten, und wir wissen Bescheid? Wie damals bei diesem Fall von Beinahe-Lynchjustiz in Emden vor ein paar Jahren? Als in den sozialen Netzwerken dazu aufgerufen wurde, die Polizeiwache zu stürmen und einen Kindsmörder zu lynchen? Willst du so etwas?« Sie holte tief Luft. »Der vermeintliche Kindsmörder hatte mit der Tat gar nichts zu tun. Derjenige, der dazu aufgerufen hatte, die Wache zu stürmen, wurde später verurteilt.«

Wie oft hatte sie diese Diskussion schon geführt: Die Polizei ermittele zu lasch, zu langsam, gegen die Falschen, sie sei unfähig und im Grunde nichts anderes als eine Handlangerin der Reichen und Mächtigen. Sie sei auf dem rechten Auge blind, Menschen mit dunkler Hautfarbe würden per se verdächtigt und schlechter behandelt als Weiße, und wehe dem, der auf einer Polizeiwache einem der sadistischen Arschlöcher in Uniform ausgeliefert war.

Jedes Mal trafen diese Vorwürfe sie persönlich, und häufig waren sie auch persönlich gemeint. Nein, wollte sie dann jedes Mal schreien, nein, so ist es nicht! Die Polizei ermittelt neutral und gewissenhaft, ohne Ansehen der Person! Aber dann dachte sie an die Skandale, die den Weg in die Öffentlichkeit gefunden hatten, und an die, über die nur hinter vorgehaltener Hand auf den Polizeirevieren getuschelt wurde. Sie dachte an ihre eigenen Erfahrungen im Dienst, an dreckige Witze, an derbe Tritte gegen das Schienbein, wenn der Verhaftete nicht sofort kuschte. Klar, schwarze Schafe gab es immer, aber wie viele davon vertrug eine Herde weißer Schafe? Es waren Einzelfälle, zumindest, was sie selbst so mitbekam. Aber es waren verdammt viele Einzelfälle.

Lutz schaute in seine Tasse und zuckte stumm die Achseln.

Lina holte tief Luft. »Was willst du dann?«

Endlich hob Lutz den Kopf und sah sie an. Seine Zerrissenheit stand ihm ins Gesicht geschrieben. Da waren einerseits seine Zuneigung zu ihr, seine Freundschaft, seine Verbundenheit. Und andererseits sein Gerechtigkeitsempfinden, das sich nicht um die geltenden Gesetze scherte, die bei Weitem nicht immer ausreichten, um Ungleichheit und Ungerechtigkeit wirksam zu bekämpfen. »Ich würde mir einfach nur wünschen, dass du mal genauer überlegst, gegen wen du da gerade ermittelst. Und ob das wirklich sein muss.«

»Ich ermittele gegen einen Straftäter, und ja, es muss sein.«

Sie funkelten sich an, als gelte es, den Gegner einzuschätzen. Der Gedanke erschreckte sie. So weit war es also gekommen? Waren sie zu Gegnern geworden? Nein, das durfte, das konnte sie nicht zulassen. Lina holte erneut tief Luft, lächelte versöhnlich und sagte: »Lutz, ich verstehe dich, aber ich kann nicht einfach beschließen, in diesem Fall nicht weiter zu ermitteln.«

»Aber du könntest beschließen, nicht so gründlich zu ermitteln.«

Lina schwieg, und wieder musterten sie einander, als gelte es, die Schwachstellen des anderen zu entdecken. Noch nie in ihrem Leben hatte sie ein Schweigen als so quälend empfunden, als so bedrohlich, so existenziell. Unvermittelt hatte sich ein Graben zwischen ihnen aufgetan, und keiner von ihnen konnte den Abgrund überwinden, keiner konnte den Sprung wagen, ohne Gefahr zu laufen, abzustürzen.

»Ja«, sagte sie langsam, »das könnte ich.«

4

Mit kleinen Augen blickte Lina auf den überquellenden Schreibtisch vor sich. Ein wirres Durcheinander aus Papieren, Kaffeebechern, Post-it-Stickern, Stiften, zusammengeknüllten Kassenzetteln und Bonbonpapieren. Sie starrte auf den Bildschirm und tippte auf der Tastatur. Aber Max wusste, dass sie das nur tat, damit es nicht allzu sehr auffiel, dass sie im Grunde noch schlief.

Er unterdrückte ein Lächeln. Sein eigener Schreibtisch war penibel aufgeräumt, nirgendwo lag oder stand etwas herum, das nicht dorthin gehörte. Aus einem Becher stieg heißer Dampf auf, milder Pfefferminzduft erreichte seine Nase. Lina gähnte verstohlen und hob den Kaffeebecher zum Mund. Sie hatte ohne Zweifel ihre Stärken, aber Wachheit um acht Uhr morgens gehörte nicht dazu, nicht einmal nach der zweiten Tasse Kaffee. Niemand wusste das besser als Max, weshalb er sie in diesem Zustand so gut es ging in Ruhe ließ.

Hanno Peters, Erster Hauptkommissar und ihr Teamchef, war da leider weniger rücksichtsvoll, obwohl er sonst eigentlich gar nicht so übel war. Mit seinen vierundsechzig Jahren war er gutmütig und alles andere als ein Hektiker, was bei seinem beachtlichen Bauchumfang auch ein seltsames Bild abgegeben hätte. Aber es bereitete ihm diebische Freude, morgens ins Büro zu platzen und Lina aus ihrem Dämmerzustand zu reißen.

Und siehe da: Die Tür zum Nachbarbüro wurde aufgerissen und Hanno steckte den Kopf herein. Lina zuckte zusammen.

»Teambesprechung in zehn Minuten«, rief Hanno in den Raum, und ehe Max auch nur Piep sagen konnte, hatte er die Tür schon wieder geschlossen. Als Max an seinem Monitor vorbei zu Lina spähte und ihr entsetztes Gesicht sah, konnte er sich gerade noch ein Grinsen verkneifen.

»Na komm, zwei Kaffee schaffst du bis dahin noch.«

Es war dann doch nur eine Tasse, die Lina in den zehn Minuten herunterkippte wie Medizin, aber sie nahm sich ihren frisch aufgefüllten Becher mit, als sie Max in Hannos Büro folgte. Nicht zum ersten Mal fragte er sich, wie es sein konnte, dass sie offensichtlich immun gegen Koffein war. Bei den Mengen Kaffee, die sie in sich hineinschüttete, wäre er schon längst nah am Kollaps.

Alexander Osterfeld, mit sechzig Jahren der Zweitälteste im Team, saß bereits vor Hannos Schreibtisch. Er hob nur kurz den Kopf und nickte, als Max und Lina auftauchten, dann vertiefte er sich wieder in die Akte, die er auf dem Schoß hielt. Vor einem Jahr war er an Krebs erkrankt und lange ausgefallen. Ein stiller, ruhiger Mann, der sich durch die Krankheit noch stärker zurückgezogen hatte und am liebsten hinter seinem Schreibtisch saß und den Papierkram erledigte. Max' Eindruck war, dass er immer noch nicht wieder ganz gesund war und nur aus Langeweile, vielleicht auch aus Trotz wieder angefangen hatte zu arbeiten.

Max und Lina setzten sich.

Als Letzter erschien Sebastian Muhl, der sich ein Büro mit Alex teilte. Mit seinen neunundvierzig Jahren war er noch nicht alt genug, um sich schon mal gemächlich auf die Rente vorbereiten zu können wie Hanno und Alex, was ihn irgendwie zu verbittern schien.

Möglichst unauffällig warf Max einen Blick auf die Uhr. Teambesprechungen gehörten nicht gerade zu seinen Lieblingsbeschäftigungen. Diese endlosen Sitzungen, die er eingesperrt in Hannos Büro verbringen musste. Doch heute kamen sie vielleicht glimpflich davon. Hanno schien nicht ganz auf dem Damm zu sein und wollte offenkundig seine Ruhe haben. Er starrte auf die Akte vor sich, ein kurzer Bericht über die Ermittlungen im Fall Scholz. Er hob den Kopf und sah Max an.

»Und? Habt ihr schon etwas?«

Max schüttelte den Kopf. »Nichts Konkretes, nur jede Menge Zeugen und potenzielle Verdächtige, die wir befragen müssen.«

Hanno starrte wieder auf die Papiere vor sich, dann runzelte er die Stirn. »Wollte der Täter sein Opfer töten? Oder nur verletzen?«

»Das wissen wir noch nicht. Aber die Verletzung war lebensgefährlich, so viel ist sicher.«

Hanno blickte immer noch auf seinen Schreibtisch. Er war bleich, auf der Stirn hatte er Schweißperlen.

»Hanno? Ist alles in Ordnung mit dir?«, fragte Max alarmiert. Auch die Kollegen sahen ihren Vorgesetzten mit einer Mischung aus Neugier und Sorge an.

Hanno wischte sich mit einem großen karierten Taschentuch über die Stirn und murmelte etwas wie »Hab mir wohl irgendwas eingefangen«. Dann riss er sich zusammen und blickte auf. »In Ordnung, dann macht ihr beiden einfach weiter, ihr wisst ja, was zu tun ist. Alex, Sebastian«, ein erneuter Blick auf die Papiere auf seinem Schreibtisch, »ihr kümmert euch um Sigi.« Siegfried Holzer, ein polizeibekannter Säufer und Kleinkrimineller, hatte am Samstagabend auf dem Kiez seinen Saufkumpanen erstochen.

»Er hat bereits gestanden«, erklärte Sebastian.

»Aber der Bericht ist noch nicht fertig«, sagte Hanno. Es war nicht zu übersehen, dass er sie so schnell wie möglich aus seinem Büro haben wollte. Die Untergebenen zur Schreibtischarbeit zu verdonnern, war ein probates Mittel, um als Chef seine Ruhe zu haben. Oder sie endlos Zeugen befragen zu lassen, dachte Max.

»Sonst noch was?«, fragte Hanno und schaute mit genervtem Blick in die Runde. Sie machten, dass sie wegkamen.

Max und Lina fuhren in die Juliusstraße, trafen jedoch nur eine Studentin an, die für ein Semester eines der beiden Zimmer in der Wohnung angemietet und den Namen Sven Scholz noch nie gehört hatte. Sichtlich genervt über die Störung wiegelte die junge Frau alle weiteren Fragen mit dem Hinweis ab, sie müsse für ihre anstehenden Prüfungen lernen. Schließlich bekamen sie doch noch aus ihr heraus, dass der Hauptmieter Ole Schubiak hieß, seit drei Wochen auf den Kanaren war und erst in einem Monat zurückkommen würde. Unverrichteter Dinge verließen sie das Haus. Lina hatte die ganze Zeit den Mund nicht aufgemacht. Erst als sie im Wagen saßen und sich angeschnallt hatten, sagte sie:

»Wir haben uns ja ziemlich schnell festgelegt, wo wir den Täter zu suchen haben, meinst du nicht?«

Max ließ den Zündschlüssel los und lehnte sich zurück. »Irgendwo müssen wir ja anfangen.«

»Aber wieso ausgerechnet bei den Mietern von Scholz? Für mich sieht der Angriff eher nach einer Beziehungstat aus. Warum nehmen wir nicht Scholz' persönliches Umfeld genauer unter die Lupe?«

Max dachte nach. Linas Einwand war nicht von der Hand zu weisen. Scholz hatte selbst den Verdacht sofort auf die Mieter in seinen Immobilien gelenkt und seinen Bekanntenkreis generell in Schutz genommen. Allerdings hatte Max nicht den Eindruck gehabt, er wollte sie bewusst auf eine falsche Fährte locken. Schließlich musste Scholz selbst das größte Interesse daran haben, dass sie den Täter fanden.

»Dafür müssten wir vorher Scholz noch einmal vernehmen«, sagte er. »Geben wir ihm noch ein paar Tage, bis er sich richtig erholt hat.«

»Hast du plötzlich doch Mitleid mit diesem Idioten?« Lina presste die Lippen zusammen, als fühlte sie sich von Max im Stich gelassen.

»Nein. Aber je fitter er ist, desto weniger feinfühlig müssen wir bei der Befragung sein.«

Lina sah ihn neugierig an. »Du magst diesen Typen wirklich nicht«, stellte sie schließlich fest.

Wortlos startete Max den Wagen. Hatte er tatsächlich gerade gesagt, dass er bei der Befragung eines Opferzeugen auf sein Feingefühl verzichten wollte? Ihm wurde heiß, und er war froh, dass der dichte Verkehr ihn ablenkte.

Dem Haus in der Clemens-Schultz-Straße sah man schon von Weitem an, dass sich lange niemand mehr darum gekümmert hatte. Ein einfacher Altbau, schnörkellos, aber solide, der sich noch nie mit dem Haus in der Juliusstraße hatte messen können, jetzt aber gänzlich vor die Hunde ging. Der Putz war großflächig abgebröckelt, die ursprüngliche Fassadenfarbe konnte Grau oder Braun oder vielleicht auch Taubenblau gewesen sein, so genau konnte man das nicht mehr erkennen. Die Fenster waren teilweise noch aus Holz und zweiflügelig, die Haustür war ebenfalls aus Holz und sah aus, als sei sie seit dem Bau des Hauses vor hundert Jahren nicht mehr gestrichen worden. Was durch mehrere Schichten Plakate wettgemacht wurde, die für alles Mögliche von Konzerten über Demos bis zu Gay-Partys warben. Eine Klingelleiste gab es, aber man musste schon fast hellsehen können, um die Namen darauf zu entziffern. Dafür stand die schwere Haustür einen Spalt offen.

Max hob die Hand und drückte sie auf.

Im ersten Moment wirkte der Hausflur stockdunkel, bis sich die Augen an das schwache Dämmerlicht gewöhnt hatten, das durch das Oberlicht im Treppenhaus fiel. Die Beleuchtung war defekt, wie sie feststellen mussten, als Lina den Schalter drückte. Es roch nach Müll, Staub und verdorbenem Essen. Weiter hinten links begann die Treppe, rechts führte eine Tür in den Keller. Auch sie stand offen. Max hörte scharrende Geräusche, ein gedämpftes Fluchen und dann ein lautes Knacken, als hätte gerade jemand eine Holzlatte zerbrochen. Er sah Lina an. Sie schien dasselbe zu denken wie er.

Da stimmte etwas nicht.

Leise gingen sie zur Kellertür.

»Hallo? Ist da unten jemand?«

Stille.

Da stimmte etwas ganz und gar nicht. Lina kramte eine Taschenlampe aus ihrem Rucksack und hatte gerade die ersten zwei Stufen der schmalen Treppe betreten, als ihr von unten eine schwarz gekleidete Gestalt entgegengestürmt kam, ihr den Kopf in den Bauch rammte und sie umwarf.

Max war zwar vorgewarnt, doch der auf frischer Tat ertappte mutmaßliche Einbrecher war so klein und zierlich, dass er glatt zu hoch zielte und der Junge sich unter seinem Arm wegduckte. Schon war der kleine Blitz an ihm vorbei und auf der Straße, während die schwere Holztür langsam hinter ihm zufiel und das Treppenhaus wieder in spärliches Dämmerlicht getaucht war.

Stirnrunzelnd rappelte Lina sich wieder auf und klopfte sich den Staub von der Hose. »Früh übt sich«, murmelte sie. Der Junge war noch keine vierzehn Jahre alt gewesen.

Die Tür zur Erdgeschosswohnung wurde einen Spalt geöffnet, so weit die Vorhängekette reichte. Zwischen Tür und Türrahmen tauchte ein bärtiges, faltiges Gesicht unter dünnem Kopfhaar auf. Auf dem Schild neben der Tür stand der Name Erwin Rhode. Die Schrift war verblasst und kaum noch zu entziffern. Aus der Wohnung wehte der Gestank alten Zigarettenrauchs in den Hausflur.

»Herr Rhode?«, fragte Max freundlich.

»Was wollen Sie? Schickt Scholz Sie?«

»Nein, wir kommen von der Polizei«, erklärte Max höflich, doch der alte Mann blieb misstrauisch. »Warum glauben Sie, dass Scholz uns geschickt haben könnte?«

»Der schickt hier öfter mal seine Leute vorbei.«

Max wartete, aber es folgte keine weitere Erklärung. »Sven Scholz wurde letzte Woche überfallen und schwer verletzt. Können Sie uns vielleicht etwas dazu sagen?«

Rhode machte ein Geräusch, das genauso gut ein Lachen wie ein verächtliches Schnauben sein könnte. »Ich? Wie kommen Sie denn auf die Schnapsidee? Was hab ich denn mit diesem feinen Schnösel zu tun?«

»Nun, Herr Scholz hat dieses Haus gekauft, und soweit wir wissen, möchte er es sanieren und teuer weitervermieten oder verkaufen. Haben Sie noch keine Kündigung erhalten?« Max lächelte dem alten Mann zu, der immer noch durch seinen Türspalt lugte. »Herr Rhode, können wir vielleicht hereinkommen, damit wir uns in Ruhe unterhalten können?«

Der Mann verzog unwillig die Stirn. »Muss ich Sie reinlassen?«

»Nein, aber …«

»Dann mach' ich das auch nicht. Ich will keinen Ärger, versteh'n Sie? Ich tue niemandem was, und ich weiß auch nichts.«

51

»Aber …«, fing Max noch einmal an, doch da war die Tür schon wieder verschlossen. Er drehte sich zu Lina um. »Okay, das lief nicht so gut.«

Sie zuckte nur die Achseln. »Was hast du denn erwartet?«

Max wandte sich zur Treppe und stieg in den ersten Stock. Hier war es etwas heller als direkt hinter der Haustür, aber dafür sah man auch den Dreck deutlicher, der sich am Rand der Stufen angesammelt hatte. Nur in der Mitte der Stufen konnte man noch die ursprüngliche Farbe des Linoleums erahnen: Braun. Oder vielleicht auch Grau. Oder Blau?

Im ersten Stock wurde ihnen bei keiner der zwei Wohnungen geöffnet, und im zweiten Stock wies man sie mit schroffen Worten ab. Max sah Lina an, die nur gelangweilt die Schultern zuckte. Das Hab-ich-doch-gleich-gesagt brauchte sie gar nicht laut auszusprechen.

Seufzend wandte sich Max der nächsten Tür zu. Ein Namensschild fehlte, doch kurz nach dem Klingeln hörte er beschwingte Schritte, dann wurde die Tür weit aufgerissen. Ein Mann, etwa in seinem Alter, schlank und durchtrainiert, halblange, zerzauste Haare, tauchte auf, stutzte kurz und strahlte Max an wie einen guten Bekannten, der unverhofft vor der Tür steht. Dabei war Max sicher, den Mann nie zuvor gesehen zu haben. Lina schien er gar nicht zu bemerken.

Max lächelte. »Guten Tag, bitte entschuldigen Sie die Störung. Mein Name ist Max Berg …«

Weiter kam er nicht, denn der Mann vor ihm fing schallend an zu lachen. »Echt jetzt? Das ist doch nicht dein Ernst!«

Es geschah nur selten, dass Max die Worte fehlten oder er vor Verblüffung nicht mehr weiterwusste. Dieser Mann schaffte es binnen weniger Sekunden.

»Max Berg?« Der Mann streckte die Hand aus und sagte: »Moritz Thal.« Und fing wieder an zu lachen. Unwillkürlich musste Max grinsen, und auch von hinten aus Linas Richtung kam ein leises Glucksen.

»Herr Thal …«

»Moritz, ich bin Moritz. Mensch, wir können uns doch nicht einfach siezen!«

Max ließ sich nicht beirren. »Wir kommen vom LKA Hamburg, dies hier ist meine Kollegin Lina Svenson. Wir ermitteln in einem Gewaltverbrechen und hätten dazu ein paar Fragen an Sie.«

»An mich? Echt jetzt? Meine Güte!«

»Können wir dafür vielleicht reinkommen?«

»Aber natürlich, mein Gott, wie schusselig von mir.« Moritz Thal trat beiseite und machte eine übertriebene Verbeugung, um die beiden Besucher in die Wohnung zu bitten. Er lotste sie ins Wohnzimmer, einen Raum mit schönem Holzfußboden, einem uralten Sofa und einem Schwarz-Weiß-Foto von James Dean im XXL-Format an der Wand. Ein riesiger schwarzer Scheinwerfer, der an ein Fotostudio erinnerte, tauchte den Raum in strahlende Helligkeit, was nach dem dunklen Treppenhaus wirkte, als träte man in hellen Sonnenschein. Ein paar Paletten, die als Couchtisch dienten, sowie zwei ebenfalls alte, aber bequem aussehende Stühle vervollständigten die Einrichtung. Auf dem Tisch lagen ein Päckchen Tabak, Blättchen, ein Feuerzeug – und eine kleine Dose. Max brauchte gar nicht lange zu raten. Er schnupperte demonstrativ, der schwere, typische Grasgeruch in der Luft ließ sich nicht ignorieren.

Moritz Thal stutzte kurz, als sein Blick auf den Tisch fiel, dann sah er Max an. »Wie war das noch mal? Sie sind vom LKA?«

Max lächelte beruhigend. »Keine Sorge, Ihre Kräutermedizin interessiert uns nicht, Herr Thal.«

Der Mann ließ sich auf das Sofa fallen, dann holte er tief Luft und war sichtlich bemüht, sich zusammenzureißen. »Okay, ich hab's kapiert. Äh, und was wollten Sie noch mal von mir?« Er hatte offensichtlich schon wieder vergessen, dass er ihnen gerade eben noch das Du angeboten hatte, und blickte hektisch zwischen Max und Lina hin und her, die sich auf die Stühle gesetzt hatten. Unvermittelt fing Moritz Thal wieder an zu kichern. »Du heißt aber nicht echt Max Berg, oder? Du willst mich doch nur verarschen!«

»Nein, Herr Thal, ich heiße wirklich so«, erklärte Max geduldig, während Lina energisch aufstand.

»Herr Thal, Sie haben doch bestimmt Kaffee oder Cola oder so was in Ihrer Küche, oder? Ich glaube, Sie brauchen erst einmal was zum Wachwerden.« Ohne eine Antwort abzuwarten, verschwand Lina. Kurz darauf hörte Max sie irgendwo in der Wohnung rumoren. Schubladen wurden aufgezogen, eine Kühlschranktür wurde geöffnet. Dann kehrte sie zurück, ein kleines Holzbrett diente ihr als Tablett für zwei Flaschen Fritz-Cola, ein großes Glas Wasser und eine Orange. Sie öffnete die Flaschen mit dem Feuerzeug und drückte Thal eine Cola in die Hand. Anschließend schälte sie die Orange, legte die Scheiben auf das Holzbrett und schob es Thal entgegen. »Hier, essen und trinken Sie. Wir haben nicht so lange Zeit, um zu warten, bis Sie von allein wieder klarer werden.«

Max beobachtete ihre zielstrebigen Bewegungen und den entschlossenen Zug um ihre Mundwinkel. Mit so etwas kannte sie sich aus. Wie wird man nach dem Kiffen am schnellsten wieder nüchtern? Koffein und Vitamine. Und viel trinken. Gut zu wissen.

Thal kaute mit geschlossenen Augen die Orange und trank schluckweise von der Cola, bis die erste Flasche leer war. Nach wenigen Minuten schlug er die Augen auf, richtete sich auf und holte tief Luft. »Okay, ich glaube, jetzt geht's.« Er schaute von Max zu Lina und wieder zurück, wobei er erneut grinsen musste. »Sorry, das ist mir jetzt echt peinlich. Aber ich habe gestern ein Riesenprojekt abgeschlossen, tierisch stressig und so. Ich war wochenlang auf hundertachtzig, und da musste ich einfach irgendwie runterkommen.«

»Schon gut, so was kommt vor.«

»Also, worum geht's? Was ist los?«

»Herr Scholz, der Eigentümer dieses Hauses, wurde letzte Woche angegriffen und schwer verletzt.«

»Echt jetzt? Cool.« Dann schien ihm wieder einzufallen, wer hier gerade vor ihm saß, und er wurde ernst. Ernster jedenfalls, als Max ihn in der letzten Viertelstunde erlebt hatte.

»Oh Mann, heute lasse ich aber auch echt keinen Fettnapf aus, was? Na ja, aber ganz ehrlich – war ja klar, dass der irgendwann mal seine eigene Medizin zu schlucken bekommt.«

»Die eigene Medizin? Wie meinen Sie das?«

Moritz Thal nahm einen großen Schluck Cola aus der zweiten Flasche, anschließend rülpste er vernehmlich.

»Ach komm, was glauben Sie denn? Dass so einer wie Sven Scholz es bei ein paar Briefen belässt und einen jahrelangen Rechtsstreit abwartet, bis er uns hier draußen hat?« Er lachte spöttisch und schlug die Beine übereinander. »Dieses Haus hier war nie ein Prunkstück, aber das ist mir egal, solange das Licht funktioniert und es nicht reinregnet. Aber seit Scholz das Haus gekauft hat, ist nicht einmal das selbstverständlich. Sie haben doch das Treppenhaus gesehen – dafür sind die beiden sogenannten Hausmeister zuständig, die Scholz uns hier vor die Nase gesetzt hat. Manni und Eddi. Keine Ahnung, ob die wirklich so heißen, aber sie sehen einfach aus wie Manni und Eddi, wie zwei Klischeeganoven vom Kiez, die sich um ein paar Jahrzehnte in der Zeit vertan haben. Sie wissen schon, langer Schnauzer, Koteletten, Kunstlederjacke – voll siebzigerjahremäßig, echt.« Er strahlte Max an, als könnte er sich nichts Schöneres vorstellen, als einen Beamten vom LKA in seinem Wohnzimmer sitzen zu haben. Seine Augen waren hellblau und von unzähligen Fältchen umgeben. Lächelnd saß er auf seinem

Sofa, und seine Miene bekam einen verträumten Ausdruck.

»Herr Thal?«

Er zuckte zusammen. »Äh, ja. Wo war ich stehen geblieben?«

»Sie haben uns gerade von Manni und Eddi erzählt, den Hausmeistern.«

Thal lachte spöttisch auf, dann nickte er ernst. »Ja, genau. Hausmeister. Ha! Eher Anti-Hausmeister. Also, sie kümmern sich schon um das Haus, aber quasi immer genau so, wie man es nicht macht. Statt im Hausflur die Glühbirnen zu ersetzen, schrauben sie sie raus und verschmieren die Fassung mit Sekundenkleber, damit niemand anderes die Birne ersetzen kann. Statt das Treppenhaus zu reinigen, schleppen sie noch extra Müll an, den sie hier verrotten lassen.«

Er bemerkte Max' skeptischen Blick. »Glauben Sie nicht? Ist aber passiert, echt. Letzten Sommer, genau, da begann es im Treppenhaus bestialisch zu stinken. Eklig, einfach nur eklig. Ich hab mich mit Falk auf die Suche gemacht, und ganz oben, vor der Tür zum Dachboden, fanden wir eine Plastiktüte mit einer toten Ratte. Wir mussten fast kotzen, als wir den Scheiß entsorgt haben.«

»Und was macht Sie so sicher, dass die beiden Herren Manni und Eddi die Ratte dort hingelegt haben?«, fragte Max, immer noch skeptisch.

»Weil Erwin, der alte Penner aus dem Erdgeschoss, gesehen hat, wie einer der beiden ein paar Tage vorher mit genau der Tüte in der Hand nach oben gegangen ist. Es ist ja nicht so, dass sie das alles heimlich machen würden. Nee, die legen es ja regelrecht drauf an, dass jemand sie dabei sieht.«

»Und was sagt Herr Scholz dazu?«, fragte Lina.

»Der? Der schiebt natürlich seine Sekretärin vor. Bestimmt so ein Schönchen, das den ganzen Tag in ihrem Büro am Jungfernstieg hockt und sich die Ohrläppchen lackiert. Jedenfalls

hat sie keine Ahnung von nichts, oder zumindest tut sie so.«
Thal legte den Kopf schräg, schloss die Augen zur Hälfte und
imitierte ziemlich gekonnt Berit Sander: »Tut mir leid, da muss
es sich um ein Missverständnis handeln. Ich werde mich sofort
darum kümmern.« Thal öffnete die Augen wieder und fuhr
fort. »Aber natürlich ist nie etwas passiert, ich meine, es ist nie
besser geworden. Aber das ist ja auch nicht Mannis und Eddis
Job. Deren Job ist es, dieses Haus so schnell wie möglich unbewohnbar zu machen. Bei zwei Leuten hatten sie ja damit auch
Erfolg, die sind schon ausgezogen. Julia hatte die Schnauze voll,
nachdem sie ihren Keller aufgebrochen und ihr das Mountainbike geklaut haben – also, jetzt nicht Manni und Eddi, obwohl,
wer weiß, zutrauen würde ich es ihnen. Die beiden haben das
Haustürschloss geschrottet, aber gründlich, und seitdem wird
hier ständig eingebrochen.«

»Das haben wir gemerkt«, sagte Max. »Wir haben einen
Einbrecher aufgescheucht, als wir gekommen sind.«

»Wow, super! Und, was hatte er als Beute dabei? Drei leere
Müllsäcke? In den Kellern ist doch schon längst nichts mehr zu
holen, so dämlich ist hier doch keiner.« Moritz Thal schüttelte
den Kopf und kippte weiter Cola in sich hinein. Max betrachtete den Mann, der den Blick gesenkt hatte und am Etikett der
Cola-Flasche herumpulte. Seine Gesichtszüge waren auffallend asymmetrisch, die Hände waren weich und gepflegt. Max
wusste nicht, womit Thal sein Geld verdiente, aber er tippte auf
Fotograf. Das riesige Foto und der Scheinwerfer legten diesen
Schluss jedenfalls nahe.

»Ich nehme an, Herr Scholz hat die Mieter hier bereits über
die anstehende Sanierung informiert?«, fragte Max, und Moritz
Thal nickte.

»Wie ist es danach weitergegangen? Vermutlich hat er Ihnen
Angebote gemacht, die Umzugskosten zu übernehmen, falls Sie
kündigen, und ähnliche Anreize?«

Moritz Thal nickte erneut, sagte jedoch nichts. Er wirkte erschöpft, als hätte er seinen Energievorrat in den letzten Minuten aufgebraucht. Max hoffte, dass sein Redefluss nicht versiegt war, denn jetzt kamen sie zu den interessanten Fragen.

»Haben Sie, seit Herr Scholz das Haus gekauft hat, jemals eine Mieterversammlung abgehalten?«

»Ja, klar. Sobald wir erfuhren, dass das Haus verkauft werden soll.«

»Und wie laufen solche Mieterversammlungen ab?«

»Ungefähr so: Erst sind alle wütend, dann jammern alle, dann schwören alle, bis zum Schluss zu kämpfen, und dann geht man zusammen einen saufen. Und dann steht eines Tages der erste Umzugswagen vor der Tür.«

»Aber Sie sind geblieben?«

Achselzucken. »Noch ist es hier ja auszuhalten. Okay, die tote Ratte war echt eklig, und das Licht im Treppenhaus – aber meine Güte, wozu gibt es Taschenlampen?« Er sah Max an und grinste. »Obwohl ich natürlich schon mal die Fühler ausstrecke. Ich meine, auf dem freien Markt ist ja nichts mehr zu kriegen, da muss man schon Glück haben und jemanden kennen, der vielleicht jemanden kennt …«

»Gibt es denn auch Mieter, die sich nicht damit abfinden können, hier rauszumüssen?« Die Frage kam von Lina.

»Falk, Falk Wagner aus dem Dritten. Den müssen sie an Händen und Füßen hier rauszerren, der geht nicht freiwillig raus.«

»Der Falk, mit dem Sie die tote Ratte entsorgt haben?«

»Genau der. Muss schon über fünfzig sein, so'n alter Kämpfer, ist immer noch bei den Autonomen dabei, Hafenstraße, Rote Flora, Sie wissen schon. Der hat im letzten Sommer auch eine Demo vor dem Büro von Scholz organisiert, zusammen mit Leuten aus ein paar anderen Häusern.« Er verzog das Gesicht, halb spöttisch, halb gönnerhaft. »Ob's was gebracht hat? Wage ich zu bezweifeln. Aber eigentlich ist er ein netter Kerl, nur manchmal etwas dogmatisch. Aber so als Nachbar ganz okay.« Plötzlich wurde sein Blick wacher, er schrak sichtlich zusammen, als würde ihm erst jetzt dämmern, warum die Polizei ihm diese Fragen stellte. »Aber der würde nie jemanden überfallen, garantiert nicht«, beeilte er sich nachzuschieben, doch besonders überzeugend klang das jetzt nicht mehr.

Max lächelte Thal freundlich zu, um dessen schlechtes Gewissen zu beruhigen, weil er einen Bekannten bei der Polizei angeschwärzt hatte. Doch das schlechte Gewissen schien bei Moritz Thal nicht sehr ausgeprägt zu sein, zumindest nicht in diesem Fall, denn auf Max' Lächeln hin begann er ihn erneut anzustrahlen, als wollte er dem Scheinwerfer in der Ecke Konkurrenz machen.

Max wandte den Blick demonstrativ ab und sah zu Lina. »Hast du noch Fragen?«

Sie schüttelte den Kopf und stand auf, genau wie Max. Auch Moritz Thal sprang auf und begleitete sie zur Tür, wobei er ununterbrochen redete.

»Falls Sie noch mehr Fragen haben, kommen Sie doch einfach vorbei, normalerweise bin ich auch nicht mitten am Tag bekifft. Nächstes Mal bekommen Sie auch einen Kaffee, versprochen, und wenn Sie vorher kurz durchrufen, kann ich uns auch noch lecker Kuchen besorgen, unser Bäcker hier macht die besten Schokotörtchen der Stadt, die *müssen* Sie einfach probieren.« Er riss die Tür auf und deutete eine Verbeugung an. »Wie gesagt, kommen Sie doch einfach mal vorbei, ich würde Ihnen echt gerne helfen, bei den Ermittlungen und so, ich würde mich wirklich freuen, echt jetzt.« Dabei strahlte er Max die ganze Zeit an.

5

Es dämmerte bereits, als sie zum Polizeipräsidium am Bruno-Georges-Platz zurückkehrten. Sie hatten noch an den restlichen Wohnungstüren im Haus in der Clemens-Schultz-Straße geklingelt, aber niemanden angetroffen, auch nicht Falk Wagner. Lina hatte Max immer wieder amüsierte Seitenblicke zugeworfen, aber erst als sie im Auto saßen, sagte sie: »Na, der hat sich aber ziemlich ins Zeug gelegt. Eine Einladung zu den besten Schokotörtchen der Stadt! Diese Gelegenheit darfst du dir auf keinen Fall entgehen lassen!«

Max lachte. »Ach komm, der hat mich doch auf den Arm genommen.«

»Glaub ich nicht. Der hat dich ja schon angestrahlt wie zwei Sonnen auf einmal, als er uns die Tür aufgemacht hat und noch gar nicht wusste, wer du bist.«

Max schwieg und konzentrierte sich auf den Feierabendverkehr. Lina musterte ihn von der Seite. Sie konnte sich gut vorstellen, dass er öfter mal von einem Mann angebaggert wurde. Er lebte in der Nähe von St. Georg, dem Stadtteil, in dem die Schwulenszene Hamburgs zu Hause war und in dem mancherorts eine entspannte, bisweilen offen laszive Stimmung herrschte. Dazu kam, dass Max einfach verdammt gut aussah. Sie richtete den Blick wieder nach vorn.

In ihrem Büro im Polizeipräsidium roch es muffig. Lina riss die Fenster weit auf, obwohl es regnete. Unschlüssig starrte sie ihren Computer an, dann schaute sie auf die Uhr. Es war halb fünf, eigentlich könnte sie Feierabend machen, genau wie Max, der gerade den Kopf durch die Tür zu Hannos Büro steckte und sich verabschiedete.

»Alles okay bei dir?«, hörte sie Max fragen, doch Hannos gemurmelte Antwort war nicht zu verstehen.

Nachdenklich kehrte Max ins Büro zurück und schloss die Tür. »Hanno gefällt mir gar nicht«, sagte er leise. »Er ist total blass.«

»Lass mich raten: Aber er meint, ihm fehlt nichts. Er hat sich nur was eingefangen«, zitierte sie ihren Chef aus der morgendlichen Teamsitzung.

Max nickte, dann sah er ebenfalls auf die Uhr. »Ich muss los. Aber Hanno …«

»Ich bleibe noch«, beeilte Lina sich zu sagen. »Ich pass schon auf, dass er Feierabend macht.« Es war ihr ganz lieb, das Büro eine Weile für sich zu haben, und während Max seine Sachen packte, schloss sie das Fenster und schaltete ihren Computer ein.

Sobald sie allein war, nahm sie sich noch einmal die Liste der Mieter vor, die Berit Sander ihnen überlassen hatte. Zweihundert Namen. Allein in der Juliusstraße und der Clemens-Schultz-Straße gab es fast vierzig Wohnungen. Dazu das Haus in der Schwenckestraße in Eimsbüttel mit noch einmal fast zwanzig Mietparteien. Sie waren die Liste bereits am Freitag oberflächlich durchgegangen, doch den Namen, nach dem sie jetzt suchte, musste wohl Max überprüft haben. Sie selbst konnte sich jedenfalls nicht erinnern, schon etwas über Falk Wagner gelesen zu haben.

Sie tippte den Namen ein, und siehe da, der Computer spuckte tatsächlich einiges über den Mann aus. Geboren 1962 in Bad Oldesloe, lebte seit über dreißig Jahren in Hamburg. Eine Verurteilung wegen Landfriedensbruch in den Achtzigerjahren im Zusammenhang mit einer Hafenstraßendemo, mehrere Anzeigen wegen Sachbeschädigung, bei denen jedoch alle Verfahren eingestellt worden waren. Falk Wagner hat in seinem Leben unzählige Demonstrationen und Kundgebungen angemeldet, zuletzt diejenige am Jungfernstieg vor dem Büro von Sven Scholz. Genau wie Moritz Thal ihnen erzählt hatte. Lina lehnte sich zurück und betrachtete das Passfoto des Mannes. Er war hager und blickte mürrisch in die Kamera. Sie kannte ihn nicht, auch der Name sagte ihr nichts, aber es war gut möglich, dass Lutz ihn kannte. Mit Unbehagen dachte sie an seinen Besuch gestern Nachmittag. Sie hatten sich nicht richtig gestritten, trotzdem hatte eine merkwürdige Stimmung zwischen ihnen geherrscht, die sich bis zu seinem Abschied nicht aufgelöst hatte. Erwartete Lutz allen Ernstes von ihr, dass sie bewusst die Ermittlungen schleifen ließ – oder gar sabotierte? Er wusste doch, dass das nicht möglich war. Sie würde ihren Job riskieren.

Im Büro war es ruhig, von draußen schlug der Regen gegen die Fensterscheibe. Als sie aus dem Nachbarbüro ein lautes Scheppern hörte, fuhr sie erschrocken zusammen. Es klang, als sei etwas zu Boden gefallen. Sie horchte auf, wartete auf Hannos Fluchen, doch als das ausblieb, stand sie auf und öffnete die Tür zum Nebenzimmer.

Hanno hing in seinem Schreibtischstuhl, leichenblass, mit Schweißperlen auf der Stirn. Sein Blick irrte umher, er rang keuchend nach Luft. Die rechte Hand hielt er an sein Herz gedrückt, die linke hing schlaff herunter. Sein Telefon lag neben ihm auf dem Boden.

Nach einer Schrecksekunde rannte Lina weiter zum Büro von Alex und Sebastian. Sebastian war allein und zog missmutig die Brauen zusammen, wie immer, wenn er sie sah, doch dieses Mal achtete sie nicht darauf. »Ich glaube, Hanno hat einen Herzinfarkt!«

Im ersten Moment fürchtete sie, Sebastian würde ihr nicht glauben, doch dann war er auch schon aufgesprungen und folgte ihr in Hannos Büro. Lina hatte bereits den Telefonhörer in der Hand und wählte den Notruf.

»Zehn Minuten«, sagte sie zu Sebastian, nachdem sie aufgelegt hatte. Hanno war gefährlich weit in seinem Stuhl nach unten gesackt und drohte jeden Moment, auf den Boden zu rutschen. Er hatte die Augen geschlossen und stöhnte leise.

»Wir müssen ihn auf den Boden legen«, sagte Sebastian. Sie rollten Hanno mit dem Stuhl dorthin, wo sie genügend Platz hatten, dann packte Lina ihn an den Beinen, Sebastian griff unter die Achseln. Hanno mit seinen über hundert Kilo rutschte vom Stuhl und landete unsanft auf dem Filzteppich. Er stöhnte noch einmal, dann kippte sein Kopf zur Seite.

Sebastian versuchte, den Puls zu ertasten, während Lina erneut zum Telefon griff, um den Pförtner zu informieren, dass in Kürze der Notarzt eintreffen würde.

»Ich glaube, er atmet nicht mehr«, stellte Sebastian fest. Er klang weder hektisch noch panisch, und als er Hannos Hemd öffnete und mit der Herzmassage begann, schien er genau zu wissen, was er tat.

Natürlich hatte Lina auch eine Erste-Hilfe-Ausbildung, die sie regelmäßig auffrischte, aber im Gegensatz zu ihrem Kollegen hatte sie gerade das Gefühl, nur hilflos danebenzustehen, während Sebastian so souverän wirkte, wie sie ihn nie zuvor erlebt hatte.

»Traust du dir zu, ihn zu beatmen?«, fragte er ohne seinen üblichen Unterton aus Verbitterung, Ablehnung und Häme.

Lina nickte, kniete sich neben Hannos Kopf, überdehnte den Nacken, sodass der Mund sich leicht öffnete, legte einen Daumen unter die Nasenlöcher, den anderen an die Unterlippe und fing an, Hanno zu beatmen. Luft holen, den Mund auf die Lippen legen, langsam ausatmen, Kopf heben, zur Seite drehen, einatmen. Ruhig und gleichmäßig, bloß nicht hektisch werden. Luft holen, den Mund auf die Lippen legen, langsam ausatmen, Kopf heben, zur Seite drehen, einatmen. Schweigend arbeiteten Sebastian und sie zusammen, fanden einen gemeinsamen Rhythmus, mit dem sie Hanno am Leben erhielten. Im Büro war es ruhig, nur ihre eigenen tiefen Atemzüge und Sebastians leises Keuchen waren zu hören. Sie verlor jedes Zeitgefühl, konzentrierte sich ganz auf ihre Aufgabe, eine der wichtigsten, die sie in ihrem Leben je erfüllt hatte: das Leben eines Menschen zu retten, indem sie ihren Atem spendete. So unmittelbar, so direkt, so nah.

Dann Schritte auf dem Flur, die Tür wurde aufgerissen. Lina hob den Kopf und sah die in leuchtend roten Farben gekleideten Gestalten. Der Notarzt legte Sebastian, der die Ankunft der rettenden Helfer gar nicht mitbekommen hatte, die Hand auf die Schulter, woraufhin dieser die Herzmassage abbrach und wie benommen aufstand. Auch Lina erhob sich und zog sich zurück, um niemandem im Weg zu stehen. Das Rettungsteam war gut aufeinander eingespielt, jeder Handgriff saß. Hanno wurden ein paar saftige Stromstöße verpasst, und gleich darauf begann er wieder aus eigener Kraft zu atmen. Sebastian packte noch einmal mit an, um den Koloss auf die Krankentrage zu wuchten, dann blickte er wortlos den Rettungsassistenten hinterher, die mit Hanno den Flur hinunter zum Aufzug eilten.

Der Notarzt nickte ihnen beiden zu. »Ohne Sie hätte er es wohl nicht geschafft.« Dann war auch er verschwunden.

Lina sah sich um. Im ganzen Raum verstreut lagen die Hinterlassenschaften des Rettungsteams. Die Klebeteilchen vom EKG, aufgerissene Plastiktüten, die Verpackung der Braunüle, Pflasterstreifen. Dann schaute sie Sebastian an, der immer noch wie gelähmt auf die Stelle starrte, an der Hanno gelegen hatte.

An der Garderobe hinter der Tür hing Hannos Jacke, sein Schreibtisch wirkte aufgeräumt, als hätte er gerade Feierabend machen wollen, auch der Computer war bereits ausgeschaltet. Ihr Blick fiel auf das Bild neben dem Monitor. Es zeigte Helga, Hannos Frau, und seine beiden Kinder, die inzwischen erwachsen waren, dem Betrachter des Bildes aber noch als Teenager entgegenlächelten.

»Wir müssen seine Frau anrufen«, sagte sie leise.

Sebastian erwachte endlich aus seiner Starre, hob den Kopf und sah sie an. »Ich mach das«, sagte er, nickte Lina zu und verschwand ohne ein weiteres Wort in seinem Büro.

Selten zuvor war Lina mit solch einem bangen Gefühl ins Büro gefahren wie am nächsten Morgen. Am Abend war natürlich nicht mehr an Arbeit zu denken gewesen. Auf dem Heimweg hatte sie Max angerufen und ihm erzählt, was passiert war.

In ihrem Büro brannte Licht, als sie kurz vor acht die Tür öffnete, doch Max war nicht da. Aus Hannos Büro waren Stimmen zu hören.

Alex, Sebastian und Max standen zusammen und blickten auf, als Lina den Raum betrat. »Wie geht es Hanno?«, platzte sie heraus, noch ehe sie die Kollegen begrüßt hatte.

»Ganz gut«, sagte Sebastian. »Er ist noch in der Nacht operiert worden und Helga meinte, er wird wohl durchkommen. Ich habe gerade mit ihr telefoniert.« Er hob sein Handy kurz in die Höhe.

Erleichtert stieß Lina den Atem aus. Glück gehabt. Doch wie würde es jetzt weitergehen?

»Der Chef war gerade hier«, fuhr Sebastian fort. »Ich übernehme kommissarisch die Teamleitung, bis Hanno wiederkommt.«

Lina traute ihren Ohren nicht. Sie sah zu Alex, der eigentlich als Dienstältester diesen Job hätte übernehmen müssen. Alex nickte ernst. »Ich schaffe es nicht und habe Sebastian gebeten, die Aufgabe zu übernehmen.« Bedauernd hob er die Schultern. »Es tut mir leid, aber ich bin einfach noch nicht ganz wieder auf dem Damm.«

Sie zwang sich zu einem Lächeln. »Klar, das verstehe ich«, brachte sie heraus. »Alles okay.« Aber das war eine Lüge, gar nichts war okay. Sebastian war ihr erklärter Feind, und wenn er jetzt auch noch ihr Teamchef wurde, würden hier vermutlich die Fetzen fliegen. Sie warf Sebastian einen kurzen Blick zu. Gestern Abend hatten sie ausgezeichnet zusammengearbeitet, sie hatte sogar so etwas wie kollegiale Gefühle ihm gegenüber entwickelt. Allerdings wagte sie nicht zu hoffen, dass sich an ihrem Verhältnis grundsätzlich etwas verändert hatte. Was waren schon zehn Minuten gegen sechs Jahre?

Niemand sagte etwas, jeder spürte die Spannung, die sie alle gefangen hielt. Bis Max schließlich in seiner ruhigen, sachlichen Art das Wort ergriff. »Ich schlage vor, wir machen erst einmal so weiter wie bisher.«

Sebastian verzog spöttisch den Mund, als amüsiere er sich über Max' Worte, die eher von einem Teamchef als von einem Mitarbeiter hätten kommen sollen. Doch er sagte nichts. Er lehnte an Hannos Schreibtisch und wirkte auf verhaltene Weise gut gelaunt. Immerhin bedeutete Hannos Ausfall eine Riesenchance für ihn. Als kommissarischer Teamchef stieg die Wahrscheinlichkeit, dass er auch auf Dauer Hannos Nachfolge antreten würde, wenn dieser sich Ende des Jahres in den Ruhestand verabschiedete. Lina ahnte, dass es in ihm rumorte und er bereits Pläne schmiedete, wie er ihr das Leben schwer machen konnte.

Sie durfte sich auf harte Zeiten gefasst machen.

In gedrückter Stimmung ging sie mit Max zum Parkplatz. Auch die Tatsache, dass die Sonne schien und ihnen die Luft klar und frisch um die Nase wehte, konnte sie nicht aufmuntern. Sie hatten sich nur kurz angeschaut, und schon waren sie auf dem Weg nach draußen gewesen, weg aus der stickigen Büromuffigkeit, weg aus Sebastians Nähe, der bereits anfing, sich in Hannos Büro häuslich einzurichten.

Keiner von beiden sagte etwas, aber das war auch nicht nötig. Seit er beim Mordermittlungsteam 3 angefangen hatte, war Max immer wieder mit Sebastian aneinandergeraten – bis Lina aufgetaucht war und ihm den Rang als Lieblingsfeind abspenstig gemacht hatte. Bisher war Sebastian zwar nervig gewesen, aber sie hatten von ihm nichts zu befürchten gehabt, da er als Ermittler bestenfalls mittelmäßig war und sie beide bei Hanno einen Stein im Brett hatten. Seit sie dabei waren, war die Aufklärungsquote seines Teams besser als je zuvor. Doch Hannos Gewogenheit nützte ihnen jetzt wenig, und Lina dachte mit Grauen an die Zukunft.

»Vielleicht wird es ja gar nicht so schlimm«, sagte Max, als er die Wagentür öffnete. »Möglicherweise hat er ja ungeahnte Führungsqualitäten.«

»Klar. Und Osama bin Laden bekommt post mortem den Friedensnobelpreis.«

Max lächelte. »Du weißt doch: Die Hoffnung stirbt zuletzt.«

»Sie pfeift aber schon aus dem letzten Loch.«

»Ach komm, Kopf hoch. Es wird schon irgendwie werden.«

Kurze Zeit später waren sie wieder in der Clemens-Schultz-Straße. Lina hatte bereits die Taschenlampe gezückt, in dessen kleinem Lichtkegel sie sich bis zur Treppe vorkämpften. Direkt hinter der Haustür stießen sie fast gegen einen zerfledderten Karton voll stinkender Mülltüten, der gestern noch nicht hier gestanden hatte. Grüße von Manni und Eddi?

Sie klingelten an den Türen, bei denen sie gestern niemanden angetroffen hatten und wo ihnen auch heute niemand öffnete. Aus der Wohnung von Moritz Thal ertönte Musik, irgendetwas Schnelles, Technomäßiges.

»Wir sollten es abends noch einmal versuchen«, sagte Max. Nach Feierabend war natürlich die Wahrscheinlichkeit größer, dass sie jemanden erwischten. Andererseits würden sie dafür Überstunden machen müssen, und das sah Lina gar nicht ein. Wenn es wirklich wichtig war, wenn es um Leben und Tod ging, war sie die Erste, die sich nicht im Geringsten um geregelte Arbeitszeiten scherte. Aber sie waren auf der Suche nach dem Menschen, der Sven Scholz überfallen hatte. Dabei ging es nicht um Leben und Tod. Es war in ihren Augen nicht einmal wirklich wichtig.

»Ich glaube, die Mühe können wir uns sparen«, sagte sie, als sie in den dritten Stock hinaufstiegen. Das Licht, das durch das ovale Oberlicht ins Treppenhaus fiel, war hell und warm, zeigte aber auch deutlich den Verfall und Dreck um sie herum. Je höher sie stiegen, desto stärker wurde der Geruch nach Aas und Verwesung, der ihr schon gestern aufgefallen war. Lina dachte an die Geschichte von der toten Ratte, die Moritz Thal ihnen erzählt hatte. Genauso musste es damals gerochen haben.

Doch dieses Mal kam der Gestank nicht aus dem Treppenhaus, sondern aus der Wohnung von Falk Wagner. Nichts rührte sich, als sie an der Tür klingelten und klopften. Der Gestank, der durch den Briefschlitz zu ihnen drang, war unerträglich. Kein normaler Mensch würde es bei so einem Geruch in der Wohnung aushalten.

Max besah sich das Schloss genauer. »Ziemlich simpel«, stellte er fest, ging in die Hocke und holte sein Taschenmesser heraus.

»Sollten wir das nicht lieber ganz offiziell mit dem Schlüsseldienst machen?«, fragte Lina zweifelnd.

Max zuckte die Schultern. »Gefahr im Verzug«, sagte er. »Der Geruch kommt garantiert nicht von einer toten Ratte.«

Keine zwei Minuten später war die Tür auf.

Lina war froh, dass Max die Wohnung als Erster betrat. Sie war genauso geschnitten wie die von Moritz Thal direkt darunter, doch im Gegensatz zum hellen Flur im zweiten Stock hatte Lina hier das Gefühl, eine dunkle Gruft zu betreten. Der Gestank war überwältigend, dennoch meinte Lina, unter dem Verwesungsgeruch noch jahrealten Tabakrauch wahrzunehmen. Die ehemals wohl weiß gestrichenen Wände waren nachgedunkelt und vergilbt und über und über mit Plakaten behängt. Che Guevara, Rosa Luxemburg, dazu Aufrufe zu längst vergessenen Demonstrationen und Veranstaltungen. *Hafen bleibt! Nolympia!* Im Wohnzimmer waren sämtliche Wände mit Bücherregalen bedeckt, davor stapelten sich Zeitungen und Zeitschriften. Zwei alte, zerschlissene Sofas, auf dem Couchtisch weitere Zeitschriften. In der kleinen Küche quetschten sich drei Stühle um einen winzigen, vollgestellten Tisch. Ein weiterer Raum, der zur Straße zeigte, entpuppte sich als Schlafzimmer. Weitere Bücherregale, die um das Bett herum nur einen schmalen Pfad frei ließen. Aus einem offen stehenden Schrank quoll Kleidung hervor.

Sie fanden den Toten in einem kleinen Raum, der als Arbeitszimmer zu dienen schien. Der Mann lag vor dem Bürostuhl auf dem Boden, zu einem seltsamen Haufen zusammengefallen, als hätte er keine Knochen im Leib. Das, was einmal das Gesicht gewesen war, war eine einzige blutige Wunde. Die Wand neben dem Fenster war mit braunroten Spritzern übersät. Der Schreibtisch war wie leer gefegt, überall auf dem Boden verstreut lagen Papiere, Büroklammern und Stifte.

Sie hielten es nicht länger in der Wohnung aus. Beinahe fluchtartig verließen sie das Zimmer mit dem Toten. Im Hausflur zogen sie die Tür bis auf einen kleinen Spalt hinter sich zu, damit der Gestank nicht das gesamte Treppenhaus verpestete, falls es dafür nicht schon zu spät war. Nachdem sie die Kriminaltechnik und einen Gerichtsmediziner angefordert hatten, blieb ihnen nichts anderes übrig, als zu warten.

Von unten, aus der Wohnung von Moritz Thal, dröhnten die hämmernden Bässe zu ihnen hoch. Die Minuten bis zum Eintreffen der Kollegen zogen sich endlos in die Länge. Lina versuchte, ihre Übelkeit niederzukämpfen, die vor allem von dem Gestank herrührte. Und von dem Anblick des toten Falk Wagner.

Während Karl Sotny, der Gerichtsmediziner, die Leiche in Augenschein nahm und die Kollegen von der Kriminaltechnik den Tatort untersuchten, tauchte aus dem zweiten Stock Moritz Thal auf, neugierig geworden durch den Lärm im Treppenhaus. Gegen den Gestank hielt er sich den Unterarm vor die Nase, doch als er Max entdeckte, begann er zu strahlen. Ein Blick in die ernsten Gesichter und durch die offene Wohnungstür riet ihm jedoch, es heute mit dem Flirten lieber bleiben zu lassen.

»Was ist los?«, fragte er. Im Gegensatz zu gestern wirkte er ausgesprochen klar und energisch. Keine Spur mehr von dem albernen Kiffer.

»Wir haben in der Wohnung Ihres Nachbarn einen Toten

70

gefunden«, erklärte Max nach kurzem Zögern.

»Was? Echt jetzt?«

Max nickte.

»Herr Thal«, sagte Lina. »Können wir vielleicht in Ihre Wohnung gehen? Wir würden Ihnen gerne ein paar Fragen stellen.« Und diesem Gestank entfliehen, dachte sie.

Moritz Thal sah sie irritiert an, als würde er sie nicht wiedererkennen.

Die Fenster in seinem Wohnzimmer standen offen, und Lina sog dankbar die frische, kalte Luft ein. Moritz Thal wirkte nervöser als gestern, was mit dem Toten in der Wohnung über ihm zu tun haben konnte oder auch mit seiner Erinnerung an den Vortag, als er völlig bekifft zwei Polizisten gegenübergesessen hatte.

»Ist es Falk? Ich meine, der Tote da oben …?«

»Das wissen wir noch nicht mit Sicherheit«, sagte Max ernst, »aber es ist wohl davon auszugehen.«

»Scheiße.« Thal fuhr sich mit der Hand durch die Haare. »Oh Mann.« Dann sah er Max an, und die hellen Augen leuchteten erneut auf. »Aber heute mache ich Ihnen einen Kaffee, das habe ich Ihnen ja versprochen.« Er machte Anstalten, in der Küche zu verschwinden, doch Max bremste ihn, dazu sei jetzt keine Zeit und er trinke ohnehin keinen Kaffee. Für zwei Sekunden hatte Moritz Thal gewisse Ähnlichkeit mit einem begossenen Pudel.

»Herr Thal, wann haben Sie Herrn Wagner das letzte Mal gesehen?«, fragte Lina, um das Gespräch wieder in vernünftige Bahnen zu lenken.

»Freitag, ziemlich spät abends. Ich kam aus dem Studio, da traf ich ihn auf der Treppe. Er war in Feierlaune und ausgesprochen gut drauf. Er hatte etwas getrunken und lud mich ein, mit ihm noch durch die Kneipen zu ziehen. Aber ich war müde und musste am nächsten Tag früh raus.«

»Wie spät war es da?«

»Zwölf, halb eins vielleicht.«

»Was machen Sie denn beruflich?«, fragte Max.

Moritz Thal hob den Kopf, das strahlende Lächeln legte sich wieder über sein Gesicht. »Ich bin Fotograf und Filmemacher, vor allem Kurzfilme und Avantgarde, aber damit verdient man natürlich nichts. Deswegen muss ich auch ab und zu Werbefilme drehen, und das kann schon mal ein ziemlicher Stress werden, wenn der Abgabetermin näher rückt und mal wieder nichts klappt und das halbe Team schlappmacht wegen irgendeiner blöden Erkältung oder so und ich mir dann im Studio die Nächte um die Ohren schlagen muss, aber hey, so ist das Leben, und immerhin ist jetzt mein nächstes Projekt gesichert. Ein Film über Felipe Azmadia, den bolivianischen Fotografen. Ein faszinierender Mann, der vor allem …«

»Herr Thal, das klingt ja alles sehr spannend«, unterbrach Max ihn, »aber wir interessieren uns doch mehr dafür, was Sie uns noch über Falk Wagner erzählen können. Am Freitag haben Sie ihn also zuletzt gesehen?«

Moritz Thal nickte. »Wie gesagt, er hatte ausgesprochen gute Laune. Heute kenne ich natürlich den Grund, aber ich weiß noch, dass ich mich Freitag gewundert habe. Falk ist immer eher verbittert. Nein, nicht verbittert, aber so … so zugeknöpft. Schlecht gelaunt. So in der Art: *Die Welt geht unter, und ich allein muss sie retten und keiner hilft mir.* Verstehen Sie, was ich meine?«

Lina wusste genau, wovon er sprach. Sie kannte selbst ein paar Leute, die für den Kampf gegen die Ungerechtigkeiten dieser Welt alles andere in den Hintergrund stellten. Manche von ihnen schienen einen Eid abgelegt zu haben, erst wieder zu lachen, wenn der letzte Kapitalist verschwunden, das letzte Tier aus dem Zoo befreit, der letzte Regenwald gerettet war.

»Freitag habe ich mich, wie gesagt, nur gewundert, aber als Sie mir dann gestern von der Sache mit Scholz erzählten, war mir natürlich klar, wieso er so gut drauf war.«

»Das hatte er Ihnen gar nicht erzählt?«

»Nee, aber ich habe ihm auch keine Gelegenheit dazu gegeben. Ich wollte einfach nur in meine Wohnung und meine Ruhe haben. Wissen Sie, Falk kann ziemlich anstrengend sein. Wenn man ihn nicht stoppt, kann er einen den ganzen Abend volllabern.«

Was dir natürlich völlig fernliegt, dachte Lina. »Haben Sie Falk Wagner danach noch einmal gesehen?«, fragte sie.

»Nein, aber ich war ja auch den ganzen Samstag und Sonntag im Studio. Ich hab sogar da gepennt, auf dem Sofa.«

»Und gestern? Haben Sie da irgendetwas mitbekommen? Irgendwelchen Lärm aus der Wohnung?«, fragte Max, doch Lina wusste, dass er diese Frage nur der Vollständigkeit halber stellte. Sie hatten noch nicht mit Karl Sotny gesprochen, aber Lina hatte genügend Leichen gesehen, um zu wissen, dass Falk Wagner nicht erst gestern gestorben war.

»Nein, nichts.« Moritz Thal schüttelte den Kopf. »Ich habe bis mittags geschlafen, danach habe ich gechillt.« Er errötete leicht. »Sie haben mich ja gesehen. In dem Zustand hätte eine U-Bahn durchs Haus fahren können, und ich hätte nichts mitbekommen.«

»Wie gut kannten Sie Falk Wagner?«, fragte Max. »Hatte er eine Freundin oder Familie?«

Moritz Thal runzelte die Stirn. »Ja, da gibt's eine Frau, Miriam Sowieso, ich glaube, mit der ist – war – er zusammen. Aber ich habe keine Ahnung, wo die wohnt und wie sie mit Nachnamen heißt.«

»Wissen Sie, ob er in der letzten Zeit mit irgendjemandem Streit hatte?«

Moritz Thal lachte auf. »Ist das nicht offensichtlich? Er hat sich ständig mit Manni und Eddi gezofft. Sobald er die gesehen hat, ist er denen nicht mehr von der Seite gewichen, damit sie das Haus nicht noch weiter demolieren. Einmal waren die beiden so genervt, dass sie ihm Prügel angedroht haben.«

Max und Lina wechselten Blicke.

»Wann war das?«

»Keine Ahnung, vor einem halben Jahr vielleicht?« Er überlegte kurz. »Nee, das muss letztes Jahr im Frühjahr gewesen sein, kurz nachdem sie das Haustürschloss zerstört haben, aber vor der Sache mit der toten Ratte.«

»Wissen Sie, wie wir diese beiden Herren erreichen können?«

Kopfschütteln. »Nee, wir rufen immer im Büro an, bei Frau Sander. Die sich dann natürlich immer *sofort* um alles kümmert.« Moritz Thal zuckte die Achseln. »Was bedeutet, dass nichts passiert.« Offensichtlich hatte er vergessen, dass er ihnen das gestern bereits erzählt hatte. »Auch Beschwerden über die sogenannten Hausmeister bringen natürlich nichts.«

Lina glaubte, im Gegensatz zu gestern einen leisen Hauch von Resignation in den Zügen des Mannes zu erkennen. Sie fand es erstaunlich, dass er es überhaupt noch hier aushielt, und das auch noch bei vergleichsweise guter Stimmung. Gestern zumindest hatte sie den Eindruck gehabt, für ihn sei das alles nur ein Spiel.

»Wie sieht es mit den anderen Hausbewohnern aus?«, fragte Max. »Wissen Sie, ob Falk Wagner mit einem von ihnen näher bekannt war? Oder jemand etwas mitbekommen haben könnte? Einer, der viel zu Hause ist, selten rausgeht …«

Moritz Thal schüttelte bereits den Kopf. »Sorry, ich habe nur wenig Kontakt zu den Leuten hier, am ehesten noch zu Falk. Die anderen mögen es nicht so, wenn man sie nervt. Was mir auch ganz recht ist, ehrlich gesagt.«

Max und Lina sahen sich an. »Okay, Herr Thal, ich glaube,

74

das war es dann.« Sie reichte dem Mann ihre Karte. »Falls Ihnen noch etwas einfällt, rufen Sie uns bitte an.«

Thal starrte einen Moment auf die Karte, dann hob er den Kopf und sah Max an. »Sind Sie auch unter dieser Nummer zu erreichen?« Dabei strahlte er wieder mit der Sonne draußen am blauen Winterhimmel um die Wette.

6

»Die große Frage lautet: Haben die beiden Fälle etwas miteinander zu tun oder nicht?«

Während die Kollegen von der Kriminaltechnik die Wohnung untersuchten, verkürzten Max und Lina sich die Wartezeit mit einer frühen Mittagspause, obwohl beide nach den Bildern dieses Vormittags keinen sonderlichen Appetit verspürten und sich mit Kaffee und Tee begnügten. Die Kneipe lag nur wenige Meter von dem Haus mit dem Toten entfernt, es war eines der unzähligen Lokale im Umfeld der Reeperbahn, bei denen man nie sicher sein konnte, ob es nächsten Monat noch existieren würde.

Lina sah ihn an, als erwarte sie eine Antwort auf ihre Frage. Auf der Oberlippe hatte sie noch einen Rest Milchschaum von ihrer Latte macchiato.

»Wäre ein ziemlicher Zufall, oder?«

»Und an Zufälle glauben wir nicht. Und wer hat ein besseres Motiv, Falk Wagner umzubringen, als Sven Scholz? Er ist ein renitenter Mieter, und möglicherweise verdächtigt Scholz ihn sogar, für den Überfall auf ihn verantwortlich zu sein.« Sie verzog das Gesicht. »Es sollte Warnhinweise auf seinen Häusern geben, so wie bei Zigarettenschachteln. *Achtung. Dieser Vermieter kann tödlich sein.*«

Max schmunzelte. »Du glaubst doch nicht ernsthaft, dass Sven Scholz sich persönlich mit Falk Wagner angelegt hat. Immerhin hat er eine schwere Beinwunde und lag zur Tatzeit vermutlich noch im Krankenhaus.«

»Nein, natürlich nicht. Aber für so etwas hat er ja seine Leute. Auf Geheiß von Scholz statten die dem unbequemen Mieter einen Besuch ab, um ihn zu fragen, ob er zufällig ihren Boss überfallen hat. Irgendetwas geht schief, und am Ende ist Falk Wagner tot.« Sie hatte eine blühende Fantasie und liebte es, wild drauflos zu spekulieren. Zum Glück ließ sie sich aber auch leicht bremsen, ehe sie über das Ziel hinausschoss. Meistens jedenfalls. »Oder sie sollten ihn von Anfang an töten. Als Warnung für andere renitente Mieter.« Lina nippte an ihrem Kaffee. »Auch eine Methode, die Häuser schnell leer zu bekommen.«

Wie hatte Moritz Thal die Männer noch genannt? Manni und Eddi. »Wird Zeit, dass wir uns mal mit diesen beiden Hausmeistern unterhalten«, sagte Max und zückte sein Handy. »Berit Sander muss uns ja wohl die richtigen Namen und die Adressen geben können.« Doch unter der Büronummer von Sven Scholz erreichte er niemanden. »Macht wahrscheinlich gerade Mittagspause«, mutmaßte er.

Sie zahlten und verließen die kleine Kneipe. Lina hielt ihr Gesicht in die Sonne, die ihren Weg durch die kahlen Äste der Straßenbäume fand. Max schaute sich um. Die Straße wirkte ruhig und friedlich. Im Sommer saß man hier sicherlich angenehm schattig vor den Kneipen auf dem Gehweg, auch der Autoverkehr hielt sich in Grenzen. Sven Scholz würde vermutlich keine Schwierigkeiten haben, die sanierten Wohnungen teuer weiterzuverkaufen. An Menschen, die es schick fanden, auf dem Kiez zu wohnen, sich aber über den Dreck, die Prostituierten und die Drogenabhängigen auf der Straße beschwerten. Max kannte diese Entwicklung aus St. Georg. Dort waren jene, die man vielleicht aus der Ferne bedauert, aber keinesfalls vor der eigenen Haustür sehen will, schon vor Jahren immer stärker an den Rand gedrängt und schließlich vertrieben worden. Das Ergebnis war ein sich wandelnder Stadtteil, der nur noch wenig mit dem zu tun hatte, wofür er einst stand.

Am Hauseingang, direkt neben dem auffällig diskreten Wagen des Bestattungsinstituts, warteten zwei in gedeckten Farben gekleidete Herren darauf, dass sie den Toten aus der Wohnung bergen konnten. Max nickte den Männern zu. Er konnte sich angenehmere Jobs vorstellen, aber die beiden wirkten ganz entspannt und unterhielten sich leise. Einer von ihnen lachte kurz auf.

Zehra Demirci, die junge Kollegin von der Kriminaltechnik, trat aus dem Haus, zündete sich eine Zigarette an und nahm einen tiefen Zug. Sie trug noch ihren weißen Ganzkörperoverall, mit dem sie von den Passanten und Schaulustigen, die sich hinter den Absperrungen drängten, mehr als einen neugierigen Blick erntete. Kollegen von der Schutzpolizei hielten die Menschen davon ab, das Haus zu betreten und ein Selfie von sich und der Leiche zu machen, für das sie ihm Netz bestimmt irre viele Klicks bekommen hätten.

Zehra Demirci bestätigte ihnen, was Max und Lina nach dem flüchtigen Blick in die Wohnung von Falk Wagner schon vermutet hatten: Möglicherweise hatte ein Kampf stattgefunden, vielleicht hatte der tödlich Getroffene aber auch nur im Fallen den Schreibtisch mit abgeräumt.

»Gibt es Einbruchsspuren an der Tür?«, fragte Lina. Zehra Demirci schüttelte den Kopf. »Jedenfalls keine frischen, aber das hat bei dem Schloss nichts zu bedeuten. Das kann man mit einem einfachen Kleiderbügel knacken.« Sie sah Max und Lina an. »Ihr könnt jetzt in die Wohnung. Wir haben die Fenster aufgerissen, der Gestank dürfte nicht mehr ganz so schlimm sein.«

Sie drückte ihre Zigarette in einem kleinen Taschenaschenbecher aus und folgte Max und Lina ins Haus.

Der Gestank war immer noch schlimm genug. Max atmete so flach wie möglich, und Lina hielt sich ein Tuch vor die Nase.

»Habt ihr schon den Ausweis des Toten gefunden?«

Zehra schüttelte den Kopf. Sie hatte sich eine Zellstoffmaske aufgesetzt, obwohl Max bezweifelte, dass das viel nutzte. »Der Tote hat weder Papiere noch Bargeld bei sich. Kein Portemonnaie, nichts.«

»Das deutet ja eher auf Raubmord hin«, sagte Lina. Sie klang überrascht, als stehe es für sie außer Frage, dass Sven Scholz hinter dem Mord steckte. Und der hatte es nun wirklich nicht nötig, einen Raubmord zu begehen.

Zehra machte ein zweifelndes Gesicht. »Ich glaube nicht. Bis jetzt haben wir keine Hinweise gefunden, dass die Zimmer durchsucht wurden. Und Wertsachen würde ich hier auch nicht unbedingt vermuten.«

Die Wohnung war zwar nicht gerade klein, aber so vollgestellt, dass sie aufpassen mussten, den Kollegen nicht im Weg zu stehen. Als Max kurz in das kleine Zimmer mit dem Toten schaute, kniete Karl Sotny neben der Leiche und schob gerade vorsichtig deren Ärmel hoch. Max sah eine dunkelblaue Tätowierung auf dem mageren Unterarm, konnte aber das Motiv nicht erkennen. Er ging ins Wohnzimmer, stellte sich in die Mitte des Raumes und schaute sich um. Zehra hatte recht, es sah nicht so aus, als hätte jemand das Zimmer auf der Suche nach irgendwelchen Schätzen durchwühlt. Die Wohnung war zwar alles andere als aufgeräumt, aber das Chaos hatte sich im Laufe der Zeit schon beinahe zu einem Kunstwerk entwickelt. Unordnung als herrschendes Prinzip, aber keine offensichtlichen Spuren einer Durchsuchung.

Karl Sotny tauchte im Flur auf und gab Bescheid, dass die Leiche abgeholt werden konnte. Lina kam aus dem winzigen

Badezimmer und zuckte die Achseln. Nichts Auffälliges. Als die Bestatter mit dem Sarg kamen, gingen sie mit dem Gerichtsmediziner ins Wohnzimmer, wo sie an den weit aufgerissenen Fenstern tief durchatmen konnten.

»Und?«, fragte Max.

»Tot, würde ich sagen«, erwiderte Sotny. Dann räusperte er sich. »Verzeihung, das war wohl nicht ganz angemessen. Der Gestank muss mir das Gehirn vernebelt haben.«

Max staunte. Eigentlich sollte der Mann sich bei seinem Beruf und in seinem Alter doch allmählich an den Leichengeruch gewöhnt haben. Sotny war mit seinen fast sechzig Jahren schließlich kein Anfänger mehr. Andererseits – in der Wohnung war es ziemlich warm, und die Leiche hatte direkt neben dem bollernden Heizkörper gelegen. Das war eindeutig etwas anderes als die gekühlte, gefilterte Luft in der Pathologie, die auch schon nicht die wohltuendste war.

»Der Mann wurde erschossen«, erklärte Sotny sachlich, nachdem er sich noch einmal geräuspert hatte. »Die Kugel traf ihn ins Gesicht und trat am Hinterkopf wieder aus. Keine Hinweise auf weitere Gewaltanwendungen, keine Hämatome, keine Kratzer. Keine Schmauchspuren an den Händen, was gegen einen Suizid spricht. Er wurde schätzungsweise fünfundvierzig bis fünfundfünfzig Jahre alt.«

»Seit wann ist der Mann schon tot?«

»Zwei, drei Tage vielleicht. Möglicherweise auch länger. Nach der Obduktion kann ich Ihnen Genaueres sagen.« Er schaute auf die Uhr, dann nickte er Max und Lina zu. »Ich denke, morgen, spätestens übermorgen kann ich mich mit ihm beschäftigen.«

Das Gepolter aus dem Treppenhaus verriet ihnen, dass soeben der Sarg mit dem Leichnam abtransportiert wurde. Sotny folgte den Männern des Bestattungsunternehmens, die den Leichnam in die Pathologie bringen würden. Auf dem

Boden in dem kleinen Zimmer waren die Umrisse des Toten mit Kreide auf dem Boden gemalt. Lina blieb in der Tür stehen, Max konnte bequem über sie hinweg in den Raum schauen. Auch hier gab es Regale an den Wänden, vollgestellt mit Aktenordnern und Büchern. Auf einem entdeckten sie CDs und einen Karton, aus dem Kabel herausschauten. Doch von einem Computer oder einem Laptop fehlte jede Spur. Hatte Falk Wagner keinen besessen oder hatte der Täter ihn mitgenommen?

Anstatt es noch einmal telefonisch zu versuchen, fuhren Max und Lina direkt zum Büro von Sven Scholz am Jungfernstieg. Unterwegs warf Max kurz die Frage auf, ob nicht vielleicht neben Sven Scholz auch andere Leute ein Interesse an Falk Wagners Tod haben könnten – immerhin wussten sie noch so gut wie gar nichts über den Mann. Lina biss sich auf die Unterlippe und verschränkte die Arme. Das halte sie für unwahrscheinlich, erklärte sie, und Max beließ es vorerst dabei. Er vertraute darauf, dass Lina Profi genug war, um die Ermittlungen korrekt zu führen – sobald sie ihre Trotzphase überwunden hatte.

Berit Sander hatte ihre Mittagspause beendet und empfing sie mit fragender Miene.

»Der Hausmeister? Was wollen Sie denn von Herrn Holzmann?«

»Wir haben ein paar Fragen an ihn und seinen Kollegen«, erklärte Max freundlich, aber bestimmt.

Berit Sander wirkte unschlüssig, ob sie der Polizei einfach so die Adressen geben dürfe, und er wartete nur darauf, dass sie gleich etwas von Datenschutz murmeln würde.

»In dem Haus in der Clemens-Schultz-Straße, das Ihrem Chef gehört, wurde ein Toter gefunden«, verlieh Lina seiner Bitte etwas mehr Nachdruck. »In diesem Zusammenhang würden wir uns gerne einmal mit den beiden Herren unterhalten.«

Berit Sander wurde bleich. »Ein Toter? Wer denn? Und wieso … ich meine, was hat denn Herr Holzmann damit zu tun?«

»Wir wissen nicht, ob er überhaupt etwas damit zu tun hat«, beruhigte Max die Frau. »Aber um das herauszufinden, müssten wir schon persönlich mit ihm reden.«

Berit Sander gab ihren Widerstand auf. »Ich kann Ihnen nur die Nummer von Herrn Holzmann geben«, sagte sie, während sie in ihrem Computer die Telefonnummer heraussuchte. »Ich rufe immer nur ihn an, seinen Kollegen kenne ich gar nicht.« Sie schrieb die Nummer auf ein Blatt Papier. »Wer ist denn der Tote?«, fragte sie, als sie Max den Zettel reichte. »Doch nicht der Herr Rhode, oder?«

»Wie kommen Sie denn darauf?«

»Na ja, der ist ja nicht mehr der Jüngste, und seine Gesundheit ist auch nicht gerade die beste. Er ist Alkoholiker, wissen Sie?«

Ach, dachte Max. Die Namen der Hausmeister will sie nicht herausgeben, vertraute ihnen aber Dinge über die Mieter an, die sie gar nichts angingen.

»Nein, Erwin Rhode lebt noch. Bei dem Toten handelt es sich vermutlich um Falk Wagner. Zumindest wurde die Leiche in seiner Wohnung entdeckt. Der Mann wurde umgebracht.«

»Oh Gott, wie furchtbar.« Berit Sander wurde wieder blass und hielt eine Hand vor den Mund. Sie wirkte aufrichtig schockiert.

Max fiel noch etwas ein: »Wissen Sie, ob Herr Scholz noch im Krankenhaus ist oder schon wieder zu Hause?«

Berit Sander schluckte, sie hatte sichtlich Mühe, sich zusammenzureißen. »Er ist gestern aus dem Krankenhaus entlassen worden, kurz vor Feierabend hat er hier angerufen. Er sagte, er kommt nächste Woche wohl wieder ins Büro und dass ich bis dahin die Stellung halten soll.«

Womit Scholz so gut wie sicher als Täter ausfiel. Doch Max hatte wie Lina ohnehin nicht daran geglaubt, dass jemand wie Sven Scholz persönlich mit einer Waffe in der Hand seine Mieter aufsuchte, um sie zur Rede zu stellen.

»Ist Herr Holzmann bei Ihnen angestellt?«, fragte Max.

»Nein, er hat einen Hausmeisterservice und betreut mehrere Häuser für Herrn Scholz.«

»Was ist eigentlich genau seine Aufgabe?«, fragte Lina. Sie lächelte Berit Sander an, doch Max ahnte, dass sie die Sekretärin ins offene Messer rennen lassen wollte.

»Das Übliche, was Hausmeister eben so machen«, erklärte Berit Sander achselzuckend, als verstünde sie die Frage nicht.

»Also Lampen unbrauchbar machen, Türschlösser zerstören und tote Ratten ins Treppenhaus legen?«, bohrte Lina mit zuckersüßer Stimme nach.

»Ach, haben die Mieter Ihnen das erzählt? Die erzählen viel, wenn der Tag lang ist.« Sie zuckte mit den Schultern. »Da dürfen Sie nicht jedes Wort glauben. Herr Scholz ist jedenfalls sehr zufrieden mit Herrn Holzmann.«

Das glaubte Max gern.

»Waren Sie in der letzten Zeit einmal in einem der Häuser?«, fragte Lina. »In der Clemens-Schultz-Straße zum Beispiel?«

Nach kurzem Zögern schüttelte Berit Sander den Kopf. »Nein, dafür bin ich nicht zuständig.«

»Schauen Sie es sich doch einfach mal an«, schlug Lina vor. »Aber nehmen Sie lieber festes Schuhwerk, eine Taschenlampe und eine Atemschutzmaske mit. Nur so als Tipp.«

Erst beim Auto warf Max einen Blick auf den Zettel, den Berit Sander ihnen gegeben hatte. Und musste lachen. Moritz Thal hatte gar nicht so falschgelegen.

»Manfred Holzmann. Einen Manni haben wir also schon einmal«, sagte er. Die Sekretärin hatte ihnen die Handynummer notiert, und Holzmann ging nach dem zweiten Klingeln ran.

»Ja?«

»Herr Holzmann?«

»Wer ist da?« Er klang misstrauisch, als rechnete er mit schlechten Nachrichten.

»Max Berg, Mordkommission. Wir würden uns gerne ungestört mit Ihnen unterhalten. Wo sind Sie gerade?«

Der Mann am anderen Ende schwieg so lange, bis Max fast glaubte, die Leitung sei tot. »Auf einer Baustelle. Im Hellkamp.«

»Okay, dann warten Sie dort auf uns.«

Das Haus im Hellkamp in Eimsbüttel war komplett eingerüstet, ein Bauwagen und ein Dixi-Klo standen auf dem Gehsteig. Auf dem Weg dorthin forderten Max und Lina über Funk Informationen über Holzmann an. Er war für die Polizei kein Unbekannter, vorbestraft wegen Körperverletzung, Zuhälterei und Erpressung. Mit anderen Worten: ein ausgesprochen sympathischer Zeitgenosse.

Sie erkannten Manfred Holzmann auf den ersten Blick. Moritz Thal hatte ihn recht treffend beschrieben: langer Schnauzer, Koteletten, Kunstlederjacke. Ein bulliger Kerl, der aussah, als ginge er regelmäßig in die Muckibude. Er stand vor dem Haus auf dem Gehweg und sprach mit zwei Bauarbeitern. Als Max und Lina sich näherten, schickte er die Männer mit einer unwirschen Handbewegung ins Haus.

»Herr Holzmann?«, fragte Max, und sie zeigten beide ihre Ausweise vor.

Der Mann nickte und musterte sie misstrauisch.

»Können wir uns vielleicht irgendwo ungestört unterhalten?«

Holzmann verzog erst unwillig den Mund, doch dann wanderte sein Blick an Max herunter – über das Jackett, die saubere Jeans und die frisch geputzten Schuhe – und er grinste breit. »Klar. Kommen Sie.«

Er führte sie ins Haus, vorbei an Bauschutt und dreckigen Müllsäcken, die vom Zementstaub weiß gepuderte Treppe empor in eine Wohnung im ersten Stock. In den Zimmern fehlte stellenweise der Fußboden, der Putz war von den Wänden geschlagen, die Installationen in Küche und Bad fehlten. Holzmann drehte sich zu den beiden Ermittlern um, registrierte befriedigt die dünne Staubschicht auf Max' feinen Schuhen und probierte, so etwas wie ein höfliches Lächeln hinzubekommen. Fast hätte er es geschafft.

»Also, was wollen Sie?«

»Kennen Sie Herrn Wagner aus der Clemens-Schultz-Straße in St. Pauli?«

»Nee.«

»Aber Sie erledigen doch die Hausmeisterarbeiten in dem Haus?«

»Ab und zu.«

»Und Sie sind sicher, dass Sie Falk Wagner nicht kennen?«

Holzmanns Blick bekam etwas Lauerndes. »Kann schon sein, aber der Name sagt mir nichts.«

»Dritter Stock links. Rechts, wenn man vor dem Haus steht.«

Achselzucken.

»Falk Wagner«, ergriff Lina das Wort, »ist der Mieter, der Sie nicht aus den Augen lässt, wenn er Sie im Haus trifft. Der verhindert, dass Sie dort weitere tote Ratten deponieren. Dem Sie auch schon mal Prügel angedroht haben.« Sie lächelte kühl. »Klickert es jetzt bei Ihnen?«

Holzmann glotzte Lina an, als nähme er ihre Anwesenheit erst jetzt richtig zur Kenntnis. »Wo haben Sie denn den Scheiß her?«

»Stimmt es nicht, dass Sie das Haus nach und nach unbewohnbar machen? Auf Anweisung von Sven Scholz?«

»Nee, das stimmt nicht.« Dabei grinste er Lina an, als hätte er einen guten Witz gemacht.

Max atmete tief ein. Und ganz ruhig wieder aus. »Herr Holzmann«, sagte er. Holzmann sah ihn an. Wartete auf die Frage, die nicht kam. Sah Max irritiert an, dann wieder Lina. Die sagte auch nichts.

»Was wollen Sie überhaupt von mir? Was ist eigentlich los?«

Max sagte immer noch nichts. Atmete nur ruhig ein und aus und sah den Mann an. Niemand sprach, was Holzmann sichtlich nervös machte. So etwas kannte er nicht, mit so etwas konnte er nicht umgehen: dass da einfach jemand ganz ruhig vor ihm stand und nichts sagte und sich nicht rührte. Sein Blick huschte unruhig zu Lina, die ihn ebenfalls nur anstarrte. Aus dem Augenwinkel sah Max eine Bewegung in der Türöffnung und verfluchte im Stillen den Bauarbeiter, der in diesem Moment ins Zimmer platzte und rief: »Herr Holzmann? Können Sie mal kurz kommen?«

Holzmann wirbelte herum. »Was zum Teufel … Jetzt nicht. Verpiss dich!«

Der Mann zog den Kopf ein und machte, dass er wegkam, doch die kurze Unterbrechung hatte gereicht, um den Bann zu brechen. Holzmann baute sich breitbeinig vor Max auf und streckte die Brust vor.

»Also, was wollen Sie von mir? Wie Sie sehen, muss ich arbeiten und hab nicht den ganzen Tag Zeit, mir Ihren Scheiß anzuhören.«

»Falk Wagner wurde heute Morgen tot in seiner Wohnung aufgefunden. Er wurde ermordet.« Max musterte den Mann vor sich. Er achtete auf irgendeine verräterische Geste, den Hauch eines schuldbewussten Wegschauens, einen Anflug schlechten Gewissens. Doch Holzmann zog nur verächtlich die Mundwinkel herunter.

»Und was habe ich damit zu tun?«

»Vielleicht gar nichts. Haben Sie denn ein Alibi für das Wochenende?«

»Klar. Ich war die ganze Zeit mit meiner Süßen zusammen.«

»Die ganze Zeit?«

»Die ganze Zeit.«

»Wie heißt die Dame?«

»Tatjana Burkowski. Sie wird Ihnen bestätigen, dass wir das ganze Wochenende zusammen verbracht haben.«

Was Max keine Sekunde bezweifelte. Solchen Alibis war er in seinem Job schon zu Dutzenden begegnet. Mit der Wahrheit hatten sie etwa so viel zu tun wie die Werbeversprechen der Industrie.

»Sie haben doch noch einen Kollegen. Oder ist er Ihr Angestellter? Sie sind mit ihm zusammen in der Clemens-Schultz-Straße gesehen worden.«

Kurzes Zögern. »Das ist Bernd. Bernd Kröger.«

»Wissen Sie, wo er sich momentan aufhält?«

»Nee.«

»Oder was er am Wochenende getrieben hat?«

»Nee.«

Lina war dem Bauarbeiter hinaus ins Treppenhaus gefolgt, von draußen hörte Max leise Stimmen. Holzmann wandte den Blick zur Tür und brüllte: »Quatsch nicht blöd mit der Puppe rum und mach dich wieder an die Arbeit, aber dalli!«

Das Stimmengemurmel ging weiter, kurz darauf betrat Lina den Raum und musterte Holzmann von oben bis unten.

»Puppe?«, sagte sie nur. Dann sah sie Max an, der wortlos nickte. Die nächste Anzeige wegen Beleidigung.

»Herr Holzmann, wenn ich richtig informiert bin, betreut Ihre Firma die Häuser von Sven Scholz«, sagte Max.

»Die Firma gehört nicht mir. Ich bin da nur angestellt.«

»Und wie heißt Ihr Chef?«

»Alexander Meyfarth.«

»Haben Sie auch seine Telefonnummer?«

Holzmann zückte sein Portemonnaie und zog eine Visitenkarte hervor. *Haus & Bau,* las Max. *Alexander Meyfarth.* Dazu eine Mobilnummer. Keine Adresse, keine E-Mail, kein Festnetz.

»Und Ihr Kollege? Sie wissen wirklich nicht, wo wir ihn jetzt finden?«

»Nee.«

»Haben Sie seine Handynummer?«

Holzmann starrte Max eine Sekunde lang an, dann nahm er sein Handy und suchte die Nummer heraus.

Max sah sich vielsagend auf der Baustelle um. »Gehört dieses Haus auch Herrn Scholz?«

»Nee.«

»Wem dann?«

»Irgendeiner ausländischen Firma. Keine Ahnung.«

»Und wer ist Ihr Ansprechpartner, wenn es mal Fragen gibt?«

»Mein Chef.«

»In Ordnung, Herr Holzmann, Sie werden dann noch von uns hören. Haben Sie in der nächsten Zeit vor zu verreisen?«

»Ich wüsste nicht, was Sie das angeht.«

»Ganz wie Sie wollen.« Das Problem bei solchen Leuten war, dass sie ihre Rechte ziemlich gut kannten. Max hatte tatsächlich keine Handhabe gegen den Mann. Wenn er Lust hatte, könnte er morgen auf die Malediven oder sonst wohin verschwinden, und sie könnten nichts dagegen tun.

7

»Also, was habt ihr herausgefunden?« Sebastian saß auf Hannos Bürosessel, die Hände auf dem Schreibtisch vor sich gefaltet, und tat wichtig.

Es war Mittwochmorgen, die erste Teambesprechung seit Hannos Zusammenbruch, und in Lina krampfte sich alles zusammen. Leichenfledderer, ging ihr durch den Kopf. Hat nicht mal den Anstand, wenigstens noch ein paar Tage zu warten, bis er sich Hannos Büro krallt. Zugegeben, Hannos Büro eignete sich für Besprechungen besser als die beiden anderen, da es größer war und nur ein Schreibtisch darin stand statt zwei. Aber trotzdem.

Zum Glück blieb Max ruhig und gelassen wie immer und erstattete Bericht. »Bei dem Toten, der in der Wohnung von Falk Wagner in der Clemens-Schultz-Straße gefunden wurde, handelt es sich vermutlich um den Wohnungsinhaber. Jedenfalls stimmen Alter, Größe und Körperbau mit dem überein, was wir über Wagner wissen. Die endgültige Identifizierung steht noch aus, wir müssen erst herausfinden, bei welchem Zahnarzt Wagner in Behandlung war.« Im Zweifelsfall ließe der Tote sich vermutlich auch anhand seiner Tätowierung am linken Unterarm identifizieren. Bei dem

Mann waren keine Papiere gefunden worden, kein Portemonnaie, kein Bargeld, kein Handy. Er hatte noch eine Jacke und Straßenschuhe getragen, und es gab keine Spuren, die darauf hindeuteten, dass man die Wohnung nach Wertsachen durchsucht hatte.

»Das Opfer wurde erschossen, mit einer kleinkalibrigen Waffe«, erklärte Max nach einem Blick auf seinen Notizblock. »Die Kollegin von der Kriminaltechnik tippt auf ein 9-mm-Kaliber, Genaueres können sie uns in ein paar Tagen sagen.«

Kleinkalibrige Waffen waren im Rotlichtmilieu sehr beliebt und quasi an jeder Straßenecke zu bekommen. Wenn man wusste, wen man zu fragen hatte.

»Falk Wagner wurde, soweit wir wissen, zuletzt am Samstag gesehen. Er hat einen kleinen Buchladen im Karoviertel, einer seiner Nachbarn dort hat mit ihm gesprochen, als er den Laden kurz nach vier Uhr nachmittags abgeschlossen hat«, fuhr Max fort. »Er ist bisher der Letzte, der ihn lebend gesehen hat.«

»Wissen wir schon, wann er genau gestorben ist?«

»Nein, Sotny kommt erst heute oder morgen dazu, die Leiche zu obduzieren.«

»Und die Nachbarn? Hat von denen jemand etwas mitbekommen?«

Max schüttelte den Kopf. »Nein. Der Mieter im zweiten Stock, direkt unter Falk Wagner, war Samstag und Sonntag nicht im Haus, die Wohnungen direkt darüber und daneben stehen leer. Die Nachbarn, die wir gestern Abend noch befragt haben, haben nichts Auffälliges gesehen oder gehört.«

»Also gut. Was ist eurer Meinung nach genau passiert?«

»Der Tote trug noch seine Jacke und Straßenschuhe. Das heißt, der Täter war entweder schon vor Falk Wagner in der Wohnung, kam kurz nach ihm oder mit ihm zusammen. Es hat keinen Kampf gegeben, was darauf hindeutet, dass der Täter von Anfang an vorgehabt hatte, Wagner umzubringen.«

»Irgendwelche Verdächtigen?«

»Wir vermuten, dass Sven Scholz seinem Handlanger Manfred Holzmann befohlen hat, bei Falk Wagner vorzufühlen, ob er hinter dem Überfall auf ihn steckt. Und ihn gegebenenfalls dafür zu bestrafen. Immerhin hat Scholz uns gegenüber damit gedroht, die Sache selbst in die Hand zu nehmen, falls wir nicht schnell genug sind.«

Sebastian schüttelte den Kopf. »Der lag im Krankenhaus und war gerade überfallen worden. Da würde ich nicht jedes Wort auf die Goldwaage legen.« Er blickte auf den Zettel vor sich.

Eines musste Lina ihm lassen: Er schien einigermaßen gut vorbereitet zu sein. Jetzt hob er den Kopf und sah sie an. »Du hast gleich am Freitag Anzeige gegen ihn erstattet, wie ich sehe. Musste das wirklich sein?«

Lina sah Sebastian ruhig an. »Ja, das musste sein. Der Zeuge hat mich beleidigt.«

»Das kann ich bestätigen«, sprang Max ihr bei. Sie sah ihn an und lächelte kurz, doch das war ein Fehler.

»Habt ihr euch etwa abgesprochen?« Misstrauisch blickte Sebastian von einem zum anderen. Max sah ihn einfach nur an, und Sebastian gab sich großzügig. »Das will ich jedenfalls nicht hoffen. Aber wie gesagt: Der Mann war gerade überfallen worden und stand vermutlich noch unter Schock. In so einer Situation kann man nicht alles ernst nehmen, was ein Mensch so erzählt. Möglicherweise wusste er gar nicht, was er da von sich gibt.«

Lina verkniff sich ein spöttisches Lachen. Und ob Scholz das gewusst hatte.

Sebastian schaute erneut in seine Unterlagen. »Und gestern Abend gleich die nächste Anzeige, diesmal gegen Manfred Holzmann. Findest du das nicht etwas übertrieben?«

»Nein, das finde ich nicht. Beide Männer haben mich beleidigt, das muss ich mir nicht gefallen lassen. Das würdest *du* auch nicht.« Sebastian würde vielleicht nicht unbedingt Anzeige erstatten, sondern eher einmal kräftig zutreten, wenn niemand hinsah. Oder Ohrfeigen verteilen, die es in sich hatten. Sie presste die Lippen aufeinander und sah ihren derzeitigen Vorgesetzten finster an. Eine unangenehme Stille breitete sich aus: Sebastian, der unschlüssig zu sein schien, ob er weiter auf diesem Thema herumreiten sollte, Lina, die trotzig schwieg, Alex, der desinteressiert wirkte und mit seinem Kugelschreiber herumspielte, und Max, der erst einmal abwartete. Er war es schließlich auch, der das Wort ergriff.

»Manfred Holzmann ist als sogenannter Hausmeister für Sven Scholz tätig. Wir haben uns gestern mit ihm unterhalten. Er hat einen Kollegen namens Bernd Kröger.« Max schaute kurz in seine Notizen. »Ein Bernd Kröger hat zur selben Zeit wegen Körperverletzung im Knast gesessen wie Holzmann. Wir vermuten, dass es sich um denselben Mann handelt, aber bisher haben wir ihn noch nicht ausfindig gemacht. Möglicherweise waren die beiden zusammen bei Falk Wagner. Mehrere Mieter haben ausgesagt, dass die sogenannten Hausmeister in der Regel zu zweit unterwegs waren. Holzmann selbst ist schließlich auch kein unbeschriebenes Blatt. Zuhälterei, Körperverletzung, Erpressung … ein Mord fehlt bisher allerdings noch.«

Sebastian schaute erneut in seine Unterlagen. »Dieser Falk Wagner gehörte doch zu den Autonomen. Eine höchst gewaltbereite Szene. Und er hat selbst schon einmal wegen Landfriedensbruch gesessen.« Zufrieden lehnte er sich zurück und blickte in die Runde. »Ich vermute eher, dass der Täter aus diesem Milieu kommt.«

»Die Autonomen benutzen in der Regel aber keine Schusswaffen«, sagte Lina schärfer als beabsichtigt.

»Hausmeister auch nicht.« Sebastian fixierte sie. Er wartete nur darauf, dass sie sich provozieren ließ. Jeder hier im Polizeipräsidium wusste, dass Lina Verbindungen in die linke Szene hatte. Kaum jemand wusste Genaueres, aber das machte es nur noch schlimmer. Einige Kollegen, zu denen auch Sebastian zählte, machten sich auch nicht die Mühe zu differenzieren; jeder, der schon einmal auf einer Demo gegen Olympia oder Gentrifizierung mitgelaufen war, war für sie ein potenzieller Gewalttäter. Und diese Lina Svenson von der Mordkommission gehörte irgendwie dazu.

»Manfred Holzmann ist kein Hausmeister. Eher ein Rausschmeißer«, widersprach Max. »Zusammen mit seinem Kollegen demoliert er die Häuser, die entmietet werden sollen.«

Lina erzählte, was sie von den Mietern erfahren hatten. Und wie es im Haus in der Clemens-Schultz-Straße aussah. »Die legen den Leuten Müll und tote Ratten ins Haus, um sie zu vertreiben, und drohen ihnen Prügel an.« Vor Empörung drohte ihre Stimme schrill zu werden. Sie holte tief Luft. »Sebastian, das sind keine harmlosen Handwerker, das sind gefährliche Schläger. Und sie handeln auf Anweisung von Sven Scholz.«

»Es geht hier nicht darum, was Sven Scholz mit seinen Häusern macht«, erwiderte Sebastian kühl. »Sondern wer Falk Wagner erschossen hat. Und ich sage, ihr sollt euch mal bei den Chaoten umschauen. Nehmt die Freunde und *Genossen* von diesem Wagner unter die Lupe. Vielleicht gab es Streit, weil Wagner kein Veganer werden wollte oder weiß der Teufel was.«

»Sebastian, das ist doch Unsinn, und das weißt du auch.«

»Ach ja, ich erzähle Unsinn? Aber du kennst dich ja bei diesem Pack auch besonders gut aus, nicht wahr?« Er ließ sich das Wort Pack genüsslich auf der Zunge zergehen. »Kennst du dich vielleicht so gut aus, dass du mehr weißt, als du uns verrätst?«

»Was willst du damit andeuten? Dass ich einen Mörder decke?«

Wieder herrschte Stille in dem kleinen Raum, eisige Stille, die jedem der Anwesenden in die Knochen zu kriechen schien. Lina wartete darauf, dass Sebastian etwas sagte, dass er einlenkte und sich vielleicht sogar für seine Andeutung entschuldigte. Doch Sebastian schwieg.

Langsam stand Lina auf. »Ich höre mir diesen Scheiß nicht länger an.«

Sie ließ die Tür zu ihrem Büro leise hinter sich ins Schloss fallen. In ihren Ohren klang es dumpf und bedrohlich.

Wenig später, als Lina noch vollkommen aufgewühlt vor ihrem Computer hockte und den Monitor anstarrte, tauchte Max auf. Sie wusste nicht, worüber sie sich mehr ärgern sollte: über Sebastian und seine plumpen Provokationen oder über das dumpfe Gefühl, dass er einen wunden Punkt bei ihr getroffen hatte. Sie dachte an Lutz' Besuch vom Sonntag, als er sie gebeten hatte, nicht so gründlich zu ermitteln. Aber da war es noch um Körperverletzung gegangen, nicht um Mord. Da war noch Sven Scholz das Opfer gewesen, nicht Falk Wagner. Sie schob den Gedanken beiseite und sah Max an.

»Sebastian ist so ein Idiot.«

Er antwortete nicht sofort, was sie noch wütender machte. »Sag bloß, du glaubst auch, Falk Wagner sei von jemandem vom linken *Pack* erschossen worden.« Sie klang gehässig, was ihr sofort leidtat, denn sie wusste, dass Max nicht so dachte.

»Sebastian hat recht damit, dass wir uns bei den Ermittlungen nicht zu früh festlegen sollten.«

Wütend warf Lina den Kugelschreiber, mit dem sie herumgespielt hatte, quer durchs Zimmer. Mine, Feder und kleine Kunststoffteilchen flogen durch die Gegend.

»Lina, jetzt beruhige dich!« Max' Stimme klang sanft und warm, doch Lina wollte sich nicht beruhigen. Max sah sie einfach nur an und atmete ruhig ein und aus. Ob sie wollte oder nicht, sie spürte, wie ihr Herzschlag langsamer wurde. Das Rauschen in ihren Ohren ließ nach, ihre Schultern entspannten sich. Verdammt, wie machte er das bloß?

»Aber Sebastian hat den Tunnelblick.« Sie blieb störrisch. »Er *will* doch unbedingt, dass der Täter aus der linken Szene kommt.«

»Und du willst unbedingt, dass es Holzmann war.« Er beobachtete sie aufmerksam. »Bist du dir ganz sicher, dass du nicht befangen bist?«

Sie konnte ihm nicht länger in die Augen schauen und wandte den Blick ab. Irgendwie hatte er ja recht. Sie *wollte* sich gar nicht vorstellen, dass jemand aus dem Umfeld der Roten Flora Falk Wagner getötet haben könnte. Sie fühlte sich von Max ertappt, und das nahm sie ihm übel.

Er stand auf und griff nach seiner Jacke. »Komm. Sebastian sagt, wir sollen weitermachen mit den Befragungen.« Er grinste. Eine ausgesprochen originelle Anweisung. Vermutlich war dem neuen Teamchef nichts Besseres eingefallen, als sich doch wieder auf die besten Ermittler der Hamburger Mordkommission zu verlassen.

Sie fuhren eine Weile schweigend durch Hamburg. Lina blickte aus dem Fenster, sie war immer noch wütend, ohne zu wissen, worüber sie sich am meisten ärgerte: über Sebastian, Max oder sich selbst. Max schwieg, aber plötzlich war ihr sogar seine Anwesenheit zu viel.

»Wollen wir uns nicht aufteilen? Dann geht es schneller«, schlug sie vor.

Max musterte sie mit einem kurzen Seitenblick. Vermutlich ahnte er, dass mehr dahintersteckte.

»Okay. Du redest mit Wagners Freundin, ich schaue, ob ich diesen Bernd Kröger erwische.«

»Danke«, sagte sie leise, als Max sie am nächsten U-Bahnhof absetzte.

Einer der Nachbarn in der Clemens-Schultz-Straße hatte ihnen gestern erzählt, dass Falk Wagners Freundin als Physiotherapeutin arbeitete und Miriam hieß. Google spuckte mit diesen Angaben zwei mögliche Kandidatinnen in Hamburg aus, ein kurzes Telefonat hatte sie zur richtigen geführt. Die Praxis lag in einer Seitenstraße der Osterstraße in Eimsbüttel. Helle, große Räume, freundlich gestaltet, beruhigende Bilder von Sanddünen und Wattlandschaften an den Wänden. Lina schätzte die Frau, die sie mit einem warmen Händedruck begrüßte, auf Mitte fünfzig, vielleicht war sie auch schon älter. Sie war schlank und drahtig, als würde sie regelmäßig Yoga machen. Der graue Haaransatz verriet, dass das helle Braun nicht mehr ihre natürliche Haarfarbe war, aber sie wirkte nicht wie eine Frau, die Probleme mit ihrem Alter hatte. Ihre Gesichtszüge kamen Lina vage bekannt vor, aber das konnte auch daran liegen, dass die Frau sie an ihre Mutter erinnerte.

»Frau Feldmann?«, sagte Lina, nachdem sie sich vorgestellt hatte, und die Frau nickte.

»Lina Svenson? Bist du Astas Tochter?«

Lina spürte plötzlich ihr Herz im Hals klopfen. Es war das erste Mal, dass jemand, mit dem sie beruflich zu tun hatte, ihre Mutter erwähnte. »Sie kennen sie?«

»Ich habe sie schon lange nicht mehr gesehen, aber wir waren früher einmal befreundet.« Miriam Feldmann lächelte. »Dich kenne ich auch, allerdings als zehnjähriges Mädchen mit vorlautem Mundwerk und ständig zerrissenen Hosen.«

Lina erwiderte das Lächeln. Sie konnte sich zwar nur noch dunkel an die Frau erinnern, aber die Beschreibung von ihr als Zehnjähriger passte. »Ja, meinen Hosen hat man schon immer angesehen, dass ich nicht brav zu Hause hocke.«

Miriam Feldmann führte sie in das Behandlungszimmer und bot Lina an, auf einem kleinen Hocker Platz zu nehmen, aber sie blieb lieber stehen. Der Krach mit Sebastian steckte ihr noch in den Knochen, da konnte sie jetzt nicht still sitzen. Miriam Feldmann lehnte sich an die Behandlungsliege.

»Was führt dich zu mir? Warum hast du am Telefon gefragt, ob ich Falk kenne?« Sie errötete kurz. »Ist das überhaupt okay, wenn ich du sage?«

»Kein Problem.« Lina wusste mittlerweile zwar die Distanz zu schätzen, die das *Sie* schuf, aber in diesem Fall erschien es ihr passender, darauf zu verzichten. »Darf ich fragen, wie genau dein Verhältnis zu Falk Wagner ist? Seid ihr ein Paar?«

»Ja, im Prinzip schon. Aber was ist denn los?«

»In der Wohnung von Falk wurde eine männliche Leiche gefunden, und wir müssen davon ausgehen, dass es sich um Falk handelt. Es tut mir leid.«

»Was?« Aus Miriam Feldmanns Gesicht wich jede Farbe. Sie schloss die Augen und holte tief Luft. Ihre Hände umklammerten den Rand der Liege, die Fingerknöchel wurden weiß. Nach ein paar Sekunden schlug sie die Augen wieder auf und sah Lina an. »Wie ist er gestorben?«

»Er wurde erschossen.«

Jetzt schlug sie die Hände vor den Mund. Sie löste sich von der Behandlungsliege, lief mit unsicheren Schritten durch den Raum und ließ sich auf den Hocker sinken, den sie gerade Lina angeboten hatte. Sie beugte den Oberkörper vor und weinte, ohne den Versuch zu machen, die Tränen zurückzuhalten. Lina sah sich im Zimmer um und entdeckte in einem Regal eine Taschentuchbox, die sie Miriam hinhielt. Die Frau weinte weiter, nicht nur still und leise, und Lina kam es vor, als würde sie die Tränen nicht einfach nur fließen lassen, sondern ihren Schmerz ganz bewusst, schon fast übertrieben hinausweinen.

Nach einer Weile nahm sich Miriam eine Handvoll Papiertücher, schnäuzte sich energisch und hob den Kopf. Ihre Augen waren gerötet, aber der Blick war klar, nicht von Trauer verhangen. »Wer war das?«, fragte sie flüsternd und räusperte sich.

»Steckt da dieser Scholz hinter?«

»Du meinst Sven Scholz? Den Hauseigentümer?«

»Allerdings. Seit der das Haus gekauft hat, terrorisiert er die Mieter. Oder besser, er lässt sie von seinen Leuten terrorisieren. Falk hat mir Geschichten erzählt …« Sie holte tief Luft. »Und weißt du, was das Schlimmste ist? Man kann nichts dagegen machen. Wenn ein Hauseigentümer sein Haus verfallen lässt, bist du so gut wie machtlos.« Sie schnäuzte sich erneut, dann richtete sie sich auf und streckte den Rücken durch. »Bist du mal in dem Haus gewesen? Blöde Frage, natürlich warst du da. Hast du auch schon diese sogenannten Hausmeister kennengelernt?« Sie schüttelte sich. »Eklige Leute, einfach nur eklig.«

»Ich weiß. Ich hatte bereits das Vergnügen, einen der beiden zu treffen.« Lina lehnte sich an die Behandlungsliege, dort, wo Miriam vorher gestanden hatte. »Hat Falk mal etwas davon erzählt, dass die beiden ihm Prügel angedroht haben?«

»Ja, ich war sogar dabei. Das heißt, ich war in Falks Wohnung, und die drei waren im Treppenhaus. Falk hat die Kerle nie in die Wohnung gelassen.«

Interessant. Wie also war es ihnen am Wochenende gelungen, sich Zutritt zu verschaffen? »Wann war das?«

»Letztes Jahr, Mitte November.«

»Weißt du noch, welche Worte genau gefallen sind? Und von wem?«

»Es gibt sogar ein Gedächtnisprotokoll von dem Vorfall.« Miriam lächelte wehmütig. »Falk sammelte Beweise gegen Scholz und seine Leute. Er hat so viel wie möglich fotografiert und aufgeschrieben und hat auch versucht, andere Mieter dazu zu bringen, die Schikanen zu protokollieren. Er hoffte, auf diese Weise Scholz das Handwerk legen zu können. An jenem Tag hat er mich gebeten, hinter der Tür zu warten und zuzuhören, als Zeugin.«

»Und wo ist dieses Protokoll jetzt?«

»Irgendwo in Falks Wohnung, vermutlich in seinem Arbeitszimmer. Er hat einen extra Ordner dafür angelegt.«

Lina dachte an die Wohnung, an die Wände voller Bücherregale und die Zeitschriftenstapel. Aber einen Ordner, in dem die Zerstörungen des Hauses dokumentiert waren, hatten sie dort nicht gefunden. »Stimmt es, dass Falk immer noch bei den Autonomen war?«

»Mehr oder weniger. Er war immer noch politisch engagiert, aber er ist ruhiger geworden, realistischer. Früher hat er sich nicht mit Reformen zufriedengegeben, es musste gleich die Revolution sein.« Miriam hob die Schultern. »Ich war früher ja genauso – und deine Mutter auch. Aber ich sehe die Dinge heute etwas anders. Liegt vermutlich am Alter.«

»Und Falk? Hat er noch von der Revolution geträumt?«

»Ich glaube, ja.« Miriams Blick verlor sich in der Ferne. »Wir haben schon lange nicht mehr darüber gesprochen. Irgendwann habe ich ihm mal vorgeworfen, dass er sich an seine alten Träume klammert, weil er nicht erwachsen werden will. Wir haben uns gestritten, es kam fast zur Trennung. Seitdem meiden wir das Thema.«

Falk Wagner war im Herzen also immer noch ein Radikaler gewesen. Aber wie sah es mit der Gewaltbereitschaft aus? Wie weit wäre er gegangen? Vor Jahren hatte er für ein paar Monate wegen Landfriedensbruch im Gefängnis gesessen, aber das konnte alles Mögliche bedeuten, von der Teilnahme an einer nicht genehmigten Demonstration bis zum Steinwurf gegen einen Mannschaftswagen der Polizei. »Was genau wollte Falk eigentlich gegen Scholz unternehmen?«, fragte sie Miriam Feldmann.

Die Physiotherapeutin zuckte mit den Schultern. »Keine Ahnung. Und ich glaube, er wusste es auch nicht. Das Problem ist, gegen solche Leute wie Scholz kann man kaum etwas unternehmen. Natürlich haben die Leute aus dem Haus mit dem Mieterverein zusammengearbeitet, aber es ist ja nicht so, dass sie die Ersten wären, deren Haus einem Immobilienhai in die Hände fällt. Es ist einfach klar, was passiert: Das Haus wird saniert, und die Mieter können sich anschließend die Mieten nicht mehr leisten. Geschweige denn, das Geld aufbringen, um die Wohnung zu kaufen.«

Lina zögerte einen Moment, ehe sie die nächste Frage stellte, aber es musste sein: »Würdest du Falk zutrauen, dass er Sven Scholz überfällt und schwer verletzt?«

Miriam wandte den Blick in Richtung Fenster. Direkt vor dem Haus stand ein Baum, in dessen kahlen Zweigen ein paar aufgeplusterte Spatzen hockten und vermutlich auf den Winter fluchten. »Er war ziemlich wütend, das schon. Da hat sich aber auch so vieles vermischt. Falk lebt seit fast zwanzig Jahren in der Wohnung. Zuerst war es eine WG, bis er irgendwann allein übrig blieb. Er will da nicht raus. Wollte.« Sie sah Lina an. »Ich weiß nicht, ob Falk von irgendeiner Sauerei schon mal so persönlich betroffen war wie diesmal. Er hat mal auf dem Arbeitsamt seine Erfahrungen mit den Sachbearbeitern gemacht, aber da hat er sich gegen die Schikanen gewehrt, da *konnte* er sich wehren. Er hat Widerspruch eingelegt und hat am Ende bekommen, was ihm zustand. Aber dieses Mal ist er machtlos, völlig machtlos. Das muss furchtbar für ihn sein.«

»So furchtbar, dass er zum Mittel der Gewalt gegriffen haben könnte?«, hakte Lina nach.

Miriam schwieg lange. »Ich weiß es nicht«, sagte sie schließlich. »Wir haben uns schon lange voneinander entfernt. Ich wusste nicht immer, was in ihm vorgeht, er hat selten darüber geredet, wie es in ihm aussieht.« Sie lächelte matt. »Selbst mit dem alten Spruch ›Das Private ist politisch‹ konnte ich ihn nicht mehr aus der Reserve locken.« Sie schwieg erneut. »Ich könnte es nicht ausschließen, dass er irgendwann einmal ausgetickt ist«, sagte sie schließlich leise.

»Sven Scholz wurde letzte Woche überfallen. Wusstest du das nicht?«, fügte Lina hinzu, als sie Miriams erstauntes Gesicht sah. Offensichtlich hatte sie keine Ahnung gehabt. Aber woher auch? In der Presse waren keine Einzelheiten erwähnt worden, Namen wurden schon gar nicht genannt. Wenn sie es nicht von einem der betroffenen Mieter erfahren hatte, die es wiederum durch die Befragungen von Lina und Max erfahren hatten …

»Wann hast du Falk denn das letzte Mal gesehen?«

»Mittwochabend, da waren wir beim Inder essen.«

»Und seitdem habt ihr auch nicht mehr telefoniert?«

Miriam schüttelte den Kopf. »Wir kennen uns schon ewig, irgendwann haben wir mal zusammen in einer WG gewohnt. Wir waren mal richtig heftig verknallt, aber Falk konnte sich das nicht eingestehen. Für ihn war Liebe ein bürgerliches Herrschaftskonzept, und Zweierbeziehungen fand er reaktionär.« Miriam lächelte wehmütig. »Dabei war er tierisch eifersüchtig und konnte es gar nicht ab, wenn ich mit anderen Männern herummachte. Er hat sich ein paar Mal von mir getrennt, weil Liebe und Revolution angeblich nicht zusammenpassen. Aber so richtige Trennungen waren das nie. Wir haben uns immer noch getroffen, mal häufiger, mal seltener, und so ging das im Prinzip seit Jahren. Ab und zu geht man miteinander ins Bett, manchmal haben wir was zusammen unternommen, wenn er zwischen seinen ganzen Plenen und Treffen und BI-Sitzungen und der Flüchtlingsarbeit mal Zeit hatte.«

Das klang nach einem vollgepackten Leben, bestimmt von einem aussichtslosen Kampf gegen alles Mögliche, aber ohne konkretes Ziel. Ohne Pausen, ohne Auszeiten. Ohne die innere Freiheit, sich zumindest hin und wieder den Luxus zu gönnen, alles um sich herum zu vergessen.

Miriam hatte wieder angefangen zu weinen. Diesmal saß sie still und mit gesenktem Kopf da, als weine sie nicht nur um einen Toten, sondern auch um eine Liebe, die vielleicht nie eine Chance gehabt hatte. Sie hob den Kopf und sah Lina an.

»Kann ich ihn noch einmal sehen?«, bat sie leise.

Lina biss sich auf die Unterlippe. »Das … ist schlecht«, sagte sie zögernd. »Er … sein Gesicht.« Sie holte tief Luft. »Er hat kein Gesicht mehr.«

»Kein Gesicht mehr? Aber wie …?« Miriam schien sie nicht zu verstehen, wollte nicht verstehen, und starrte Lina verständnislos an. Bis sich ihre Augen unvermittelt wie im Schock weiteten, als sie endlich begriff. »Oh Gott.« Sie holte tief Luft. »Aber woher wisst ihr dann, dass es Falk ist?«

Lina tat die Frau leid, die sich an den letzten Strohhalm klammerte. »Ganz sicher sind wir noch nicht, aber vermutlich wird er über die Zähne identifiziert.« Sie dachte an das, was Max heute Morgen bei der Teambesprechung erwähnt hatte. »Oder über seine Tätowierung am Unterarm. Könntest du ihn anhand des Tattoos wiedererkennen?«

Miriam starrte sie an, als käme sie vom Mond. »Tattoo? Was redest du da? Falk hatte keine Tattoos. Nicht ein einziges.«

8

»Die Nummer, die Sie gewählt haben, ist zurzeit nicht erreichbar. Bitte versuchen Sie es zu einem späteren Zeitpunkt noch einmal.«

Nachdenklich legte Max auf und sah an dem einfachen Mehrfamilienhaus aus den Siebzigerjahren hoch. Hier wohnte Bernd Kröger, doch er war nicht zu Hause. Er hatte sich angeblich nicht bei Manfred Holzmann gemeldet und ging auch nicht an sein Handy. Es sprach einiges dafür, dass der Mann untergetaucht war, was wiederum darauf hindeutete, dass er etwas mit dem Toten in der Clemens-Schultz-Straße zu tun hatte. Max seufzte. Er würde Sebastian überreden müssen, Bernd Kröger zur Fahndung auszuschreiben.

Er war gerade auf dem Weg zum Auto, als sein Telefon klingelte. Zehra Demirci von der Kriminaltechnik meldete sich.

»Hast du einen Moment Zeit?«

»Klar.« Max wurde langsamer.

»Der Tote aus der Clemens-Schultz-Straße … habt ihr den schon identifiziert?«

Max horchte auf. »Nein, aber wir gehen davon aus, dass es Falk Wagner ist. Wieso?«

»Weil er es nicht ist. Wir haben seine Fingerabdrücke im System. Bei dem Toten handelt es sich um Bernd Kröger, achtundvierzig Jahre alt, gemeldet in der Schomburgstraße.«

»Oh.«

Zehra lachte leise. »Ich habe mir gedacht, das könnte euch interessieren.«

»Allerdings.«

»Ich habe noch etwas für dich. Wir haben frische Spuren von einem weiteren alten Bekannten gefunden, einem gewissen Manfred Holzmann. Seine Fingerabdrücke und die des Toten finden sich ausschließlich im Flur und in dem Zimmer, in dem der Tote lag. Ich würde tippen, beide Spuren sind gleich alt.« Holzmann und Kröger mussten also zur gleichen Zeit in der Wohnung gewesen sein.

»Okay, danke.«

Max hatte gerade aufgelegt und wollte die Nummer des Präsidiums wählen, um Sebastian zu informieren, als sein Handy erneut klingelte. Linas Name leuchtete auf dem Display auf.

»Max, der Tote in der Wohnung kann nicht Falk Wagner sein.«

»Ich weiß.«

Schweigen am anderen Ende. »Woher weißt du das?« Lina klang verblüfft und auch ein wenig enttäuscht, weil ihre große Überraschung ihn nicht überraschte. Er klärte sie auf.

Schweigen. »Sebastian wird den King spielen«, sagte sie schließlich.

Max wusste, was sie meinte. Natürlich rückte jetzt Falk Wagner als Tatverdächtiger in der Liste ganz nach oben – gefundenes Fressen für Sebastian. Und eine bittere Pille für Lina. »Oder Holzmann hat seinen Kumpel erschossen.« Max hörte den leisen hoffnungsvollen Unterton in ihrer Stimme.

»Aber welches Motiv hätte er? Und wieso macht er das in Wagners Wohnung?«

»Um Falk zu belasten?«

»Lina, das ist reine Spekulation.«

Sie seufzte. »Ich weiß.«

Am frühen Nachmittag standen Max und Lina in der Einzimmerwohnung, in der Kröger gelebt hatte. Die Fingerabdrücke des Toten stammten zwar von Bernd Kröger, aber sie brauchten noch mehr, um seine Identität sicher zu bestätigen: Reisepass, Ausweis, Zahnarztunterlagen. Max schaute sich im Zimmer um. Vor dem Fenster hingen staubige Jalousien, die den Raum in düsteren Halbschatten tauchten. Als er den Lichtschalter betätigte, sprang eine billige Energiesparlampe an, deren kaltes Licht die ganze Trostlosigkeit offenbarte. Keine Bilder an den Wänden, keinerlei Zierrat, niemand schien jemals den Versuch unternommen zu haben, hier irgendetwas zu verschönern. Die Tapeten waren alt und an manchen Stellen fleckig, der Teppich auf dem Linoleumfußboden sah aus, als käme er vom Sperrmüll. Eine traurige Mischung zusammengewürfelter Gegenstände. Allein der Riesenflachbildfernseher an der Wand, die Boxen, mit denen man ein halbes Stadion hätte beschallen können, und das bombastische Ledersofa waren neueren Datums und offensichtlich gar nicht so billig gewesen. Auf der Fensterbank standen die sterblichen Überreste einer vertrockneten Zimmerpflanze, auf dem Couchtisch ein halb voller Aschenbecher, drei Bierflaschen und zwei schmutzige Gläser. Auf der Couch lag, in einer Ecke zusammengeknüllt, Bettzeug, das den Geruch von altem Schweiß und Sperma verströmte.

In der Küche traf Max auf Lina, die sich ebenfalls schweigend umsah. In den Schränken herrschte gähnende Leere. Ein bisschen Geschirr, Teller und Tassen in einem uralten, längst aus der Mode gekommenen Design, eine offene Packung Zucker, etwas löslicher Kaffee. Im Kühlschrank entdeckten sie einen

Kanten steinhartes Brot, Margarine und eine Packung Salami, bei der die Scheiben sich vor Trockenheit bereits einrollten.

In einer Schublade fanden sie einen Stapel Rechnungen und darunter einen alten, abgelaufenen Reisepass, ausgestellt auf Bernd Kröger.

Kurz darauf saßen sie wieder im Auto und waren auf dem Rückweg ins Präsidium. Sebastian hatte darauf bestanden, dass sie ihm persönlich Bericht erstatteten, obwohl Max ihn bereits am Telefon auf den neuesten Stand gebracht hatte. Lina schwieg bedrückt, und auch Max war nicht nach Reden zumute.

»Was für eine traurige Wohnung«, sagte sie schließlich. »Ich kann mir immer gar nicht vorstellen, dass man sich in solchen Räumen wohlfühlen kann.«

Max sagte nichts. Auch er könnte sich in so einer Wohnung nicht zu Hause fühlen. Aber er war ja auch nicht Bernd Kröger.

Als sie das Polizeipräsidium erreichten, schaute Lina seufzend auf den riesigen Gebäudekomplex. Max sah ihr an, dass sie am liebsten wieder kehrtgemacht hätte, und das konnte er ihr auch nicht verdenken. Sebastians erste Reaktion auf die neuesten Entwicklungen war ein Rüffel gewesen. Wie es sein könne, dass sie fast vierundzwanzig Stunden von einem falschen Toten ausgegangen waren?

»Meldet euch bei mir, sobald ihr hier seid.« Das war keine Bitte gewesen, sondern ein Befehl.

Also klopfte Max an die Tür und wartete auf das Herein. Sebastian saß hinter Hannos Schreibtisch und machte sich Notizen. Als Max eintrat, schrieb er erst den Satz zu Ende, ehe er den Stift weglegte und Max anschaute. Dann runzelte er die Stirn. »Wo ist Lina?«

»Sie musste dringend austreten«, erklärte Max ruhig.

Sebastian sah ihn an, als würde er ihm nicht glauben, doch dann riss er sich zusammen. »Die Fahndung nach Falk Wagner ist raus. Es ist vermutlich nur eine Frage der Zeit, bis wir ihn haben.« Er klang, als sei der Fall bereits gelöst und als habe er das im Alleingang erledigt.

»Und Manfred Holzmann?«

»Was ist mit dem?«

»Wird nach dem nicht gefahndet?«

»Wieso?«

»Weil seine Fingerabdrücke in der Wohnung von Falk Wagner gefunden wurden«, erklärte Max geduldig, obwohl er das Sebastian bereits am Telefon erzählt hatte.

»Er ist der Hausmeister. Die haben vielleicht ab und zu auch in den Wohnungen zu tun.«

»Aber Falk Wagner hat die beiden Männer nie in die Wohnung gelassen, das hat seine Freundin ausgesagt.« Max musterte Sebastian. Glaubte er wirklich, was er sagte, oder war er einfach aus Prinzip gegen alles, was von ihm und Lina kam? Sebastian, das trotzige Kleinkind. »Immerhin ist er vermutlich ein direkter Tatzeuge.«

»Hast du schon versucht, ihn anzurufen?«, fragte Sebastian.

»Ja«, sagte Max und atmete ganz ruhig ein. »Das Handy ist eingeschaltet, aber er geht nicht ran.«

Sebastian runzelte die Stirn und dachte nach. »Also gut, dann sucht ihn und bringt ihn her. Aber sag Lina, sie soll sich nicht wieder so anstellen, wenn ihm mal ein blöder Spruch über die Lippen kommt. Das ist ja peinlich mit ihren ständigen Anzeigen.«

Darauf erwiderte Max nichts, sondern verabschiedete sich höflich. Sobald er die Tür zu seinem eigenen Büro hinter sich geschlossen hatte, atmete er tief durch. Er rief Lina an, die in der Kantine auf ihn wartete.

»Und?«

»Wir sollen Holzmann suchen.«

»Das ist nicht dein Ernst, oder? Hätte der dir das nicht auch am Telefon sagen können?«

»Freu dich lieber, dass du so schnell wieder wegkommst.«

Den restlichen Tag verbrachten sie mit der Suche nach Holzmann. Sie probierten es bei ihm zu Hause, fuhren zur Baustelle am Hellkamp und klapperten ein paar Kneipen auf dem Kiez ab, in denen man ihn kennen könnte. Lina telefonierte noch einmal mit Miriam Feldmann, doch die behauptete weiterhin, seit letzter Woche nichts mehr von Falk gehört zu haben.

»Glaubst du ihr das?«, fragte Max, als Lina ihm von dem Gespräch erzählte.

Nachdenklich wiegte sie den Kopf hin und her. »Jein. Heute Morgen hat sie absolut aufrichtig geklungen, auch ihre Trauer war echt, als sie noch dachte, als *wir* noch dachten, Falk sei tot. Aber wenn er sich inzwischen bei ihr gemeldet hat … ich weiß nicht, ob sie es mir sagen würde.« Sie schloss kurz die Augen. »Doch, ich denke schon. Oder sie würde Falk überreden, sich zu stellen.«

Max zögerte, ehe er die nächste Frage stellte. »Kennst du noch mehr Leute, die wissen könnten, wo Wagner steckt?«

»Nein.« Dieses Nein war verdächtig schnell gekommen. Max hatte bereits den Mund geöffnet, um zu erklären, dass sie sich in ernste Schwierigkeiten bringen könnte, falls sie die Ermittlungen bewusst behinderte, als Lina hinzufügte: »Und selbst wenn, würden sie mir nichts sagen.« In ihrer Stimme schwang ein Unterton mit, den er bei ihr nur selten gehört hatte – Verbitterung, Resignation, eine Mischung aus Trotz und Trauer. Er spürte ihre innere Zerrissenheit, deren Ausmaß er nur erahnen konnte, und fragte sich, ob sie ihm wirklich vertraute, ob sie ihm wirklich alles sagte, was sie wusste.

Aber was konnte sie schon wissen? Würde sie wirklich so weit gehen und einen gesuchten Mordverdächtigen decken? Nein, das konnte er sich beim besten Willen nicht vorstellen. Nicht Lina, die sich nie scheute, den Mund aufzumachen und unangenehme Wahrheiten auszusprechen, erst recht, wenn sie niemand hören wollte.

Gegen sechs Uhr schlug er vor, Feierabend zu machen. Die Suchmeldungen nach Holzmann und Wagner waren an alle Streifenwagen weitergegeben worden, und es war, wie Sebastian gesagt hatte, vermutlich tatsächlich nur eine Frage der Zeit, bis man die beiden gefunden hatte. Lina, die die meiste Zeit über auffallend still gewesen war, nickte. Er blickte ihr nach, als sie in der U-Bahn verschwand, mit gesenktem Kopf und gegen den Regen hochgezogenen Schultern, und er verspürte den kurzen Impuls, ihr nachzurennen, sie an sich zu ziehen, in den Arm zu nehmen, schützend und tröstend, ihr über das strubbelige Haar zu streichen und ihr zu versichern, dass alles gut werden würde.

Er war gerade im Begriff, ins Auto zu steigen, das er in einer Seitenstraße der Reeperbahn geparkt hatte, als er jemanden seinen Namen rufen hörte.

»Max! Hey, Max!«

Ein Radfahrer auf einem Mountainbike schoss auf ihn zu. Der Helm und das bis zur Nase hochgezogene Tuch wirkten wie eine Vermummung, und Max reagierte automatisch, indem er alle Muskeln anspannte und sich ganz auf den Mann konzentrierte. Der Radfahrer hielt neben ihm an. Leuchtend blaue Augen, die ihn anstrahlten. Moritz Thal nahm den Helm ab, schob das Tuch nach unten und sagte: »Hey, wie geht's?«, als hätte er einen alten Freund vor sich.

»Ich wollte gerade Feierabend machen«, erwiderte Max und entspannte sich.

»Hast du Lust auf ein Bier? Oder hast du Hunger? Hier in der Straße gibt's einen genialen Thai-Imbiss, einfach Hammer, sag ich dir.«

Max lächelte. Moritz Thal gab einfach nicht auf. »Tut mir leid, ich muss nach Hause.«

Enttäuschung machte sich auf Thals Miene breit. »Ach«, sagte er. »Wartet dein Freund auf dich?«

Dieser Mann schaffte es immer wieder, ihn durch seine offene Art, die gar keine Scheu zu kennen schien, zu verblüffen.

»Nein, aber ich muss trotzdem nach Hause.« Er brachte es nicht übers Herz, den Mann darauf hinzuweisen, dass es reichlich unangemessen war, ihn ungefragt zu duzen.

»Du hast also keinen Freund?«

Okay, das ging jetzt vielleicht doch etwas zu weit. »Entschuldigung, aber ich wüsste nicht, was Sie das anginge.« Doch Max lächelte freundlich bei diesen Worten, er konnte gar nicht anders, und als er das betrübte Gesicht vor sich sah, taten ihm seine Worte schon fast wieder leid.

Doch im nächsten Moment lachte Moritz Thal bereits wieder. »Na ja, bei so einem Augenschmaus wie dir … da muss ich doch wissen, ob ich Chancen habe.«

»Haben Sie nicht.«

»Echt jetzt?«

»Ganz echt.«

»Weil du grundsätzlich nichts mit Kerlen anfängst? Oder weil ich dir auf die Nerven gehe?«

Jetzt musste Max lachen. »Sie sind aber ganz schön hartnäckig.« Er schwieg einen Moment. »Aber auf eine nette Art.« Moritz Thal strahlte, als hätte Max ihm soeben einen Heiratsantrag gemacht. Ehe er etwas sagen konnte, fuhr Max fort: »Aber es ändert nichts daran, dass ich kein Interesse habe. Suchen Sie sich lieber jemand anderen, den Sie so hinreißend anstrahlen können.«

Jetzt war es an Moritz Thal, ein verblüfftes Gesicht zu machen, während Max grinsend in den Wagen stieg und sich anschnallte. Zum Abschied hob er kurz die Hand, dann fuhr er davon.

Als er am nächsten Tag aufwachte, war er aus irgendeinem Grund bester Laune. Erst in der Dusche fiel ihm ein, dass er von Moritz Thal geträumt hatte. Er erinnerte sich, irgendwann in der Nacht aufgewacht zu sein, weil er lauthals gelacht hatte, und dass er dann mit einem Lächeln auf den Lippen wieder eingeschlafen war. Er machte seine übliche Morgenmeditation, dann bereitete er sich sein Frühstück aus Müsli und frischem Obst zu und schenkte sich ein Glas Fruchtsaft ein. Fotograf und Filmemacher war er, fiel ihm ein, und erst mit diesem Gedanken merkte er, dass er schon wieder an Moritz Thal dachte.

Im Büro erwartete ihn eine gute Nachricht: In den frühen Morgenstunden hatte eine Polizeistreife Manfred Holzmann aufgegriffen, als dieser gerade aus einer Kneipe kam. Er hatte sich zunächst geweigert, in den Streifenwagen zu steigen, weshalb die Beamten etwas rabiater geworden waren und Holzmann jetzt mit Handschellen in einem der Vernehmungsräume im Kellergeschoss des Polizeipräsidiums wartete.

Kurz nach Max betrat Lina das Büro, wie immer mit einem großen Becher Kaffee in der Hand und missmutig zusammengezogenen Brauen.

»Bist du schon fit genug für eine Vernehmung?«

Sie erstarrte kurz. »Wer ist es?«

»Holzmann.«

Sie entspannte sich wieder. »Klar.«

Max ahnte, dass sie vor allem froh war, Sebastian nicht zu begegnen, und fragte sich, ob sie um diese Uhrzeit wirklich schon wach genug war für eine Konfrontation mit Holzmann.

»Wie wär's, wenn ich das Reden übernehme und du dir nur Notizen machst?« Er lächelte. »Holzmann könnte sonst auf die Idee kommen, dich zu provozieren, und das würde mich ablenken.«

Sie schaute ihn dankbar an. »Gerne.«

Der Vernehmungsraum war bewusst karg und ungemütlich eingerichtet. Videokameras in den Ecken konnten jedes Verhör aufzeichnen, der Tisch in der Mitte und der Stuhl, auf dem der Verdächtige saß, waren fest am Boden verschraubt. Max und Lina setzten sich auf die anderen beiden Stühle. Lina rückte ein Stückchen ab, um nicht im direkten Blickfeld von Holzmann zu sitzen, und zückte ihren Notizblock.

Manfred Holzmann hatte aufgeblickt, als die beiden eingetreten waren, jetzt musterte er gelangweilt die Tischplatte vor sich. Er hatte die Beine übereinandergeschlagen und wirkte weder eingeschüchtert noch schuldbewusst. Aber es war schließlich auch nicht das erste Mal, dass er in so einem Raum saß, mit Handschellen, die an den Gelenken rieben, und zwei Beamten gegenüber, die versuchen würden, irgendwelche Informationen oder Geständnisse aus ihm herauszukitzeln.

»Herr Holzmann, wir wüssten gerne, ob Sie bei Ihrer Aussage von Dienstag bleiben, Sie seien die ganze Zeit mit …«, Max schaute demonstrativ auf den Notizblock, den er sich extra mitgenommen hatte, »… Tatjana Burkowski zusammen gewesen.«

Holzmann ließ sich mit der Antwort Zeit, tat, als würde er nachdenken. »Könnte schon sein, dass ich zwischendurch mal in der Kneipe war. Oder spazieren.«

»Oder in der Clemens-Schultz-Straße?«

Zögern. »Könnte sein.«

»Wann genau waren Sie dort?«

»Kann mich nicht erinnern.«

»Mit wem waren Sie dort?«

Schweigen. Holzmann versuchte, die Arme vor der Brust zu verschränken, was die Handschellen jedoch verhinderten. Stattdessen begann er, mit dem Fuß zu wippen.

»Vielleicht hilft es Ihrem Gedächtnis auf die Sprünge, dass Ihre Fingerabdrücke in der Wohnung von Falk Wagner gefunden wurden, neben der Leiche von Bernd Kröger.«

Die gelangweilte Miene verschwand. »Was? Bernd ist tot?« Er blickte von Max zu Lina, als könnte er nicht fassen, dass sein Kumpel nicht mehr am Leben war. Er schluckte. »Dieses Schwein!«, zischte er.

»Wen meinen Sie damit?«, fragte Max.

»Na, wen wohl? Wagner, diesen Dreckskerl natürlich. Der hat uns ja schon öfter mit Prügel gedroht. Sobald wir im Haus waren, um etwas zu reparieren, hat der sich an unsere Fersen gehängt und uns von der Arbeit abgehalten.«

»Und am Wochenende? Wollten Sie da auch etwas im Haus … reparieren?«

»Nee. Aber ich war am Sonntagnachmittag mit Bernd bei ihm. Wir sollten ihm ein neues Angebot von Sven Scholz unterbreiten, damit er endlich aus diesem verdammten Haus auszieht. Er hat sich geweigert und uns wie immer gedroht. Wir haben auf ihn eingeredet, haben ihm Geld geboten, aber er blieb stur. Irgendwann musste ich weg, meine Süße hat auf mich gewartet. Seitdem habe ich Bernd nicht mehr gesehen und auch nichts mehr von ihm gehört.«

Lina schrieb ausführlich mit. Max ließ den bulligen Mann auf der anderen Seite des Tisches nicht aus den Augen. »Und warum haben Sie das nicht gleich am Dienstag erzählt?«

Achselzucken. »Sie haben gesagt, dieser Wagner sei tot, und als ich gegangen bin, hat der definitiv noch gelebt.«

»Mit anderen Worten: Sie dachten, Bernd Kröger hätte

Wagner erschossen, und Sie wollten Ihren Kumpel nicht verpfeifen.«

»Wenn Sie so wollen, ja.«

»Hatte Bernd Kröger denn eine Waffe dabei?«

»Nicht dass ich wüsste.«

Max sah den Mann an, der seinen Blick demonstrativ gelangweilt erwiderte.

»Okay, kommen wir noch einmal auf das Angebot zurück, dass Sie Herrn Wagner unterbreiten sollten. Kommt es häufiger vor, dass Sven Scholz Sie damit beauftragt, mit seinen Mietern zu verhandeln? Immerhin arbeiten Sie für ihn als Hausmeister, nicht als Anwalt.«

Doch Holzmann ließ sich nicht provozieren. »Ab und zu kommt das vor.«

»Was genau war das für ein Angebot?«

»Wir sollten ihm Geld bieten, damit er auszieht und nicht länger rumstresst.«

»Wie viel Geld?«

»Zehntausend.«

»Hat Wagner das Angebot angenommen?«

»Nee.«

»Und den Auftrag haben Sie direkt von Sven Scholz bekommen?«

»Genau.«

»Wie hat er Ihnen diese Anweisung gegeben? Telefonisch? Oder haben Sie ihn im Krankenhaus besucht?«

»Er hat mich angerufen und mich gebeten, mich darum zu kümmern.«

»Wann?«

Achselzucken. »Freitag oder Samstag.«

»Denken Sie nach!«

Gehorsam runzelte Holzmann die Stirn und antwortete: »Samstag, am Nachmittag.«

»Hat Herr Scholz Ihnen da auch von dem Überfall auf ihn erzählt?«

»Ja.«

»Hat er irgendeinen Verdacht geäußert, wer dahinterstecken könnte?«

Zögern. »Nee, nicht direkt.«

»Aber indirekt?«

»Na ja, er meinte, dass es wohl einer von seinen Mietern gewesen sei.«

»Und dann?«

»Was: Und dann?«

»Hat Herr Scholz Sie vielleicht aufgefordert, sich mal unter den Mietern umzuhören?«

Holzmann zögerte erneut, kurz nur, aber das genügte Max. Als Holzmann die Frage verneinte, sagte er: »Sie lügen doch. Sie waren bei Falk Wagner, weil Sie herausfinden sollten, ob der Ihren Boss überfallen hat.«

»Unsinn. Wir sollten ihm ein Angebot machen, damit er auszieht. Außerdem«, fügte er hinzu, »ist Sven Scholz nicht mein Boss.«

Max sah den Mann an, doch der erwiderte seinen Blick ohne mit der Wimper zu zucken. Manfred Holzmann war im Umgang mit der Polizei geübt, und er hatte vier Tage Zeit gehabt, um sich auf die Vernehmung vorzubereiten.

»Wie sind Sie in die Wohnung von Herrn Wagner gekommen?«

»Wir haben geklingelt, und er hat uns hereingelassen.«

»Es gibt glaubwürdige Zeugenaussagen, dass Herr Wagner Sie beide nie in seine Wohnung lassen wollte.«

Achselzucken. »Der Zeuge lügt.«

»Wie lange haben Sie sich in der Wohnung aufgehalten?«

»Etwa eine Viertelstunde.«

»Und dann sind Sie gegangen?«

»Ja.«

»Allein?«

»Ja. Das sagte ich doch bereits.«

Max lächelte. »Ich wollte nur sichergehen, ob ich Sie richtig verstanden habe. Und Sie sind sicher, dass Bernd Kröger zu dem Zeitpunkt noch am Leben war?«

»Ja, natürlich.«

»Wie spät war es, als Sie die Wohnung verlassen haben?«

»Etwa vier Uhr.«

»Wie hieß noch mal die Dame, mit der Sie das Wochenende verbracht haben?«

»Tatjana Burkowski.«

»Was für eine Waffe besitzen Sie?«

Holzmann hatte den Mund bereits geöffnet, doch dann verschluckte er sich und hustete. »Ich habe keine Waffe.«

Sosehr er es auch versuchte, Max bekam nichts aus Holzmann heraus. Stur blieb der Mann bei seiner Aussage, er sei am Sonntag zwar bei Falk Wagner in der Wohnung gewesen, sei jedoch früher gegangen und habe von einem Schuss nichts mitbekommen. Frustriert brachen er und Lina die Befragung schließlich ab und ließen ihn in eine der Zellen bringen. In der Kantine herrschte die Vormittagsflaute zwischen Frühstück und Mittag, und sie fanden einen ruhigen Tisch am Fenster, an dem sie ungestört ihren Kaffee und Tee trinken konnten.

»So ein harter Brocken«, sagte Lina und ließ Zucker über ihren Milchschaum rieseln. »Das ist doch offensichtlich, dass der lügt.«

Max tauchte den Teebeutel ein paar Mal in das heiße Wasser und drückte ihn schließlich mit dem Löffel aus. Der angenehme warme Dampf stieg ihm in die Nase. »Aber wir werden es ihm nicht nachweisen können«, sagte er. Er zögerte kurz, ehe er fortfuhr: »Und man kann es drehen und wenden, wie man will: Falk Wagner hat einfach das bessere Motiv.«

Lina sah ihn an, als hätte er sie geschlagen. Unglauben und Enttäuschung sprachen aus ihrem Blick. »Wie bitte? Glaubst du etwa auch, dass er ein blutrünstiger Mörder ist, nur weil er irgendwie links ist?«

»Nein«, sagte Max ruhig. »Aber ich könnte mir vorstellen, dass du vielleicht das Offensichtliche nicht sehen willst.« Als Lina den Mund öffnete, um zu protestieren, hob er die Hand. »Ich glaube nicht, dass Wagner geplant hat, Kröger umzubringen. Ich denke eher, es war ein Akt der Selbstverteidigung. Kröger und Holzmann verschaffen sich Zutritt zu seiner Wohnung – sei es, um ihn dazu zu bringen, endlich auszuziehen, sei es, um herauszufinden, ob er etwas mit dem Überfall auf Scholz zu tun hat. Wagner fühlt sich bedroht und erschießt Kröger aus Notwehr.«

Max sah ihr an, wie es in ihr brodelte. Er wusste selbst, dass so gut wie kein Angehöriger der linken Szene Schusswaffen besaß. Aber Falk Wagner lebte immerhin seit zwanzig Jahren auf dem Kiez, wo man einfacher als anderswo in der Republik an Schusswaffen herankam. Gut möglich, dass er sich irgendwann einmal eine Pistole besorgt hatte.

»Und was macht Holzmann in der Zeit? Der steht dabei und sieht tatenlos zu, wie Falk seinen Kumpel erschießt?«

»Möglicherweise war er zu dem Zeitpunkt wirklich nicht in der Wohnung. Oder nicht im Zimmer. Außerdem hatte Wagner ja eine Waffe in der Hand, mit der er Holzmann in Schach halten konnte.«

Lina schwieg. Sie war Profi genug, um dieses Szenario zumindest einmal in Gedanken durchzugehen, auch wenn Max ihr ansah, dass sie nicht überzeugt war. Schließlich schüttelte sie den Kopf. »Nein«, sagte sie. »Das kann ich mir einfach nicht vorstellen.«

»Aber wieso sollte Holzmann seinen Kumpel ausgerechnet in Wagners Wohnung erschießen? Selbst wenn er ein Motiv hätte – da hätte es doch bessere Orte und Zeiten gegeben.«

»Gelegenheit macht Mörder?«, schlug Lina vor.

»Ich weiß nicht. Das Argument ist ziemlich schwach.«

»Ach komm, aber Holzmanns Aussage, er sei früher gegangen, weil seine Freundin auf ihn wartet – die ist nicht schwach?«

»Doch«, musste Max zugeben. »Aber wenn Wagner nichts mit dem Tod von Kröger zu tun hat – wieso hat er sich dann nicht bei der Polizei gemeldet?«

Lina lächelte müde. »Das weißt du doch. Für Leute wie ihn sind die Bullen die größten Feinde. Der würde vermutlich nicht einmal den Notruf wählen, wenn sein Leben davon abhinge.«

9

Dumpfer Schweißgeruch schwängerte die Luft, Schreie hallten durch den Raum, lautes Klatschen, wenn jemand auf die Matten knallte. Lina keuchte heftig. Schläge, Tritte im schnellen Wechsel, links, rechts, ducken, austeilen und einstecken. Sie hatte lange überlegt, ob sie überhaupt zum Training kommen sollte, doch sie hatte es dringend nötig, musste sich auspowern, bis sie nur noch ihr Gegenüber sah, nichts mehr spürte, an nichts mehr dachte, außer daran, den Gegner zu besiegen und sich nicht besiegen zu lassen.

Lutz kämpfte nicht weniger verbissen. Er war größer und kräftiger als sie, dafür war sie geschmeidiger und schneller. Sie waren ein gut eingespieltes Team, einander ebenbürtig, fair, aber ohne falsche Rücksichtnahme. Schließlich lag sie keuchend auf der Matte. Es reichte, sie konnte nicht mehr. Schweigend reichte Lutz ihr die Hand und zog sie hoch.

Unauffällig sah sie sich um. Schaute Igor sie heute nicht besonders verkniffen an? Und Saskia hatte den ganzen Abend noch kein Wort mit ihr gewechselt. Lina schüttelte den Kopf und schalt sich paranoid. Seit Jahren schon hatte sie niemand mehr blöd angemacht, weil sie bei der Polizei war. Außer Kalli natürlich, aber der überwinterte gerade irgendwo in Südost-asien. Vermutlich wusste außer Lutz niemand, dass sie etwas mit den Ermittlungen zum Überfall auf Scholz und dem Mord an Bernd Kröger zu tun hatte.

Nach dem Duschen wartete sie draußen auf dem Hof auf Lutz und stopfte die Hände in die Taschen. Sie war müde und erschöpft, aber auf eine gute Art. Für ein paar Stunden hatte sie die Arbeit vergessen, und das hatte sie dringend nötig gehabt.

Als Lutz aus dem Dojo kam, legte er nur kurz den Kopf schräg. »Chillis?«, fragte er.

Lina nickte. Das Bier danach in ihrer Stammkneipe gehörte dazu.

Auf dem Weg durch die schmalen Straßen von Ottensen kratzte Lina ihren ganzen Mut zusammen. Sie hatte lange mit sich gehadert, war aber zu dem Schluss gekommen, dass es das Beste war. Und wenn sie tausend Regeln und Vorschriften brach.

»Lutz«, sagte sie leise und verlangsamte ihre Schritte. Zum Zeichen, dass er ihr zuhörte, schob er seine Kapuze ein Stück zurück.

»Kennst du Falk Wagner?« Jetzt war es heraus.

Lutz schwieg. Natürlich schwieg er, sie hatte auch gar nichts anderes erwartet. »Er wird gesucht. Ich rate ihm dringend, sich bei der Polizei zu melden.« Sie riskierte einen Seitenblick. Wie viel wusste er? Und von wem? In den Zeitungsberichten und Onlinemeldungen war stets nur die Rede von einem Toten in der Clemens-Schultz-Straße gewesen, manchmal wurde dazu ein Bild des Hauses gezeigt. Die Fahndung nach Wagner war bisher noch nicht öffentlich, aber Lina rechnete damit, dass Sebastian spätestens nach dem Wochenende damit an die Presse gehen würde. Dabei sprach in Linas Augen nach wie vor alles dafür, dass Holzmann Bernd Kröger umgebracht hatte. Doch damit stand sie so ziemlich allein.

Ihr kommissarischer Teamchef sah das anders, Brita Michaelis, die Staatsanwältin, mochte sich nicht festlegen, und selbst Max hielt es zumindest für möglich, dass Wagner Kröger erschossen hatte. Also hatte man Manfred Holzmann heute Mittag nach der Vernehmung wieder auf freien Fuß gesetzt und suchte weiter nach Falk Wagner.

»Er wird wegen Mordes gesucht, und das ist richtig scheiße.« Lina schwieg, als ihnen ein Paar entgegenkam und sie einander auf dem schmalen Gehweg ausweichen mussten. »Ich glaube nicht, dass er es war. Es gibt noch einen anderen Verdächtigen, aber mein bescheuerter Chef hat sich auf Falk eingeschossen.« Sie warf Lutz einen weiteren raschen Seitenblick zu, doch sein Gesicht war hinter der Kapuze verborgen. »Falls du ihn kennst oder jemanden kennst, der ihn kennt, richte ihm aus, er soll sich stellen. Am besten gleich mit einem Rechtsanwalt.« Sie holte tief Luft. »Wenn er das nicht tut, könnte es gut sein, dass mein Chef nächste Woche die Wohnungen sämtlicher Leute durchsuchen lässt, die mit Falk in Kontakt stehen. Wahrscheinlich wird dann auch jemand vom Staatsschutz dabei sein. So eine Gelegenheit lassen die sich nicht entgehen.« Ihr war eiskalt. Wenn jemals herauskäme, was sie Lutz gerade erzählt hatte, wäre sie fällig. Geheimnisverrat nannte man so etwas, im besten Fall. Sabotage der Ermittlungen. Strafvereitelung. Weiß der Geier, was alles noch dazukommen könnte.

Lutz hatte immer noch nichts gesagt, doch er schob seine Hand in ihre Jackentasche, suchte ihre Faust und drückte sie kurz. Seine große, warme Hand, vertraut und tröstlich.

»Pass auf dich auf«, sagte er leise, als sie sich vor dem Chillis verabschiedete. Die Lust auf ein Bier war ihr vergangen.

Der Freitag brachte keine Neuigkeiten. Max und Lina suchten Sven Scholz in seinem Loft auf, um ihn noch einmal zu befragen, und dieser bestätigte natürlich, dass er Holzmann angewiesen hatte, Falk Wagner ein weiteres Angebot zu überbringen, damit er endlich die Wohnung räumte.

»Und Bernd Kröger?«, fragte Max, doch Scholz zuckte nur die Schultern. »Ich habe Holzmann den Auftrag erteilt. Woher soll ich wissen, ob er sich noch jemanden zu seinem Schutz mitgenommen hat?«

Für Lina war es offensichtlich, dass der Mann log. Sein schmieriges Grinsen, die angedeuteten Beleidigungen, die er im letzten Moment doch nicht aussprach, brachten sie innerhalb kürzester Zeit zur Weißglut, aber das half ihr kein Stückchen weiter. Zu allem Überfluss geriet sie auch noch mit Sebastian aneinander, der auf ihre Frage, was denn jetzt mit Holzmann sei und ob man dessen Alibi nicht mal überprüfen sollte, nur sagte: »Der Holzmann war's nicht, der hat kein Motiv. Wir konzentrieren uns auf Wagner.«

Als sie frühzeitig Feierabend machte, war ihre Laune auf dem Nullpunkt, und das Schmuddelwetter machte die Sache auch nicht gerade besser. Es gab Tage, da hasste sie alles – die Stadt, den Winter, ihren Job, Sebastian und sogar Max. Nein, korrigierte sie sich, nicht Max, auch wenn sie ihm gerne übel nehmen würde, dass er Falk Wagner nicht kategorisch als Mörder ausschloss. Doch im Grunde wusste sie ja, dass er recht hatte.

Sie lag bereits im Bett und las noch, als es leise an der Wohnungstür klopfte. Stirnrunzelnd ließ sie das Buch sinken und lauschte, unsicher, ob sie sich nicht getäuscht hatte. Es klopfte erneut.

Lina schlüpfte aus dem Bett und öffnete die Tür einen Spaltbreit. Im dunklen Hausflur stand Lutz. Dicht hinter ihm, mit tief ins Gesicht gezogener Kapuze, ein Mann, den sie nicht kannte.

»Lina, lass uns rein!«

Sie öffnete die Tür. Der Unbekannte musterte sie beim Eintreten argwöhnisch.

»Lina, das ist Falk.«

Natürlich war das Falk Wagner. Wen sonst sollte Lutz mitten in der Nacht hier anschleppen?

»Sag mal, spinnst du? Du kannst doch nicht mit einem Verdächtigen hier bei mir zu Hause aufkreuzen! Wenn das rauskommt, kann ich einpacken.«

»Lina, hör zu …«

»Ich hab dir gesagt, er soll sich bei der Polizei melden, nicht bei mir privat! Verdammt, Lutz, weißt du eigentlich, in was für eine Lage du mich bringst?« Sie drehte sich zu Falk um. Er hatte die Kapuze abgenommen und sah sie an. Er hatte kurze graue Haare, eine breite Nase und schmale Lippen. Das Gesicht war hager. In seinem Blick lag ein gehetzter Ausdruck, unter den Augen hatte er dunkle Ringe, als hätte er in der letzten Zeit nur wenig Schlaf gefunden. Sie war sicher, dass sie Falk Wagner noch nie zuvor begegnet war, aber das schloss nicht aus, dass er sie kannte, zumindest vom Sehen oder Hörensagen. Immerhin war er mit einer alten Freundin ihrer Mutter zusammen.

»Lutz trifft keine Schuld«, sagte er jetzt. »Ich habe ihn gebeten, mich zu dir zu bringen.« Er musterte sie aufmerksam, als wollte er abschätzen, ob er ihr vertrauen konnte.

Von den nackten Füßen aus kroch die Kälte in Lina hoch. Sie trug nur ein dünnes T-Shirt und begann zu frieren. Doch noch etwas anderes ließ sie frösteln. Was, wenn Sebastian und Max recht hatten und Wagner Bernd Kröger erschossen hatte?

Nein. Mit aller Kraft schüttelte sie diesen Gedanken ab. »Ich zieh mir kurz was an«, sagte sie. »Geht schon mal in die Küche.«

Als sie zu den beiden Männern in den kleinen Raum kam, köchelte bereits der Espressokocher auf dem Herd, frischer Kaffeeduft hing in der Luft. Es war kurz nach zwölf, aber an Schlafen war jetzt ohnehin nicht mehr zu denken. Lina schob den Gedanken an die möglichen Folgen dieses nächtlichen Besuchs beiseite, setzte sich und sah Falk an.

»Erzähl mir, was passiert ist!«, forderte sie ihn auf. Er hatte ein Päckchen Tabak vor sich liegen und drehte sich eine Zigarette.

»Kann ich hier rauchen?«, fragte er.

Lina starrte ihn an, dann stand sie auf, öffnete wortlos das Fenster und stellte ihm ihren einzigen Aschenbecher hin. Der Kaffee war fertig, und Lutz versorgte alle mit Bechern, Milch und Zucker.

»Am Sonntag war ich unterwegs. Als ich am Nachmittag nach Hause kam, war jemand bei mir in der Wohnung. Die Tür stand offen, und als ich vorsichtig reinging, hörte ich jemanden in meinem Büro reden, mindestens zwei Leute. Kröger tauchte im Flur auf, gleich darauf auch Holzmann. Der hatte eine Knarre in der Hand. Ich hab kehrtgemacht und bin abgehauen.« Er zündete sich die Zigarette an und nahm einen tiefen Zug.

»Und dann? Hast du jemandem davon erzählt?«

Falk Wagner zögerte. »Ja«, sagte er schließlich. »Ich war bei einem guten Freund. Wir sind zusammen in die Wohnung gegangen und haben den Toten gefunden. Also habe ich nur ein paar Sachen zusammengepackt und bin untergetaucht.«

»Und du bist nicht auf die Idee gekommen, die Polizei zu rufen?«

Wagner sah sie kurz an, dann wandte er den Blick ab. Er traute den Bullen nicht, aber jetzt saß er hier bei ihr in der Küche. Ein Akt der Verzweiflung oder Berechnung? Was erwartete er von ihr?

»Weißt du, was die beiden von dir wollten?«

Falk zuckte die Achseln. »Keine Ahnung. Sie haben einen Ordner mitgenommen, in dem ich ihre Schweinereien dokumentiert habe. Du weißt schon, was sie alles im Haus demoliert haben. Und meinen Laptop haben sie auch. Darauf hatte ich einen Haufen Fotos vom Haus, auf ein paar davon sind auch die beiden zu sehen.« Er zog an seiner Zigarette. »Vielleicht dachten sie auch, ich hätte was mit dem Überfall auf ihren Boss zu tun, diesen Sven Scholz.«

»Und? Hast du?«

Kopfschütteln. »Nee. Aber ich kann nicht behaupten, dass mir das Schwein leidtäte.« In seinen Augen blitzte es kämpferisch auf, als sei es ein gewaltiger Schritt hin zu einer besseren Welt, jemandem das halbe Bein abzuhacken. Ein Akt des Fortschritts, eine Tat, die Respekt und Bewunderung verdiente.

Lina starrte ihn an. Zum ersten Mal, seit sie bei Sven Scholz im Krankenzimmer gestanden hatte, wurde ihr klar, wie wichtig es auch in diesem Fall war, den Täter zu finden und zur Verantwortung zu ziehen. Es war egal, was Sven Scholz getan hatte oder was für ein mieses Arschloch er war – dem eigenen Hass auf solche Menschen nachzugeben war keine Option.

»Und was willst du jetzt von mir?«

Falk schaute kurz zu Lutz, dann wieder zu Lina. Rauch quoll ihm aus Mund und Nase. »Lutz sagt, du meinst, ich soll mich stellen. Aber die buchten mich doch sofort ein, auch wenn ich nichts getan habe.«

Lina nickte ernst. »Ich fürchte, so wird es sein.«

»Lutz sagt auch, es gäbe noch einen Verdächtigen.«

»Darüber darf ich dir nichts sagen.«

»Ist es dieser Holzmann?«

Lina schwieg.

»Habt ihr mit ihm geredet?«

Sie sagte immer noch nichts.

»Verdammt noch mal, wer soll es denn sonst gewesen sein? Die beiden waren bei mir in der Wohnung, und jetzt ist einer von ihnen tot.«

Lina seufzte. »Von außen sieht es leider etwas anders aus. Holzmann hat kein erkennbares Motiv, Kröger umzubringen. Du schon.« Als Falk protestieren wollte, senkte sie die Stimme ein wenig, wobei ihr Blick kurz zum offenen Fenster wanderte. Nicht dass noch einer der Nachbarn etwas von diesem konspirativen Treffen mitbekäme. »So sehen es mein Chef und die Staatsanwältin. Wir bräuchten schon handfeste Beweise, dass Holzmann von Krögers Tod profitiert.«

»Sind die Bullen nicht eigentlich verpflichtet, in alle Richtungen zu ermitteln?« In Falks Blick vermischten sich Verzweiflung, Angst und auch Verachtung, was Lina ihm nicht verdenken konnte.

»Ja, das sind wir.« Lina sah ihm gerade in die Augen. »Aber wenn mein Chef mir befiehlt, die Finger davon zu lassen, kann ich wenig machen.« So weit war es zwar noch nicht gekommen, aber sie glaubte nicht, dass Sebastian sie oder Max noch einmal auf Holzmann ansetzen würde.

Falk ließ den Kopf hängen. Sein Gesicht wirkte eingefallen, der magere Körper sah aus, als würde er in den weiten Klamotten fast verloren gehen. »Ich will nicht in den Knast«, sagte er leise.

Lutz und Lina wechselten Blicke. Falk war gut zwanzig Jahre älter als sie, er könnte fast ihr Vater sein, doch jetzt machte er eher den Eindruck eines Jungen, der Mist gebaut hatte und sich vor den Konsequenzen fürchtete. Die Verletzlichkeit, die der Mann in diesem Moment ausstrahlte, rührte sie und passte so gar nicht zu dem Bild, das sie sich von ihm gemacht hatte.

»Falk«, sagte sie, »dir bleibt gar nichts anderes übrig, als zur Polizei zu gehen. Was willst du sonst machen? Abtauchen? Im Untergrund leben? Das geht vielleicht mit ganz viel Glück ein paar Jahre gut, aber irgendwann wird man dich schnappen.«

Er hob den Kopf, und sein Blick bekam etwas Flehendes. »Ich könnte so lange untertauchen, bis Holzmann überführt ist.«

Lina musste schlucken. »Falk, ich bin mir nicht sicher, ob im Moment irgendjemand von meinen Kollegen ein Interesse daran hat, Holzmann zu überführen.« Sie holte tief Luft. »Wenn du jetzt untertauchst, wird mein Chef deinen gesamten Bekanntenkreis auseinandernehmen, und der Staatsschutz wird ihm begeistert dabei helfen. In ihrer Logik kommt es bereits einem Schuldeingeständnis gleich, dass du abgehauen bist, nachdem du den Toten entdeckt hast.«

»Aber ich habe doch nichts getan!« Es klang wie ein verzweifelter Schrei, das letzte Aufbäumen, die letzte Weigerung, sich in das Unvermeidliche zu fügen. Lina hätte ihn gern beruhigt, dass er, wenn er unschuldig war, auch nichts zu befürchten hatte, doch das wäre eine Lüge gewesen. Sie wusste nur zu gut, wie leicht es passieren konnte, dass ein Unschuldiger in die Mühlen der Justiz geriet. Häufiger als von der Öffentlichkeit wahrgenommen, landeten auch in Deutschland Menschen hinter Gittern, die nichts getan hatten, außer zur falschen Zeit am falschen Ort gewesen zu sein, und manchmal nicht einmal das. Und sie wusste, dass Falk das ebenfalls wusste. Sie holte tief Luft.

»Wenn du dich stellst, wird mein Chef jubeln und sich nicht weiter um den Fall kümmern. Dann kann ich relativ unbehelligt weitere Nachforschungen anstellen.« Zumindest solange sie keine richterliche Genehmigung oder die Mithilfe einer anderen Abteilung brauchte. »Wenn du abtauchst, bin ich gezwungen, meine ganze Zeit damit zu verplempern, dich zu finden.«

Niemand sagte etwas. Mit zitternden Fingern drehte Falk sich eine neue Zigarette und verstreute dabei reichlich Tabakkrümel auf dem Tisch.

»Wenn du zur Polizei gehst, nimm am besten gleich einen Anwalt mit. Und bitte deinen guten Freund, für dich auszusagen.« Sie zögerte, ehe sie mit gesenkter Stimme hinzufügte:

»Wenn du von einem Kommissar Muhl verhört wirst, musst du vorsichtig sein. Bei Osterfeld besser auch. Max Berg ist in Ordnung.«

Falk lehnte sich zurück und rauchte schweigend und mit geschlossenen Augen. Durch das offene Fenster zog kühle Luft in die Küche, die den Rauch in kleine Fetzen riss. Schließlich drückte Falk die Kippe aus, hob den Kopf und sah sie an. »Danke.« Er stand auf und zog seine Jacke an, schwarz wie der Rest seiner Kleidung. Im Stehen drehte er sich noch eine Zigarette für den Weg, dann nickte er Lutz zu. »Ich verschwinde dann mal.«

Lina brachte ihn zur Tür, dann kehrte sie zu Lutz in die Küche zurück. Es roch nach Zigarettenrauch, und sie riss das Fenster weit auf. Auf dem kleinen Hinterhof war es dunkel, nur ein Fenster auf der Rückseite des Blocks war noch erleuchtet. Sie drehte sich zu Lutz um.

»Verdammt noch mal, was hast du dir dabei gedacht, ihn hier anzuschleppen?«, fuhr sie ihn an. »Ist dir eigentlich klar, in was für eine Scheißsituation du mich gebracht hast?«

»Du hast jemandem geholfen, der Hilfe brauchte.«

Einen Moment lang wusste sie nicht, was sie sagen sollte. Sie hatte nicht das Gefühl, Falk Wagner wirklich weitergeholfen zu haben. »Dafür kann ich richtig Ärger bekommen«, sagte sie schließlich. Lutz wollte ihre Sorgen mit einer wegwerfenden Handbewegung abtun, doch Lina fuhr leise fort: »Möglicherweise habe ich gerade einem Mörder zur Flucht verholfen. Und darauf steht Knast.«

10

Als Max am Montag früh im Büro eintraf, war Sebastian bereits da, saß hinter Hannos Schreibtisch und telefonierte. Max schaute zur Begrüßung ins Zimmer, doch er hob nur kurz die Hand, ohne ihn auch nur anzublicken. Kurz vor neun kreuzte Lina auf. Sie sah müde aus und umklammerte ihren Kaffeebecher wie einen Rettungsring.

»Gibt es was Neues von Falk Wagner?«, fragte sie, während sie ihren Rucksack ablegte und die Jacke auszog. Dann schaltete sie ihren Computer ein, ohne Max auch nur einmal anzusehen.

»Nein, nicht dass ich wüsste.«

In der morgendlichen Teambesprechung verkündete Sebastian, dass jetzt öffentlich nach Wagner gefahndet wurde. Ein Foto von ihm sowie eine Personenbeschreibung seien bereits an die Presse gegangen. »Außerdem werden wir uns seinen Bekanntenkreis vorknöpfen. Habt ihr bei ihm in der Wohnung ein Adressbuch gefunden? Einen Computer? Irgendwelche Hinweise, zu wem er Kontakt hatte?«

Max schüttelte den Kopf. Lina starrte in ihren Kaffeebecher und sagte nichts.

»Auch egal. Falk Wagner ist ja kein unbeschriebenes Blatt, die Kollegen vom Staatsschutz haben bereits angeboten, uns zu unterstützen.«

Jetzt blickte Lina auf. Sie war blass, sagte aber immer noch nichts. Sebastian musterte sie scharf. »Oder hast du irgendetwas gehört, Lina? Ich könnte mir vorstellen, dass der eine oder andere von deinen Freunden diesen Wagner kennt.« Es spie das Wort *Freunde* förmlich aus.

»Keine Ahnung.« Lina zuckte die Achseln. »Ich weiß nicht, wo Wagner steckt. Ich kenne ihn nicht.«

Sebastian runzelte die Stirn, als würde er ihr nicht glauben, doch er wagte es nicht, sie hier vor den Kollegen offen der Lüge zu bezichtigen. Stattdessen blickte er in seine Unterlagen. »Morgen früh um fünf geht es los, ich habe bereits eine Hundertschaft angefordert. Die Kollegen vom Staatsschutz werden ebenfalls dabei sein. Ihr beide«, er zeigte mit dem Stift auf Max und Lina, »werdet euch Punkt vier Uhr dreißig zur Einsatzbesprechung im Konferenzraum einfinden. Alex, du hältst hier die Stellung. Ich gehe mit raus und leite den Einsatz.«

»Eine Hundertschaft? Was zum Teufel soll das denn?«, platzte Lina heraus.

Sebastian betrachtete sie kühl. »Der Tatverdächtige bewegt sich in der militanten Szene, die für Gewaltexzesse vor allem gegenüber der Polizei bekannt ist. Du glaubst doch wohl nicht, dass ich dort jemanden von meinen Leuten schutzlos hinschicke?«

Seine Leute – meinte er damit etwa ihn und Lina? Sie biss sich auf die Lippe, und Max sah ihr an, dass sie kurz vorm Explodieren war. Was Sebastian nur zu gut passen würde.

»Eine Hundertschaft wäre aber wirklich nicht nötig gewesen«, meldete Alex sich zu Wort, der bisher nichts mit dem Fall zu tun gehabt hatte. »Wenn du Pech hast, fliegt dir morgen das halbe Schanzenviertel um die Ohren.«

»Es geht hier immerhin um Mord«, verteidigte Sebastian sich.

»Das rechtfertigt trotzdem nicht, dass du mit Kanonen auf Spatzen schießt«, beharrte Alex.

Sebastian schwieg und starrte auf seine Unterlagen. Einwände von Max und Lina zu ignorieren war eine Sache, die beiden waren jünger als er, hatten weniger Dienstjahre auf dem Buckel und standen in der Hackordnung unter ihm. Aber Alexander Osterfeld war älter als er und erfahrener. Kritik von Alex konnte er nicht einfach so abbügeln.

»Die Jungs sind ja nur für alle Fälle dabei. Ist ja gar nicht gesagt, ob wir sie überhaupt brauchen«, konterte er etwas lahm.

Das glaubst du doch selbst nicht, dachte Max, doch er war klug genug zu schweigen. Genau wie Lina.

»Dieser Idiot«, fluchte sie, als sie kurz darauf allein in ihrem Büro waren. »Der weiß doch genau, dass es Krieg gibt, wenn der Staatsschutz morgen zusammen mit einer Hundertschaft ein paar Wohnungen stürmt.«

Max fürchtete, dass Lina recht hatte. Die uniformierten Kollegen waren nicht gerade dafür bekannt, bei solchen Großeinsätzen mit besonderem Feingefühl zu Werke zu gehen. Da wurden schon mal ganze Wohnungseinrichtungen auseinandergenommen, ging Geschirr zu Bruch, knallten ganz aus Versehen Computer auf den Boden oder wurden Türen eingetreten. Selbstverständlich alles im Namen der Strafverfolgung und der Verbrechensbekämpfung. Als würde sich einer wie Falk Wagner bei seinen Freunden im Küchenschrank verstecken.

Als Max auf der Toilette verschwand und kurz darauf wiederkam, stand Lina am Fenster und telefonierte. Sie hielt ihr Handy dicht ans Ohr gepresst und sprach leise und eindringlich auf denjenigen am anderen Ende der Leitung ein. Offensichtlich hatte sie ihn nicht gehört, denn sie fuhr zusammen, als er sich auf seinen knarzenden Bürostuhl setzte, und beendete das Gespräch hektisch. Sie sah ihn an. Für eine Sekunde sah sie aus wie ein kleines Mädchen, das man bei irgendeiner Missetat ertappt hatte, doch im nächsten Moment bekam ihr Blick etwas Herausforderndes.

Max schaute zu Sebastians Bürotür. »Ich weiß ja nicht, wen du gerade angerufen hast oder warum«, sagte er leise. »Aber ich wäre an deiner Stelle vorsichtig. Du weißt, dass Sebastian dich sowieso schon auf dem Kieker hat.«

Sie sah ihn an, den Mund zu einer schmalen Linie zusammengepresst, als sei ihr das egal. Max seufzte. Er würde sie nicht verraten, und er hoffte, dass sie das auch wusste.

Nach dem Telefonat riss Lina sich zusammen, und es gelang ihr, ihre Nervosität ziemlich gut zu verbergen. Nur weil Max sie so gut kannte, fielen ihm die Momente auf, in denen sie wortlos aus dem Fenster starrte oder gedankenverloren an ihrem Kaffee nippte. Sebastian hatte sie dazu verdonnert, Berichte zu schreiben und ihre bisherigen Befragungen zu dokumentieren, und in dem kleinen Raum war das Klackern ihrer beider Tastaturen lange Zeit das einzige Geräusch.

Gegen fünfzehn Uhr erreichte Max ein Anruf des Pförtners. Hier unten stehe ein Mann, der zum Toten in der Clemens-Schultz-Straße eine Aussage machen wolle. Max bat darum, den Mann zu ihm zu bringen, und stand auf, um Sebastian Bescheid zu sagen.

»Ich glaube, Falk Wagner ist da«, sagte er leise zu Lina.

Wie sich herausstellte, war er nicht allein gekommen. Eine kleine, agile Frau mit Pferdeschwanz und kräftigem Händedruck stellte sich als seine Rechtsanwältin Sarah Braun vor. Sebastian bestand darauf, den Tatverdächtigen persönlich zu vernehmen, und bat Alex hinzu. Die vier verschwanden in einem der Vernehmungszimmer im fünften Stock. Sebastian strahlte, als hätte er Wagner persönlich aufgespürt und aufs Präsidium gebracht.

Überraschend schnell waren die beiden Kollegen wieder da. Aus dem Nachbarbüro waren laute Stimmen zu hören, dazu Gelächter, das eine gelöste Stimmung verriet. Max stand auf und ging nach drüben. Die Tür ließ er offen, damit Lina mithören konnte.

»Und, wie ist es gelaufen?«, fragte er. Sebastian drehte sich zu ihm um. Er war bester Laune und geradezu redselig.

»Der hatte eine fertige Erklärung dabei und hat sich geweigert, uns irgendwelche Fragen zu beantworten.« Er wedelte mit zwei DIN-A4-Seiten herum. »Er leugnet, etwas mit Krögers Tod zu tun zu haben. Holzmann und Kröger seien bei ihm eingebrochen, und er ist abgehauen. Später will er dann den Toten gefunden haben, aber anstatt die Polizei zu rufen, ist er lieber abgetaucht.« Er schüttelte den Kopf. »Er hat uns die Zettel hingeschoben und danach jede weitere Aussage verweigert. Das stinkt doch zum Himmel!«

»Wieso? Das ist doch sein gutes Recht als Beschuldigter.«

»Klar, und natürlich darf er auch seine Rechtstussi gleich mitbringen. Aber ich frage mich: Wer macht das, wenn er nichts zu verbergen hat?«

Menschen, die der Polizei und der Justiz nicht vertrauen? Die vielleicht schon einmal schlechte Erfahrungen gemacht haben, dachte Max, sagte es aber nicht laut. Stattdessen fragte er: »Und jetzt? Habt ihr ihn wieder laufen lassen?« Was sehr unwahrscheinlich war, aber vielleicht …

Sebastian sah ihn an, als sei er nicht ganz richtig im Kopf. »Spinnst du? Der kommt heute noch vor den Haftrichter. Der ist fällig.«

»Und du bist sicher, dass Holzmann nichts mit dem Mord zu tun hat? Immerhin steht hier Aussage gegen Aussage, und Holzmann …«

»… hat kein Motiv«, mischte Alex sich ein. »Holzmann und Kröger waren Kollegen, keine Feinde. Bei Wagner dagegen ist bekannt, dass er die beiden beschimpft hat, sobald sie sich im Haus blicken ließen.«

»Das hat Holzmann gesagt, aber bisher hat es noch niemand bestätigt. Wagners Freundin hat ausgesagt, es gäbe einen Ordner, in dem er alle Vorfälle im Haus dokumentiert hatte, aber die Kollegen von der Kriminaltechnik haben nichts dergleichen gefunden.« Er musterte Sebastian ernst. »Ich denke, dass Holzmann mindestens ebenso verdächtig ist wie Wagner.«

Sebastian sah Max an, wobei er sich etwas recken musste, um ihm in die Augen blicken zu können. »Ich kann ja verstehen, wenn Lina auf dem linken Auge blind ist«, erklärte er gönnerhaft. »Aber dass du dich so von ihr beeinflussen lässt, hätte ich nicht gedacht, Max. Schalte doch mal deinen gesunden Menschenverstand ein. Wir haben den Mörder, glaub mir!«

Max betrachtete Sebastian. Das leicht gerötete Gesicht, die schütteren mausgrauen Haare, die graublauen Augen, den Schnauzer, der beim Sprechen auf- und abzuckte. Ihm wurde bewusst, wie wenig er eigentlich über diesen Mann wusste, mit dem er seit sieben Jahren zusammenarbeitete. Doch er spürte bei ihm das tiefe Verlangen nach Respekt und Anerkennung, den Wunsch, alles richtig zu machen und allen zu beweisen, dass er den Herausforderungen als Teamchef gewachsen war. »Vielleicht könnte es nicht schaden, Holzmann trotzdem noch etwas mehr auf den Zahn zu fühlen«, schlug Max vor. »Immerhin ist er einschlägig vorbestraft.«

Sebastian verdrehte die Augen. »Max, es reicht. Ich mache diesen Job auch nicht erst seit gestern. Ich habe Wagner gegenübergesessen, nicht du. Glaub mir, dieser Mann lügt wie gedruckt.«

»Holzmann auch.«

Sebastian starrte ihn an. Mit seiner guten Laune war es schon wieder vorbei. »Raus!«, sagte er leise. »Der Fall ist abgeschlossen, und damit basta.«

Doch Max blieb stehen und sagte ruhig: »Und was ist mit dem Überfall auf Sven Scholz?«

»Was soll damit sein?«

»Willst du den etwa auch noch Falk Wagner anhängen?«

Sebastian sah ihn verdutzt an, als hätte dieser ihn gerade erst auf eine Idee gebracht. Dann verzog er abfällig den Mund. »Wer soll es sonst gewesen sein? Etwa dieser Holzmann?«

Max schalt sich selbst einen Idioten.

In den nächsten Wochen passierte genau das, was Max befürchtet hatte: Sebastian blieb stur bei seiner Einschätzung, dass sie mit Falk Wagner sowohl den Mörder von Bernd Kröger als auch den Angreifer von Sven Scholz gefasst hatten. Die ohnehin chronisch überlastete Staatsanwältin hatte keine Zeit, sich Max' und Linas Argumente anzuhören. Ein Gutes brachte die Verhaftung Wagners immerhin mit sich: Die Durchsuchungen in seinem Freundeskreis waren damit überflüssig geworden, sehr zum Ärger von Sebastian. Er rächte sich, indem er Max und Lina mit sinnlosen Arbeiten überhäufte. Sie mussten alte Fälle herauskramen, längst erkalteten Spuren nachgehen und endlose Berichte verfassen.

Mit verkniffener Miene fügte sich Lina in ihr Schicksal, und auch Max blieb nichts anderes übrig, als den Anweisungen seines Vorgesetzten Folge zu leisten. Während Hanno, der sich nur langsam erholte und vermutlich für längere Zeit ausfallen würde, ihnen immer ziemlich freie Hand gelassen hatte, erwartete Sebastian von ihnen detaillierte Berichte, was sie den Tag über trieben. Nach und nach bekamen sie auch wieder andere Fälle auf den Tisch. Zwei Suizide, einen Unfall mit Todesfolge, einen toten Obdachlosen, der in einer bitterkalten Nacht vermutlich erfroren war.

Falk Wagner blieb in Untersuchungshaft, eine Freilassung auf Kaution hatte das Gericht abgelehnt. Tatsächlich war die Anklage erweitert worden und man warf ihm jetzt auch den Überfall auf Sven Scholz vor. Lina hatte diese Nachricht schweigend zur Kenntnis genommen, und Max wunderte sich, dass sie sich nicht dagegen auflehnte. Dass sie nicht mit Sebastian stritt oder versuchte ihn dazu zu bringen, weiter gegen Holzmann zu ermitteln. Stattdessen igelte sie sich ein und tat, was Sebastian ihr befahl, obwohl es ihr sichtlich schwerfiel. Auch von Max kapselte Lina sich ab und antwortete oft nur knapp auf seine Fragen. Sie alberte nicht mehr herum, hackte verbissen auf ihre Tastatur ein und verschwand zum Feierabend mit einem kurzen Gruß, als könnte sie es kaum abwarten, hier wegzukommen. Es stimmte Max traurig, dass sie sich so vor ihm verschloss. Sie waren schon lange mehr als nur Kollegen. Er vermisste ihr freches Grinsen, ihr Lachen, ihre manchmal etwas albernen, aber oft treffenden Sprüche. Aber er war klug genug, sie nicht zu bedrängen.

Fast sah es so aus, als würden Falk Wagner, der Mord an Bernd Kröger und der Überfall auf Sven Scholz endgültig zu den Akten gelegt werden.

An einem Donnerstag, als sie gerade Feierabend machen wollten, klingelte das Telefon. Lina, die ihren Computer bereits ausgeschaltet hatte, nahm das Gespräch an. Max sah, wie sie die Stirn runzelte, auf ihrem Schreibtisch nach Zettel und Stift kramte und sich eine Adresse notierte.

»Okay, wir sind schon unterwegs«, sagte sie, ehe sie auflegte.

Als sie ihn ansah, blitzte in ihren Augen etwas auf – Aufregung, Erleichterung vielleicht, weil endlich etwas geschah, das sie aus der Lethargie der letzten Wochen herausriss.

»Ein Toter in Duvenstedt. Mit einer tiefen Beinwunde. Wie von einer Axt.«

11

Der Tatort gab wenig her. Ein großer, lang gestreckter Garten mit kurz geschnittenem Rasen und akkurat getrimmten Kanten. Farbtupfer gab es kaum, nur direkt am Haus zwei kleine Rabatten, in denen kein Fitzelchen Unkraut wuchs. Den Sträuchern und immergrünen Koniferen hatte jemand einen Einheitsschnitt verpasst, der sie ordentlich, aber irgendwie auch tot aussehen ließ.

Das zumindest dachte Lina, als sie sich im Strahl der starken Halogenscheinwerfer umschaute. Das gesamte Grundstück wurde durch einen sauberen Maschendrahtzaun eingefasst, ganz hinten, direkt am Waldrand, befand sich ein Komposthaufen, gut versteckt hinter einer Sichtschutzwand. Keinen Meter vom hinteren Zaun entfernt leuchtete hell der frisch abgesägte Holzstumpf eines gewaltigen Baumes, es roch noch leicht nach Harz. Neben dem Stumpf war das Gras mit frischen Spänen bedeckt. Sonst war keine Spur von dem Baum zu sehen. Kein Holz, kein Buschwerk. Tiefe Reifenspuren durchfurchten den ansonsten makellosen Rasen, wo schweres Gerät die Reste abtransportiert und die Ordnung wiederhergestellt hatte. Allein der umgekippte Eimer, der halb auf dem Komposthaufen lag, und die

Taschenlampe, die immer noch leuchtete, störten das Bild fast zwanghafter Aufgeräumtheit. Eine Gartenpforte führte direkt in den Wald. Auf dem Rasen lag das Opfer, neben einer klaffenden Beinwunde war eine erstaunlich kleine Blutlache zu sehen. Holger Tischler, siebenundfünfzig Jahre alt, war vor einer knappen Stunde von seiner Frau leblos aufgefunden worden. Der Notarzt konnte nur noch den Tod feststellen. Dr. Hamadi, der gerade ein Formular ausfüllte, blickte auf, als Lina sich näherte.

»Gibt es schon Details zur Todesursache des Opfers?«, fragte sie. Natürlich würde man den Toten obduzieren, aber so lange wollte sie nicht warten.

»Ich tippe auf einen Herzinfarkt, ausgelöst durch den Schock der Verletzung.«

»Und Sie sind sicher, dass die Verletzung von einer Axt stammt?«

Dr. Hamadi nickte. »Ganz sicher. Eine typische Wunde, wie wenn beim Holzhacken ein Schlag danebengeht. Allerdings ist dann eher der Unterschenkel betroffen, nicht der Oberschenkel wie hier. Die Wunde selbst war gar nicht so schlimm, der Schnitt war nicht tief, und Knochen waren, soweit ich das feststellen konnte, auch nicht verletzt. Aber die geringe Blutmenge deutet darauf hin, dass sein Herz kurz nach der Verletzung stehen blieb.«

Horst Tischler hatte kein Holz gehackt. Der Baum, der hier einmal gestanden hatte, war bereits zerlegt und abtransportiert. Es lag auch keine Axt herum, die den Schluss nahelegte, er hätte sich selbst verletzt.

Max sprach noch mit den Kollegen der Spurensicherung, die die Gartenpforte auf Fingerabdrücke und sonstige Spuren untersuchten. Ein schmaler Trampelpfad durch das Unterholz auf der anderen Seite des Zauns führte in den Wald. Es war davon auszugehen, dass der Täter auf diesem Weg gekommen und auch wieder geflüchtet war. Lina ahnte bereits, dass sich die

Spur irgendwo im Wald verlieren würde.

Ein milder Lufthauch streifte ihr Gesicht. Es war Mitte Februar, der erste Geruch des Frühlings lag in der Luft. Verstohlen beobachtete Lina ihren Kollegen. Seit er sie dabei erwischt hatte, dass sie Lutz am Telefon vor den bevorstehenden Hausdurchsuchungen gewarnt hatte – wenige Stunden, bevor Falk sich gestellt hatte –, war sie auf der Hut. Wie viel hatte er gehört? Wie viel ahnte er? Sie war sich sicher, dass er sie nicht verraten würde, wenn es nicht nötig war, aber sie bezweifelte, dass Max einen Gesetzesbruch decken würde.

Jetzt kam er auf sie zu und nickte. Schweigend gingen sie zurück zum Haus. Eine schmale, zierliche Frau, blass und dezent geschminkt, wartete im Wohnzimmer. Der Notarzt hatte ihr ein leichtes Beruhigungsmittel gegeben, eine junge Polizistin in Uniform war bei ihr. Mit einer langsamen, trägen Bewegung schaute Gabriele Tischler auf, als Max und Lina durch die Terrassentür eintraten und sich sorgfältig die Schuhe auf der Fußmatte abstreiften.

»Frau Tischler, fühlen Sie sich in der Lage, mir ein paar Fragen zu beantworten?«

Die Frau nickte wortlos, und Max setzte sich ihr gegenüber auf das zweite Sofa. Lina erfasste den Raum mit raschen Blicken. Ein großes Panoramafenster zum Garten, mit ordentlich drapierten Stores verhangen, auf der Fensterbank vier Orchideen. Eine Schrankkombination aus heller Eiche, darin ein paar Sammeltassen, eine Handvoll Bücher und drei gerahmte Bilder, die einen Mann, die Frau auf dem Sofa sowie eine junge Frau zeigten. An der Wand der Fernseher, mindestens 150 Zoll. Helle Ledermöbel, der Couchtisch aus Schieferfliesen. Es roch nach Reinigungsmittel. Gruselig, dachte sie spontan. Ordentlich, sauber, tot. Wie der Garten.

Verstohlen betrachtete sie die Frau. Ihre vermutlich blondierten Haare waren mittellang und wurden durch Haarspray in Form gehalten, die Fingernägel waren kurz geschnitten und farblos lackiert. Sie trug ein helles Kleid mit Blumenmuster, der Rock reichte bis über die Knie. Nur die dunklen Schweißflecke unter den Achseln passten nicht recht ins Bild. Max räusperte sich leise.

»Frau Tischler, warum ist Ihr Mann nach hinten in den Garten gegangen?«

»Er hat die Küchenabfälle zum Komposthaufen gebracht.«

»Wie spät war es da?«

»Kurz nach sieben. Wir hatten gerade zu Abend gegessen, und ich habe die Küche aufgeräumt. Holger bringt immer den Abfall hinaus, nicht nur den Kompost. Das ist seine Aufgabe. Schon seit Jahren.«

»Und dann?«

»Ich war ja in der Küche, deshalb habe ich nichts gehört. Gar nichts, dabei muss er doch geschrien haben.« Sie schluchzte auf und presste sich ein Taschentuch an die Augen. Es dauerte eine Weile, bis sie sich so weit gefasst hatte, dass sie weitersprechen konnte. »Erst, als er immer noch nicht wieder da war, als ich schon fertig aufgeräumt und die Schürze ausgezogen und in die Kammer gehängt hatte, habe ich nachgeschaut.« Mit großen Augen sah die Frau Max an. Ihre Pupillen waren vom Beruhigungsmittel geweitet, die Worte strömten leicht verwaschen und in einem monotonen Singsang aus ihr heraus. Lina hielt sich im Hintergrund, die Frau schien sie gar nicht wahrzunehmen.

»Dann sind Sie zu Ihrem Mann gelaufen?«, fragte Max.

»Ja. Und dann habe ich das Blut gesehen. Ich kann kein Blut sehen, verstehen Sie, ich kann es einfach nicht, deshalb konnte ich ihm auch nicht helfen. Holger hatte die Augen geschlossen und hat nicht reagiert, da bin ich zum Haus zurückgelaufen und habe den Notarzt angerufen.« Wieder dieser Blick aus großen Augen. »Ich habe im Haus gewartet. Ich konnte nicht noch einmal dahin, da war Blut, das müssen Sie verstehen, ich kann einfach kein Blut sehen, das weiß Holger auch, und er … was soll ich denn nur ohne ihn machen …« Ihre Stimme verlor sich in dem großen Raum, wurde vom dicken Teppich verschluckt. Sie senkte den Blick, ihre Hände im Schoß zitterten unkontrolliert. Die junge Polizeibeamtin legte ihr tröstend eine Hand auf den Arm.

Max richtete sich ein wenig auf und atmete tief ein und aus. Lina beobachtete seinen breiten Rücken und spürte, wie sie selbst ruhiger wurde. Frau Tischler entspannte sich, ihr Atem wurde ebenfalls tiefer, bis sie mit den Händen ihr Kleid gerade strich und erneut den Kopf hob.

»Frau Tischler, haben Sie, als Sie hinten im Garten waren, vielleicht irgendetwas bemerkt? Ist Ihnen irgendetwas Ungewöhnliches aufgefallen?«, fragte Max.

»Der Komposteimer war umgekippt.«

Max nickte, als sei diese Information äußerst wertvoll. »Und sonst?«

Frau Tischler legte die Stirn in Falten, es machte ihr sichtlich Mühe, sich zu konzentrieren. Dann schüttelte sie den Kopf. »Nein, sonst war alles wie immer. Nur Holger, der lag auf dem Boden und rührte sich nicht.«

»Wissen Sie, ob Ihr Mann vielleicht Feinde hatte? Haben Sie eine Idee, wer hinter dem Angriff auf ihn stecken könnte?«

Sie schüttelte erneut den Kopf. »Nein, Holger hatte bestimmt keine Feinde. Er hat sich nie etwas zuschulden kommen lassen.«

»Wo arbeitete Ihr Mann?«

»Bei der B&Q-Versicherung. Er war Abteilungsleiter.«

»Hatte er irgendwelche Hobbys, war er vielleicht in einem Verein?«

»Er ist einmal in der Woche zum Bowlen gegangen, und einmal im Jahr ist er mit der ganzen Truppe weggefahren, für vier Tage, immer im Herbst. Das machen die schon seit Jahren.« Wieder dachte sie angestrengt nach. »Um den Garten hat er sich gekümmert, da war er sehr genau, und er schaute gerne Fußball, im Fernsehen natürlich. Ins Stadion wäre Holger nie gegangen, wer weiß, was da alles passieren kann.«

Max nickte bedächtig. Er atmete noch einmal tief ein und aus, und prompt übertrug sich seine Ruhe auf Frau Tischler, die sich sichtlich entspannte und schon fast einen gelösten Eindruck machte. Er zückte seine Brieftasche und zog eine Visitenkarte hervor, die er auf dem Tisch zu der Frau hinüberschob. »Vielen Dank, Frau Tischler. Falls Ihnen noch irgendetwas einfällt, rufen Sie mich bitte an.«

Er stand auf. Lina nickte der jungen Kollegin zu, die sich ebenfalls erhob und sie zur Tür begleitete. »Sie bleiben noch bei ihr?«

»Nur bis die Tochter kommt. Sie ist bereits auf dem Weg hierher.« In ihrem Blick, mit dem sie Max bedachte, lag Verwirrung. »Es geht ihr schon viel besser, sie ist wesentlich ruhiger. Wie haben Sie das bloß gemacht?«

Max zuckte die Schultern. »Alles eine Frage der Übung«, sagte er lächelnd.

Draußen auf der Straße standen ein paar Nachbarn, die neugierige Blicke auf das Haus der Tischlers warfen. Bisher hatte sich noch niemand gemeldet, der etwas Verdächtiges gesehen oder gehört hätte. Lina glaubte auch nicht, dass bei den Befragungen, die in den nächsten Tagen anstanden, etwas herauskommen würde. Holger Tischler war weit weg von den Häusern, nah am Waldrand, angegriffen worden. Vermutlich gab es keine Zeugen.

Als die Männer des Bestattungsunternehmens mit dem Sarg aus dem Garten kamen, verstummten die Gespräche.

Eine Frau begann zu weinen. Schweigend sahen sie dem silberfarbenen Leichenwagen nach. Das Licht der Straßenlaternen warf kleine Lichtkreise auf den Gehweg und den Asphalt. Eine ruhige Wohnstraße im Nordosten Hamburgs, gediegene Mittelklasse. Bei den Häusern handelte es sich um ehemalige Siedlungshäuser, wie sie zu Tausenden im Land herumstanden: Rotklinker, Satteldach, ein kleiner Stall, der heute meist als Werkstatt oder Garage diente. Hinter den Fenstern flackerten bläulich die Fernseher, die gepflegten Vorgärten wurden von Solarleuchten erhellt. Die Straße war leer, normalerweise waren hier vermutlich kaum Fußgänger unterwegs. Die alten Bäume tauchten die Fahrbahn und die Gehwege in tiefe Schatten.

»Und?«, fragte Lina, als sie wieder im Auto saßen und auf dem Rückweg ins Präsidium waren. »Was meinst du?«

»Es ist noch zu früh für Spekulationen«, sagte Max nach einer Weile.

»Ach ja? Der Täter taucht aus dem Nichts auf und hinterlässt eine tiefe Wunde am Bein. Genau wie bei Sven Scholz.« Lina wagte ein Grinsen. »Du weißt doch, Spekulationen sind meine Lieblingsbeschäftigung.«

Er lachte leise. »Ich weiß. Aber erzähl das mal Sebastian.«

Und er irrte sich nicht. Er berichtete Sebastian, was die Witwe des Opfers und der Notarzt ausgesagt hatten, doch ihr neuer Teamchef schüttelte nur den Kopf.

»Komm schon, Max. Ottensen und Duvenstedt. Sven Scholz und ein biederer Versicherungsangestellter. Welche Gemeinsamkeiten soll es da geben?«

»Beide wurden mit einer Axt angegriffen, und das innerhalb weniger Wochen. Das ist schon ungewöhnlich.«

»Aber Scholz lebt, und Tischler ist tot.«

»Holger Tischler ist nicht an der Wunde gestorben, sondern

wahrscheinlich an einem Herzinfarkt.«

Doch Sebastian wollte den Überfall auf Sven Scholz nicht wieder hervorkramen. Immerhin käme das dem Eingeständnis gleich, dass er sich geirrt hatte, was den Überfall anging. Nicht dass noch jemand auf die Idee kam, er hätte sich in Bezug auf den Mord an Bernd Kröger ebenfalls geirrt.

Am Dienstagmittag erhielten Max und Lina Unterstützung von der Kriminaltechnik. Reiner Hartmann, ein alter Freund und Kollege von Max, rief an. Lina nahm das Gespräch entgegen.

»Vermutlich habt ihr es mit ein und demselben Täter zu tun«, verkündete der Leiter der Kriminaltechnik gut gelaunt. »Wir haben die Hosen der beiden Opfer untersucht, und dort, wo die Axt erst den Stoff und dann das Bein zerfetzt hat, haben wir Fettrückstände entdeckt.«

»Fett?«, fragte Lina neugierig. »Wieso Fett?«

»Man fettet die Klingen von Äxten und Beilen ein, damit sie nicht rosten«, klärte Reiner sie auf. »Nach unseren ersten Untersuchungen würde ich sagen, dass beide Male dasselbe Fett verwendet wurde.«

»Wie sicher ist das?«

Reiner schwieg einen Moment, als müsste er kurz nachrechnen. »97,345-prozentig«, sagte er schließlich. Lina konnte sein Grinsen fast durchs Telefon sehen. Wohl oder übel musste jetzt auch Sebastian einräumen, dass die beide Fälle etwas miteinander zu tun hatten. Auch wenn er sich nur ungern von der Idee trennte, dass Falk Wagner hinter den Überfällen auf die beiden Männer steckte. Lina schwieg, wie auf allen Teamsitzungen in letzter Zeit.

»Er könnte einen Komplizen haben«, schlug Sebastian vor, doch Max und Alex überzeugten ihn, dass das nicht besonders wahrscheinlich war. Bei Sven Scholz hatte Wagner ja noch ein nachvollziehbares Motiv gehabt, aber was sollte er gegen Holger Tischler haben? Falk Wagner bestritt, den Mann zu kennen, und nicht einmal Sebastian wagte es, ihn ohne konkreten Hinweis der Lüge zu bezichtigen.

»Aber egal, wer es war, ob Wagner etwas damit zu tun hat oder nicht«, sagte er schließlich, »was ist das Motiv? Was verbindet die beiden Männer?« Er musterte Max, warf Lina einen knappen Seitenblick zu. »Findet das mal heraus!«

»Der ist gut«, sagte Lina, als sie allein waren. »›Findet das mal heraus!‹«

»Darf ich dich darauf hinweisen, dass das zum Kernstück unserer Jobbeschreibung gehört?«, sagte Max grinsend. »Wenigstens ist jetzt endlich Schluss mit dieser ewigen Schreibtischarbeit.«

Dafür begann ein kräftezehrender Befragungsmarathon. Sie fragten Sven Scholz und Holger Tischlers Witwe über Freunde, Bekannte und Hobbys aus. Welche Kontakte sie beruflich hatten, ob sie vielleicht irgendwann einmal im gleichen Sportverein gewesen, bei den gleichen Ärzten in Behandlung waren oder dieselben Handwerker beauftragt hatten. Nichts, absolut nichts. Sven Scholz und Holger Tischler hätten kaum unterschiedlicher sein können. Auf der einen Seite der Immobilieninvestor, kaltschnäuzig mit einem Faible für Luxus, der Max und Lina behandelte wie seine Angestellten, die er am liebsten wegen Unfähigkeit feuern würde. Auf der anderen Seite der brave Versicherungsangestellte, zwar gut situiert, aber alles andere als reich. Einige Kollegen und Untergebene bezeichneten Tischler als streng und unnachgiebig, als jemanden, der neben seiner eigenen keine anderen Meinungen gelten ließ, was sich auch von Sven Scholz sagen ließ, aber das war auch schon die einzige Gemeinsamkeit, die sie feststellen konnten. Scholz spielte Golf in Blankenese, Tischler ging zum Bowlen nach Sasel. Der eine verbrachte seine ausgedehnten Urlaube in Luxusresorts auf den Malediven und in der Karibik oder auf der Jacht eines befreundeten Zahnarztes. Tischlers besaßen ein kleines Sommerhäuschen an der Ostsee.

Nach zwei Wochen hatten Max und Lina immer noch nicht die geringste Spur. Sie wussten nur: Jemand hasste diese beiden grundverschiedenen Männer so sehr, dass er ihren Tod in Kauf genommen hatte.

»Fragen wir doch einmal anders herum«, sagte Max, nachdem sie zum gefühlt tausendsten Mal ergebnislos die Fakten durchgegangen waren. Nachdenklich verschränkte er die Arme hinter dem Kopf und lehnte sich in seinem Bürostuhl zurück. »Was wissen wir über den Täter?«

»Oder die Täterin?«

Max zog ein zweifelndes Gesicht. »Das halte ich für unwahrscheinlich. Die Waffe deutet eher auf einen Mann hin. Der direkte Angriff. Aber ausgeschlossen ist es nicht, das stimmt.«

»Er oder sie muss die Opfer vorher beobachtet haben, kannte ihre Gewohnheiten. Er wusste, dass Tischler abends immer den Kompost rausbringt und kannte die nähere Umgebung des Hauses.« Lina dachte nach. »Und was verrät uns die Axt?«

»Er kennt sich damit aus. Er pflegt sein Werkzeug. Denk an die Fettspuren in der Kleidung der Opfer.«

Lina sah einigermaßen ratlos aus. »Wer arbeitet mit einer Axt? Gärtner? Nee, das ist mir zu billig. Der Mörder ist immer der Gärtner oder was?«

Max lachte. »Die Axt muss ja nicht unbedingt etwas mit dem Beruf zu tun haben. Ein passionierter Hobbygärtner täte es auch.«

»Oder er hat sich das Ding einfach aus dem nächsten Baumarkt besorgt.«

Lina gab es nur ungern zu, aber ihr gingen die Ideen aus. Wie sie es auch drehten und wendeten, von welcher Seite sie den Fall auch betrachteten, sie kamen einfach nicht darauf, was den Täter antrieb. Und solange sie das nicht wussten, mussten sie jederzeit mit weiteren Überfällen rechnen.

Scholz und Tischler waren beide an einem Donnerstag überfallen worden, und Lina ertappte sich dabei, dass sie am nächsten Freitag mit einem mulmigen Gefühl zur Arbeit fuhr. Doch sie hatten Glück, am Abend zuvor war niemand überfallen worden. Zumindest nicht mit einer Axt.

12

Zwanzig junge Menschen, die stundenlang über die Bühne springen. Riesige Taiko-Trommeln, im Takt geschlagen wie ein vielstimmiges Donnern. Kraftvoll, wütend, ohrenbetäubend. Emotionen und pure Energie. TAO – Die Kunst des Trommelns, eine beeindruckende Mischung aus japanischen Trommeln, Akrobatik und asiatischer Kampfkunst.

Nun ja, zumindest was das Letztere anging, handelte es sich vor allem um Show, aber das schmälerte Max' Lust an der atemberaubenden Vorführung nicht. Wie gebannt saß er in der ersten Reihe, starrte auf die nackte Haut und die hoch konzentrierten Gesichter. Zwei riesige, mannshohe Trommeln wurden auf die Bühne getragen und von zwei muskulösen Japanern geschlagen, minutenlang, mit einer Wucht und einer Kraft, die keinen Raum mehr ließ für irgendetwas anderes außer atemloser Bewunderung. Die Menschen um ihn herum tobten, ließen sich mitreißen von diesem Rausch, den die Mitglieder von TAO auf offener Bühne zelebrierten.

Nach der letzten Zugabe, als der Saal sich allmählich leerte, blieb Max noch ein paar Minuten reglos sitzen. Schließlich erhob auch er sich und schlenderte, dem Besucherstrom folgend, ins Foyer, wo er mit Saki verabredet war. Er suchte sich eine ruhige Stelle in der Nähe des Bühneneingangs, wo ein paar Fans warteten und auf Autogramme hofften, und beobachtete die Menschen, ihre leuchtenden Gesichter, die geröteten Wangen. Bis sein Blick auf ein Paar strahlend blaue Augen fiel, die zu einem auffällig asymmetrischen Gesicht mit blondem Haarschopf gehörten. Moritz Thal war mit einigen Freunden da, fünf Männer zählte Max, die mit einem Getränk in der Hand an einem der Bistrotische standen und zu diskutieren schienen, wo sie den Abend ausklingen lassen sollten. Moritz stand in lockerer Pose da und lachte entspannt. Er war schlank und sah aus, als würde er regelmäßig Sport treiben. Er sagte etwas zu seinem Nebenmann und legte ihm dabei in einer selbstverständlichen Geste die Hand auf den Arm, dann lachte er erneut. Seine Wangen leuchteten rosig, und Max musste unwillkürlich lächeln.

In diesem Moment wandte Moritz Thal den Kopf ein Stückchen zur Seite und entdeckte ihn. Ein kurzer Moment der Erstarrung, dann wurde sein Lächeln noch breiter, das Strahlen noch heller. Er sagte etwas zu seinen Freunden und kam direkt auf Max zu.

»Max!«, rief er schon von Weitem. Es hätte nicht viel gefehlt, und er wäre Max um den Hals gefallen. Erst im letzten Moment schien ihm einzufallen, woher sie sich kannten, und er blieb vor ihm stehen. »Wie schön, dich zu sehen.« Er legte den Kopf leicht schräg. »Du verfolgst mich doch nicht, oder?« Dann errötete er. »Sorry, das war ein blöder Spruch. Aber ich bin noch ganz hin und weg von dem Konzert. Und dann treffe ich auch noch dich!« Er schaute sich demonstrativ um. »Bist du allein hier?«

Max lächelte. »Ich bin noch mit jemandem verabredet.« In diesem Moment näherte sich Saki mit raschen Schritten. Sie hatte sich kaum verändert, seit sie sich das letzte Mal gesehen hatten. Als sie zu Max und Moritz an den Tisch trat, sagte Max auf Japanisch: »Ich begrüße dich, Saki-san.« Dabei legte er die Hände auf die Oberschenkel und verbeugte sich vor der zierlichen Japanerin.

Saki lachte und verbeugte sich ebenfalls. »Es ist mir eine Ehre, Max-san.« Beide richteten sich auf und blickten sich in die Augen.

»Es ist schön, dich zu sehen, Max«, sagte sie auf Englisch. Dann wandte sie sich zu Moritz. »Und ich freue mich sehr zu sehen, dass du nicht allein gekommen bist.« Sie lächelte Moritz an. »Ich bin Saki, eine alte Freundin von Max.«

Ehe Max etwas sagen konnte, verbeugte Moritz sich ebenfalls vor der Frau und sagte: »Freut mich. Ich bin Moritz, ein neuer Freund von Max.«

»Es ist sehr traurig«, sagte Saki, »aber ich muss leider absagen. Natsuko hat sich auf der Bühne verletzt, ich muss mit ihm zum Arzt fahren.«

»Das tut mir leid. Ist es sehr schlimm?«

»Wir hoffen nicht, aber unser Coach sagt, das muss geröntgt werden. Zur Sicherheit.« Sie schaute kurz zwischen Max und Moritz hin und her. »Aber ich bin froh, dass du heute Abend nicht allein sein wirst. Wir werden uns ein anderes Mal wiedersehen, mein Freund.« Sie trat auf Max zu und umarmte ihn. Damit sie ihm einen Kuss auf die Wange hauchen konnte, musste er sich weit hinunterbeugen, denn sie war dreißig Zentimeter kleiner als er.

Saki löste sich von Max, nickte Moritz kurz zu und verschwand in Richtung Bühneneingang. Moritz starrte ihr hinterher, dann sah er Max aus großen Augen an.

»Sag nicht, du kennst die Leute von TAO persönlich!«

Max schaute immer noch in die Richtung, in der Saki verschwunden war, und schüttelte langsam den Kopf. »Nein, ich kenne nur Saki. Sie ist die Managerin.« Er drehte sich zu Moritz um und stellte fest, dass dieser ihn bewundernd anschaute.

»Und du sprichst Japanisch!«

Er lachte. »Nur ein paar Brocken. Guten Tag, auf Wiedersehen, danke, bitte.«

»Wow. Du wirst echt immer interessanter.«

In diesem Moment kamen Moritz' Freunde zu ihnen herübergeschlendert. Einer von ihnen boxte Moritz spielerisch gegen den Oberarm. »Treulose Tomate. Wieso hast du uns verschwiegen, dass du zum *inner circle* gehörst?« Offensichtlich hatten sie Sakis kurzen Auftritt beobachtet.

»Weil es auch für mich völlig überraschend kam. Leute«, sagte er und legte Max eine Hand auf die Schulter. »Darf ich euch Max vorstellen? Max, das sind meine besten Freunde. Linus, Volker, Daggi und Simon.«

Eine kurze Pause, dann schallendes Gelächter.

»Max und Moritz! Hammer!«

»Es kommt noch besser.« Moritz grinste breit. »Ratet mal, wie er mit Nachnamen heißt. Berg.«

»Max Berg und Moritz Thal. Wenn das kein Zeichen ist«, flötete Daggi entzückt. »Wunderbar. Das müssen wir feiern, aber nicht hier. Der Sekt, den sie hier ausschenken, ist einfach grässlich.«

»Wir haben beschlossen, ins Purple Eye zu gehen. Du hast dich ja durch Abwesenheit enthalten und bist somit überstimmt.«

Ohne sein Zutun fand Max sich inmitten des munteren Haufens wieder und ließ sich gutmütig mit nach draußen ziehen. Es war trocken und angenehm mild, eigentlich viel zu warm für diese Jahreszeit. Die Männer um ihn herum diskutierten darüber, wie sie am besten zum Purple Eye kämen, ob sie sich ein Taxi leisten oder lieber zu Fuß gehen sollten. Max zog seinen Schlüsselbund aus der Tasche und steuerte auf sein Fahrrad zu, das er unweit des Eingangs angekettet hatte.

»Hey«, sagte Moritz leise. »Hast du nicht Lust, mitzukommen? Ich würde mich echt freuen.« Er grinste. »Auch wenn ich keine Chancen habe. Überhaupt keine. Nie und nimmer.«

Max konnte einfach nicht anders, er musste lächeln.

»Wo liegt denn das Purple Eye?«

»In St. Pauli, Hopfenstraße.«

Nicht ganz seine Richtung. Genauer gesagt, genau die falsche Richtung. »Ich begleite euch noch ein Stück«, sagte er schließlich.

Moritz strahlte.

Der kleine Viererrtrupp ging voran, Max schob sein Fahrrad, und Moritz ging auf der anderen Seite neben ihm.

»Woher kennst du diese Frau? Saki?«, fragte er, nachdem sie eine Weile friedlich geschwiegen hatten.

»Aus Japan.« Er spürte Moritz' neugierigen Blick. »Ich habe vor ewigen Zeiten mal dort gelebt.«

»Echt jetzt? Und was hast du da gemacht?«

»Ich war in einem Zen-Kloster. Da habe ich auch Saki getroffen.«

»Wie, da gibt es gemischte Klöster?«

»Ja, aber sie hat nicht dort gelebt, sondern ist nur zu besonderen Veranstaltungen gekommen.« Sie liefen an der Großen Wallanlage entlang. Neben ihnen auf dem Holstenwall rauschte der Verkehr, obwohl es bereits nach elf Uhr war. »Saki gehörte damals schon zu TAO. Sie hat selbst getrommelt und auf der Bühne getanzt, aber das hält man nur wenige Jahre durch. Saki hatte das Glück, dass sie Englisch spricht. So konnte sie als Managerin dabeibleiben.« Saki hatte Max gezeigt, was Liebe sein konnte, und er genoss die Erinnerung daran bis heute. Wann immer sie in Europa oder er in Japan war, versuchten sie, sich zu treffen, auch wenn sie inzwischen nur noch eine innige Freundschaft verband.

Rechts neben ihnen ragte das Gebäude des Museums für

Hamburgische Geschichte auf. Die anderen waren weit vor ihnen, ihre Stimmen wehten nur noch aus der Ferne zurück.

»Und wie bist du dann bei der Polizei gelandet?«, riss Moritz ihn aus seinen Gedanken. »Ich meine, erst Zen-Kloster in Japan und dann Hamburger Polizei klingt nicht gerade nach zielgerichteter Karriereplanung.«

»Eine Verbindung gibt es. Es geht immer um Menschen, die an ihre Grenzen stoßen. Um Ausnahmesituationen. Um die Konfrontation mit Dingen in einem selbst, von denen man nie geahnt hätte, dass man sie in sich trägt.«

»Ach.« Moritz dachte über seine Worte nach. »Einer wie dieser Holzmann befindet sich also in einer emotionalen Ausnahmesituation, wenn er tote Ratten in die Häuser schleppt? Er macht es für den Kick einer Grenzerfahrung?«

Max lachte laut auf. »Nein, natürlich nicht. Klar gibt es auch Leute, für die Verbrechen einfach ein Job ist wie jeder andere. Vielleicht etwas riskanter, und wer weiß, vielleicht brauchen sie diesen Kick tatsächlich.« Er lachte noch einmal, als er sich Holzmann im Zustand des *Satori* vorstellte, wenn er Glühbirnen zerschlug und Schlösser unbrauchbar machte. Dann wurde er wieder ernst. »Aber ich habe oft mit Menschen zu tun, die schon fast aus heiterem Himmel ein Verbrechen begehen und dann bei mir sitzen und kaum wissen, wie es dazu gekommen ist. Der Mann, der in der Kneipe seinen besten Kumpel im Suff erschlägt. Die Frau, die von ihrem Mann missbraucht und misshandelt wird, bis sie eines Tages zum Messer greift und sich wehrt. Der Autofahrer, der eine Sekunde lang unaufmerksam ist und ein kleines Kind überfährt. Das sind Erfahrungen, die einen an sich selbst verzweifeln lassen können.«

»Und das Böse?«

»Das Böse?«

»Na ja, es gibt doch sicherlich auch Menschen, die einfach nur böse sind.«

»Nein.«

»Nein?« Moritz blieb stehen und sah ihn verblüfft an. »Du glaubst echt, in jedem Menschen steckt ein guter Kern?«

»Vielleicht nicht unbedingt ein Kern, aber irgendetwas Gutes findet sich in jedem Menschen. Jedenfalls, wenn man genau genug hinschaut.« Warum fiel Max ausgerechnet jetzt Sven Scholz ein? Bei den meisten Menschen, mit denen er beruflich zu tun hatte, fand er irgendwann dieses Gute, und sei es auch noch so klein und verborgen. Bei Scholz hingegen hatte er es noch nicht entdeckt, auch wenn er wusste, dass der Immobilieninvestor unmöglich nur bösartig, arrogant und niederträchtig sein konnte. Das Erstaunliche war nicht, dass er das Gute in Sven Scholz noch nicht gefunden hatte, sondern dass er wenig Lust verspürte, überhaupt danach zu suchen.

»Und was tust du, um an deine Grenzen zu kommen?«, fragte Moritz, nachdem Max eine ganze Weile still geblieben war.

»Ich treibe Sport. Und ich meditiere.«

»Sport und Meditation?« Moritz musterte ihn schräg von der Seite. »Und damit kann man einen Mann an seine Grenzen bringen?«

»Ich übe Kung-Fu, seit ich drei Jahre alt bin. Ich trainiere jeden Tag mindestens zwei Stunden, an Wochenenden und im Urlaub auch mehr.« Er verschwieg, dass er seinen Urlaub zumeist in Schulen und Klöstern in Europa, China oder Japan verbrachte, die eher Bootcamps als Orte besinnlicher Ruhe waren. Stundenlange Übungen, wenig Schlaf, wenig Essen, keine Sekunde freie Zeit, höchste Konzentration. Und Schmerz. Schmerz, der ihn morgens um fünf Uhr beim Aufstehen begleitete und nicht verging, bis es Abend wurde und er erschöpft ins Bett sank. Die Arme, die Beine, die Füße, die Fingerspitzen. Max wusste, dass er gut trainiert war, trotzdem fühlte er sich nach zwei Tagen in einem traditionellen Shaolin-Kloster

155

wie ein blutiger Anfänger. Er litt unter Muskelkater, hasste jede Bewegung, jede Übung, jeden Blick seines Lehrers – bis er irgendwann den Hass überwand, den Schmerz akzeptierte und willkommen hieß. Seine Bewegungen wurden fließender, und sein Geist leerte sich, bis er frei wurde von allen Anhaftungen.

Er spürte Moritz' neugierigen Blick, doch er wusste, dass er das, was er in diesen Momenten erlebte, keinem Außenstehenden vermitteln konnte. Überraschenderweise verspürte er auch einen Hauch Wehmut. Es geschah nur selten, dass er dieses Getrennt-Sein von anderen bedauerte.

»Und was machst du so, wenn du weder arbeitest noch meditierst oder Sport treibst?«, fragte Moritz jetzt.

Max zuckte die Achseln. »Wenig. Viel Zeit bleibt ja nicht übrig.«

»Das klingt nach einem ziemlich einsamen Leben«, stellte Moritz fest und klang fast ein wenig mitleidig. Er musterte Max intensiv. »Wovor versteckst du dich?«, fragte er schließlich.

Max lachte. »Vor nichts.«

»Das glaube ich dir nicht. Du läufst vor etwas davon. Du entziehst dich, du hältst das Leben und die Menschen auf Distanz.« Moritz sah ihn ernst an. »Ich würde gerne einmal Fotos von dir machen. Wenn ich einen Menschen ansehe, sehe ich nicht nur das Äußere, und manchmal gelingt es mir, das, was ich wirklich sehe, mit einem Bild einzufangen. Ich würde dir gerne zeigen, was ich bei dir sehe.«

Max wurde neugierig. »Erzähl es mir.«

Moritz schüttelte den Kopf. »Das geht nicht. Ich kann es nicht erklären, ich kann nur meine Bilder sprechen lassen.«

Moritz hatte recht, er hielt andere Menschen tatsächlich auf Distanz, in gewisser Weise auch das Leben, zumindest dieses moderne Leben mit seiner Hektik und dem Konsum, den scheinbaren Zwängen und den glitzernden Fassaden. Es war seine Entscheidung, die er nicht nur einmal getroffen hatte, sondern jeden Tag wieder traf. Er lebte eine Art modernes Eremitendasein, ungewöhnlich vielleicht, aber genau das, was er wollte. Meistens jedenfalls. Es geschah nur selten, dass er Lust verspürte, hinauszutreten aus seinem Kokon und die Distanz zu einem anderen Menschen wirklich zu überbrücken.

An der nächsten Kreuzung warteten Moritz' Freunde auf sie. »Bei eurem Tempo bin ich erfroren, bis wir ankommen«, beschwerte sich Linus. »Wir laufen schon mal vor, wenn's euch nichts ausmacht.« Er zwinkerte Moritz zu, der nur kurz nickte.

»Wir drehen vielleicht noch eine Extrarunde«, sagte der und hob zum Abschied kurz die Hand. »Wir sehen uns.«

Bei der nächsten Grünphase liefen die vier los, steckten die Köpfe zusammen und lachten prustend, als sie die andere Straßenseite erreichten.

»Blöder Haufen«, knurrte Moritz.

»Aber nicht dumm«, sagte Max. Und lächelte.

Drei Stunden später saßen sie nebeneinander auf Moritz' Sofa in der Clemens-Schultz-Straße, und Max fragte sich flüchtig, wie er hier gelandet war. Sie waren spazieren gegangen, hatten ›noch eine Runde gedreht‹, wie Moritz es genannt hatte, bis sie wie zufällig vor dem traurigen Haus standen und Moritz ihn einlud, noch mit nach oben zu kommen. Um den Abend ausklingen zu lassen, wie er sagte. Und jetzt redeten sie über sich und die Welt, über das Leben und ihre Träume, sie lachten und brachten einander zum Nachdenken und schwiegen zusammen. Und immer wieder strahlte Moritz ihn an, und Max konnte gar nicht anders als zu lächeln.

Zuerst hatte Moritz noch einen Anstandsabstand gelassen, doch dann hatte er einen Joint geraucht. James Dean hatte ihnen zugesehen, wie sie herumgealbert und gekichert hatten, und allmählich war er immer näher an Max herangerückt. Max war ganz berauscht von dem Abend und dem Mann neben sich, der es mit dieser unglaublichen Leichtigkeit schaffte, ihn zu berühren, irgendwo tief in seinem Inneren, an einer Stelle, die jahrelang im Dornröschenschlaf gelegen hatte. Immer wieder streifte Moritz wie zufällig seinen Arm oder seine Schulter, und Max spürte in sich hinein, in dieses Prickeln, diesen Schauder, dieses Versprechen auf mehr.

»Keine Angst, ich weiß, dass ich bei dir keine Chance habe. Nie und nimmer«, murmelte Moritz und beugte sich zu ihm, bis ihre Nasen sich fast berührten, bis sein Gesicht so nah war, dass sie den Atem des anderen spürten. *Du hältst das Leben und andere Menschen auf Distanz,* hatte Moritz gesagt, doch in diesem Moment war Max gerne bereit, eine Ausnahme zu machen.

Max erwachte von einem regelmäßigen, tropfenden Geräusch. Seine Wange war unangenehm nass, als hätte er geweint, dabei war er sicher, dass er absolut keinen Grund für Trauer und Tränen hatte. Etwas Nasses traf ihn knapp oberhalb des Auges. Und noch einmal.

Er drehte sich um und erkannte Moritz' Umrisse im fahlen Licht der Straßenbeleuchtung. Sanft schüttelte er ihn an der Schulter.

»Mmmhh«, machte Moritz.

»Moritz, wach auf. Bei dir regnet es.«

»Der Schirm hängt auf dem Flur.« Er wollte sich auf die andere Seite drehen.

»Moritz, wach auf. Da stimmt was nicht.«

»Was'n los?« Moritz öffnete ein Auge und sah Max an. Aus dem Tröpfeln wurde allmählich ein stetiger kleiner Strahl. Er tastete nach dem Lichtschalter, dann zwang ihn das helle Licht, die Augen wieder zu schließen.

»Och Menno«, nuschelte Moritz und zog sich die Decke über den Kopf.

Max starrte hoch zur Decke. Direkt über dem Bett entdeckte er einen riesigen Wasserfleck, an einigen Stellen hatte sich die Tapete bereits gelöst. Von den herunterhängenden Fetzen tropfte das Wasser.

»Moritz, steh auf. Die Wohnung oben muss überschwemmt sein.« Er schüttelte ihn energisch und zog ihm die Decke weg. Max' Kissen war patschnass, auch die Matratze hatte bereits einiges abbekommen. Er sprang aus dem Bett und griff nach seiner Hose, die irgendwie auf einer alten Holztruhe vor dem Fenster gelandet war. Sein T-Shirt entdeckte er über dem Türgriff, die Socken am Fußende des Bettes. Moritz hatte sich inzwischen aufgerichtet und den Schaden entdeckt.

»Scheiße.« Mit fahrigen Bewegungen zog er sich an, als Max bereits im Flur war und in seine Schuhe schlüpfte.

Im dunklen Treppenhaus lief er fluchend hinauf in den dritten Stock. An der Tür zu Falk Wagners Wohnung klebten noch die Reste des offiziellen Siegels, doch er wusste, dass die Wohnung letzte Woche wieder freigegeben worden war. Die Tür war verschlossen. Max zückte sein Taschenmesser und bückte sich, um das Schloss besser sehen zu können, doch es war zu dunkel, bis Moritz mit einer Taschenlampe in der Hand auftauchte und ihm leuchtete.

Der Flur stand bereits unter Wasser, ebenso das Wohnzimmer, die Küche und das Schlafzimmer. Sämtliche Wasserhähne im Bad und in der Küche waren aufgedreht und alle Abflüsse verstopft. Max und Moritz drehten die Hähne zu und rissen die Stöpsel heraus. In der plötzlichen Stille sahen sie einander an.

»Dieser Scheißkerl, jetzt hat er aber echt übertrieben.« Moritz warf einen Blick in Falks Wohnzimmer. Die Zeitschriftenstapel waren völlig durchweicht und reif für den Müll, auch die Bücher in den unteren Regalbrettern hatten zum Teil nasse

Füße bekommen. Der Teppich war durchnässt, bei den Sofas hatte sich das Wasser in die Polster gesogen. Im Schlafzimmer das gleiche Bild. Alles, was auf dem Fußboden gestanden oder gelegen hatte, hatte nur noch Schrottwert.

Einzig das Arbeitszimmer, in dem der tote Bernd Kröger gelegen hatte, war trocken geblieben. Die hohe Türschwelle hatte das Wasser aufgehalten.

»Und jetzt?« Moritz sah ihn ratlos an. »Sollen wir die Polizei rufen?«

Max schüttelte den Kopf. »Die ist für so was nicht zuständig.« Worüber er heilfroh war. Nicht auszudenken, wenn die Kollegen ihn hier nachts um vier schlaftrunken anträfen. »Eigentlich wäre das ein Fall für den Hausbesitzer und die Versicherung.«

»Ha. Erzähl das mal dem Scholz. Das waren doch seine Leute, die hier alles unter Wasser gesetzt haben.«

Max stimmte ihm zu. Wasserhähne haben üblicherweise nicht die Eigenschaft, sich mitten in der Nacht allein aufzudrehen. »Komm, lass uns wieder verschwinden. Hier oben können wir gerade nichts mehr ausrichten.«

»Armer Falk. Wer kümmert sich denn jetzt um seine Sachen? Die müssen doch so schnell wie möglich aus der Wohnung raus.«

Falk Wagner saß immer noch in Untersuchungshaft, konnte seine Wohnung also nicht ausräumen. Doch Max wusste schon, wen er fragen konnte.

13

Mit hochgezogenen Knien hockte Lina in ihrer Küche. Unschlüssig betrachtete sie den Frühstückstisch vor sich und überlegte, ob sie das halbe Brötchen noch essen sollte oder nicht. Lutz war bereits im Bad, um sich die Zähne zu putzen, doch sie hatte am heutigen Samstag nichts vor und dachte daran, noch einmal ins Bett zu kriechen, sobald er weg war.

Schließlich steckte sie das halbe Brötchen zurück in die Tüte, räumte den Tisch ab und schenkte sich noch eine Tasse Kaffee ein.

Als es an der Tür klingelte, runzelte sie die Stirn. Der einzige Mensch, der sie ohne Voranmeldung besuchte, stand gerade in ihrem Bad und gurgelte. Sie drückte auf den Türöffner und war nicht wenig erstaunt, als sie kurz darauf Max die Treppe heraufkommen sah.

»Max! Was treibt dich hierher?«

Dann stand er in ihrem kleinen Flur, etwas verlegen, was so gar nicht zu ihm passte. Auch die Schmutzflecke auf T-Shirt und Hose sowie die staubigen Schuhe waren ungewöhnlich. Normalerweise lief Max herum wie aus dem Ei gepellt. Zu allem Überfluss roch er auch noch leicht nach Zigarettenrauch.

Sie lotste ihn in die Küche und nötigte ihn, sich zu setzen, ehe sie Wasser für einen Tee erhitzte. Lutz kam aus dem Bad, steckte neugierig den Kopf durch die Tür und begrüßte den unerwarteten Gast. Er hatte Max vor mehreren Jahren einmal getroffen, erkannte ihn jedoch sofort. Fragend sah er Lina an, aber sie zuckte nur ratlos mit den Schultern. Sie hatte keine Ahnung, was ihr Kollege von ihr wollte.

»Lina, ich brauche deine Hilfe«, sagte Max. »Oder besser Falk Wagner. Seine Wohnung wurde heute Nacht unter Wasser gesetzt und muss dringend geräumt werden.«

Lina brauchte einen Moment, um das zu verdauen, doch dann kochten Fragen in ihr hoch wie Gnocchi im heißen Wasser. »Äh … und woher weißt du das?« Sie schaute auf die Uhr, es war gerade mal halb zehn. An einem Samstag, an dem Max wie sie selbst frei hatte. »Und wie kommst du auf die Idee, ich könnte in dieser Sache irgendetwas unternehmen?«

Lutz hatte die Küche betreten und musterte Max misstrauisch. Dieser holte tief Luft und fuhr sich mit der Hand durchs Haar. Lina wurde immer unruhiger. So hatte sie Max noch nie erlebt.

»Ich war heute Nacht bei Moritz, der wohnt ja direkt darunter. Seine Wohnung steht auch schon halb unter Wasser.«

»Du … du warst bei Moritz Thal? Heute Nacht?« Ungläubig starrte sie Max an. »Echt jetzt?«

»Ganz echt.«

Ihr fiel ein, dass Moritz Thal diese Floskel ebenfalls benutzte. Sie begann zu lachen. »Ich fasse es nicht! Max, du verblüffst mich immer wieder.« Sie setzte sich auf den zweiten Stuhl und wurde wieder ernst. »Aber wieso glaubst du, ich könnte dir wegen der Überschwemmung weiterhelfen?« Sie vermied es, Lutz anzusehen, der schräg hinter Max stand und ihn unbemerkt beobachten konnte.

»Lina, jetzt tu nicht so. Etwas mehr Vertrauen könntest du schon zu mir haben.«

Verlegen senkte sie den Blick. Er hatte ja recht. Jeder, der nicht völlig blind war, hätte ihre Nervosität an dem Tag bemerkt, an dem Falk sich gestellt hat. Doch er hatte den Mund gehalten, obwohl er zumindest geahnt haben musste, warum Lina an jenem Tag telefoniert hatte.

Sie seufzte. »Also gut. Ja, ich kann mich darum kümmern, dass die Wohnung geräumt wird. Danke, dass du Bescheid gesagt hast. Wie ist es überhaupt zu der Überschwemmung gekommen?«

Max erklärte, sämtliche Wasserhähne seien aufgedreht und die Abflüsse verstopft gewesen.

»Das klingt ganz nach Holzmann«, sagte Lutz und reichte Max einen Becher Tee.

»Es gibt sogar einen Zeugen. Erwin Rhode aus dem Erdgeschoss«, fuhr Max fort. Er sah Lina an. »Erinnerst du dich? Der Rentner? Er hat erzählt, dass er gestern Abend Holzmann im Treppenhaus belauscht hat. Er hat mit jemandem gesprochen und erklärt, dass die Sache läuft. Der zweite Mann soll sich regelrecht schlapp gelacht haben.«

»Das hat dieser Rhode dir erzählt? Als wir das erste Mal da waren, war er ja nicht besonders redselig.«

»Er hat es auch eher Moritz erzählt. Ich habe ihm geholfen, seine Habseligkeiten aus der Wohnung zu retten, und dabei haben wir Rhode getroffen. Moritz hat ihn gefragt, ob er etwas bemerkt hat.«

Lina lehnte sich zurück und rieb sich über das Gesicht. »Und was sagt uns das jetzt? Dass Holzmann einen neuen Kumpel hat, dass er in der Nacht im Haus war, als Falks Wohnung überschwemmt wurde, und dass er über einen rudimentären Wortwitz verfügt.« Ein kurzer Seitenblick zu Lutz. »Das bringt uns gar nichts.«

»Hat Rhode den zweiten Mann erkannt?«, fragte Lutz. Max blickte zu ihm hoch. Dazu musste er den Kopf ziemlich weit nach hinten drehen. »Nein, er hat die beiden gar nicht gesehen, sondern nur gehört. Er hat hinter der Tür gestanden und gelauscht.« Plötzlich fing er an zu lachen. »Ein merkwürdiges Gefühl, hier von euch in die Mangel genommen zu werden.«

Lutz trat vor und setzte sich auf den Hocker, den Notsitz in Linas kleiner Küche. »Sorry«, sagte er. »Ich wollte nicht bedrohlich wirken.«

»Schon okay.« Max gähnte. »Aber deine Verhörtaktik ist nicht schlecht.« Er nahm einen Schluck Tee. »Rhode hat noch etwas gesagt. Er hat sich nämlich nicht aus seiner Wohnung getraut, solange Holzmann draußen war, weil der ihm schon öfter Prügel angedroht hat. Und das deckt sich ja mit der Aussage von Falk Wagner.« Kurze Pause. »Und der von Moritz.«

»Ihm wurde auch Prügel angedroht?«

»Ja, kurz nach Wagners Verhaftung. Sven Scholz will wohl das Haus endlich leer haben. Moritz hat den zweiten Mann einmal gesehen. Hager, aber kräftig, mit einer auffälligen Narbe an der rechten Wange. Dunkelblonde Haare, Schnauzer.«

Lina sah Max neugierig an. Wie lange ging das schon zwischen ihm und Moritz? »Hat Moritz denn schon was Neues?«

»Ja, er kann aber erst am 1. März in die Wohnung. Heute Morgen haben wir seine Sachen erst einmal in sein Studio gebracht.«

Das erklärte Max ramponiertes Äußeres. Seine schlafkleinen Augen. Sein Gähnen. Er hatte letzte Nacht vermutlich nicht viel Schlaf bekommen.

»Jetzt, wo Falk ihm nicht mehr ständig Steine in den Weg legt, dürfte es auch schnell gehen«, sagte Lutz langsam. »Verdammt noch mal, es ist doch offensichtlich, dass Scholz seine Mieter terrorisiert und dass Holzmann lügt, wenn er behauptet, Falk hätte ihm Prügel angedroht.«

»Aber das reicht trotzdem noch nicht«, erklärte Lina ihm nicht zum ersten Mal. »Solange wir nicht nachweisen können, dass Holzmann ein Motiv hatte, Kröger zu töten, bleibt Falk der Hauptverdächtige«, sagte sie resigniert. Sie fing Max' Blick auf und seufzte. »Wir hören uns ein wenig um, ob jemand vielleicht irgendetwas weiß«, erklärte sie.

»Eine inoffizielle Ermittlungsgruppe?«, fragte Max. »Eine SoKo Falk?«

Jetzt war es an Lina, rot zu werden, doch sie schwieg.

»Was habt ihr denn bisher herausgefunden?«, fragte Max. Lutz sah sie an. Sie wusste, dass sie Max vertrauen konnten, trotzdem zögerte sie, ihn mit in die Sache hineinzuziehen. Es reichte, wenn sie Ärger bekam, sollte die *SoKo Falk* auffliegen.

Schließlich sagte Lutz: »Holzmann und Sven Scholz kennen sich vermutlich von der Grundschule, aber es ist nicht klar, ob sie die ganze Zeit Kontakt hatten oder ob sie sich erst später wiedergetroffen haben. Holzmann hat eine Zeit lang als Türsteher gearbeitet, gut möglich, dass Scholz ihn da wiedererkannt hat. Wir versuchen gerade, mehr über die Firma herauszubekommen, bei der Holzmann angestellt ist. *Haus & Bau* bietet laut Handelsregisterauszug Hausmeisterservice und Sanierungen an und existiert seit zwei Jahren. Aber es gibt keine Website von dem Betrieb, und im Telefonbuch stehen nur der Name und eine Handynummer. Alexander Meyfarth, den Inhaber, haben wir noch nicht erwischt.«

»Aber Scholz hat doch schon viel früher angefangen, seine Mieter zu terrorisieren, nicht erst vor zwei Jahren.«

»Und zwar durch Holzmann«, bestätigte Lutz. »Möglicherweise hat er vorher auf eigene Faust gearbeitet.«

»Und Bernd Kröger? War der auch bei dieser Firma angestellt?«

»Das wissen wir noch nicht«, erklärte Lina. »Aber die Mieter von Scholz, ehemalige und Noch-Mieter, erzählen übereinstimmend, dass Holzmann und Kröger meistens zusammen aufgetaucht sind. Die Namen kannten die wenigsten, aber sie haben sie auf den Fotos erkannt.«

»Fotos? Was für Fotos?«

»Von Falk. Er hatte sie zwar auf dem Laptop, den Holzmann mitgenommen haben muss, aber er hatte natürlich Sicherungskopien gebunkert.« Lina lächelte bitter. »Für alle Fälle.«

Max sah sie an, und für einen Moment verlor sich sein Blick in der Ferne. Noch etwas, das sie von ihm nicht kannte. Ehe sie ihn fragen konnte, ob er etwa Drogen genommen hatte, riss er sich zusammen und sagte: »Tut mir leid, ich war gerade etwas abgelenkt …«

Sie lachte. »Es sei dir gegönnt.« Ehe sie noch etwas sagen konnte, klingelte ihr Handy. Sie sah Max an.

Sie meldete sich mit Namen, dann lauschte sie ein paar Minuten, ehe sie sagte: »Bin schon unterwegs.«

Sie beendete das Gespräch. »Es gab wieder einen Überfall mit einer Axt. Gestern Abend in Öjendorf. Das Opfer liegt im Krankenhaus. Ich soll den Mann mit dir zusammen befragen.«

In diesem Moment begann Max' Handy zu vibrieren.

Nach einem kurzen Zwischenstopp bei Max zu Hause fühlte er sich zwar wieder frisch und vorzeigbar, aber er war völlig übermüdet. Dankbar nahm er Linas Angebot an, sowohl das Fahren als auch das Reden zu übernehmen.

Robert Neureiter war gestern Abend gegen ein Uhr vor seinem Haus angegriffen worden. Er war mit seiner Frau bei Freunden zu Besuch gewesen, und da er Alkohol getrunken hatte, war seine Frau gefahren. Während sie das Auto in die Garage fuhr, hatte er an der Straße auf sie gewartet. Da war es dann passiert: Aus dem Dunkeln stürzte sich jemand auf ihn, ein gezielter Hieb, und schon war der Angreifer wieder verschwunden. Neureiters Frau fand ihren verletzten Mann und alarmierte den Notarzt. Wie bei Scholz und Tischler war die Wunde selbst nicht tödlich, und er wurde noch in derselben Nacht operiert.

Als Max und Lina ihn im Krankenhaus aufsuchten, bekämpfte er gerade seinen Narkosekater mit starkem Kaffee. Seine Frau, unter deren Rock sich ein kleiner, aber deutlicher Babybauch wölbte, saß mit blassem Gesicht neben seinem Bett.

Lina stellte Max und sich vor. Sie wollte gerade die erste Frage stellen, als Neureiter sich an seine Frau wandte: »Musst du nicht los? Die beiden Herren von der Gartenbaufirma wollten doch heute kommen. Denk daran, ihnen zu sagen, sie sollen mit den Pflanzen vorsichtig sein. Die haben schließlich ein Vermögen gekostet.«

»Ja. Ja, natürlich.« Frau Neureiter erhob sich und hauchte ihrem Mann einen Kuss auf die Wange, ehe sie Lina zunickte und verschwand. Neureiter blickte ihr nach, bis die Tür hinter ihr ins Schloss fiel.

»Wenn ich Isabel nicht hätte … Sie haben ja keine Ahnung, was solche Idioten anstellen können, wenn man ihnen nicht genau sagt, was man will.« Wie Scholz lag auch er in einem Privatzimmer, nur dass er keinen Elbblick hatte, dafür aber eine schöne Aussicht auf das parkähnlich gestaltete Krankenhausgelände.

Er wandte den Blick von der Tür ab und sah Max an. »Ich hoffe, Sie finden diesen Kerl bald. Wir sind gerade erst umgezogen. Nicht auszudenken, wenn sich da in der Gegend ein Psychopath herumtreibt und wir deswegen schon wieder etwas Neues suchen müssten. Meine Frau ist schwanger, die verträgt absolut keine Aufregung. Ganz abgesehen von dem Wertverlust für das Haus.«

Max nickte nur höflich und Neureiter schwieg, sodass Lina ihm endlich ein paar Fragen stellen konnte. Er war neununddreißig Jahre alt und Chefarzt der Chirurgie in einem der größten Krankenhäuser der Stadt. Seit drei Jahren verheiratet, seine Frau war mit dem ersten Kind schwanger. Den Angreifer hatte er nicht erkennen können.

»Klar, es gibt Leute, die mich nicht mögen. Aber Feinde …« Er zuckte die Achseln. »Meistens kann ich die auch nicht ausstehen. Ich hab einfach nichts übrig für Losertypen. Für Leute, die nur rumjammern, wie ungerecht die Welt ist, aber zu blöd sind, um was auf die Reihe zu bekommen.«

»Können Sie uns vielleicht konkrete Namen nennen? Irgendwer, mit dem Sie in der letzten Zeit Streit hatten?«

Neureiter überlegte eine Weile. »Da wäre Wolfgang Harms vom Controlling, der nervt ständig mit seinen Zahlen. Hamid Rheza, der Assistenzarzt, will unbedingt einen besseren Posten, kapiert aber nicht, dass er dafür nicht gut genug ist. Ach ja, und natürlich Matthias, Matthias Bietz von der Neurochirurgie. Der ist immer noch sauer auf mich, weil ich ihm die Frau ausgespannt habe.« Neureiter lachte, als sei das Ganze ein Riesenspaß für ihn gewesen. Lina wechselte einen Blick mit Max. Noch so ein sympathischer Zeitgenosse.

»Fallen Ihnen noch weitere Personen ein, die wütend auf Sie sein könnten?«

»Der eine oder andere.« Er schloss die Augen. »Ich mache Ihnen eine Liste fertig, in Ordnung?«

Lina zögerte, doch Neureiter sah wirklich erschöpft aus, zum ersten Mal, seit sie das Zimmer betreten hatten.

»Gut«, erklärte sie schließlich. »Eine Frage noch, dann lassen wir Sie in Ruhe. Kennen Sie Sven Scholz? Oder Holger Tischler?«

Neureiter runzelte die Stirn, ohne die Augen zu öffnen, bis er den Kopf schüttelte. »Nein. Sollte ich die kennen?«

Auf dem Weg zu Neureiters Haus sagte Lina nachdenklich:

»Die beiden könnten glatt Brüder sein.«

»Wer?«, fragte Max geistesabwesend. Seine Gedanken hatten sich zum letzten Abend geschlichen, zu Moritz' Lachen, zum Leuchten in seinen Augen. Er riss sich zusammen und sah Lina an, die ihn breit grinsend musterte.

»Hallo? Wieder da? Ich meine Neureiter und Scholz. Wie sie über andere Menschen reden, vor allem über die, die nicht so erfolgreich sind wie sie. Sie sehen sich sogar etwas ähnlich.« Beide schienen sehr auf ihr Äußeres zu achten, sie trugen die Haare sehr kurz und hatten keinen Bart, die Finger sahen aus, als gingen die Herren regelmäßig zur Maniküre.

»Und Holger Tischler? Passt der da auch mit ins Bild?«

Lina wiegte den Kopf hin und her. »Schwer zu sagen. Einerseits ja. Denk an das Haus und den Garten – sehr akkurat, sehr gepflegt. Und es gibt Zeugenaussagen, dass er ziemlich stur auf seiner Meinung beharrt hat.« Sie überlegte. »Allerdings sind Scholz und Neureiter großkotzig, während Tischler eher ein verklemmter Pfennigfuchser gewesen zu sein scheint.«

Sie fanden die Adresse, die Neureiter ihnen genannt hatte. Eine ruhige Wohnstraße mit alten Bäumen am Rand eines Naturschutzgebietes. Neureiters Haus war das neuste und gehörte zu den größten in der Straße, mindestens zweihundert Quadratmeter Wohnfläche, schätzte Max. Vor dem Haus parkten zwei Wagen einer Gartenbaufirma. Der Vorgarten war im japanischen Stil angelegt. Gerade Linien, penibel gestutzte Sträucher, viel Stein und Kiesel. Mit dem ursprünglichen japanischen *Kare-san-sui* hatte das allerdings nichts, aber auch gar nichts zu tun.

Sie klingelten, doch niemand öffnete, also gingen sie am Haus vorbei in den hinteren Garten. Die junge Frau, die vorhin blass und verstört am Krankenbett ihres Mannes gesessen hatte, stand inmitten einer Sandwüste und erläuterte zwei Männern einen Plan, den sie auf einem Gartentisch ausgebreitet hatte.

»Frau Neureiter?«, rief Lina, und die Frau blickte auf. Ihre Wangen waren von der frischen Luft gerötet, die Augen glänzten.

»Moment, ich habe gleich Zeit für Sie!«

In sachlichem Ton erklärte sie den Männern, wie der Garten einmal aussehen sollte, dann nickte sie freundlich und kam durch den Sand auf Lina und Max zugestakst. Als sie die Terrasse erreicht hatte, klopfte sie sich sorgfältig den Sand von den Schuhen.

»Sie haben hier ja noch einiges vor«, sagte Max und deutete mit einem Nicken auf das riesige Grundstück, das im Moment eher einer Mondlandschaft als einem Garten ähnelte. Isabel Neureiter seufzte.

»Robert möchte hier einen Zengarten anlegen. In der letzten Woche ist das ganze alte Zeugs weggekommen, jetzt geht es an die Neugestaltung.«

Max blickte nach links und rechts zu den Nachbargrundstücken. Gediegene, parkähnliche Anlagen mit hohen Bäumen. Ein Zengarten? Hier? Er dachte ungläubig an den Vorgarten.

»Und Sie?«, fragte Lina die Frau, deren Blick leicht angestrengt wirkte, als sie die Arbeiter in ihren Minibaggern beobachtete. »Wollten Sie diesen Zengarten auch?«

Isabel Neureiter zuckte die Achseln. »Ich hab's nicht so mit der Gartenarbeit, mir ist es ganz recht, wenn es so wenig Arbeit wie möglich macht. Mir tut es etwas leid um den alten Baum, der dafür wegmusste, aber Sie ahnen ja gar nicht, was der für einen Dreck gemacht hat!« Frau Neureiter schaute Lina an. »Aber Sie sind doch gewiss nicht hier, um sich über Gartengestaltung zu unterhalten, oder?«

Lina nickte ernst. »Wir würden uns gern die Stelle ansehen, an der Sie gestern Abend Ihren Mann gefunden haben.«

»Dann kommen Sie bitte.« Frau Neureiter führte sie in den

Vorgarten. »Hier war es«, sagte Frau Neureiter und deutete auf eine Stelle zwischen der Garage und dem Zugang zum Haus. Der dunkelbraune Fleck war noch gut zu erkennen. Frau Neureiter erschauderte und rieb sich die Oberarme. »Ich bin noch nicht dazu gekommen, ihn wegzuspülen«, sagte sie.

Lina sah sich um. Die alten Bäume in der Straße boten genügend Schutz für jeden, der hier in der Dunkelheit seinem Opfer auflauerte. Die Grundstücke waren so groß, dass die Häuser weit voneinander entfernt standen und die Nachbarn vermutlich nichts mitbekommen hatten.

Sie ließen sich von der Frau erzählen, was am Abend zuvor geschehen war. »Und dann habe ich den Notarzt gerufen«, schloss sie. »Ich habe niemanden gesehen oder gehört, und ich wüsste auch nicht, wer meinem Mann das angetan haben könnte.«

Drei Tage später, am 1. März, bestätigte die Kriminaltechnik, dass sie es mit allergrößter Wahrscheinlichkeit wieder mit demselben Täter zu tun hatten. Auf Robert Neureiters Hose wurden an der Schnittkante Spuren desselben Fetts gefunden wie bei Scholz und Tischler. Sie befragten Freunde und Bekannte Neureiters, in der Hoffnung, irgendeinen Hinweis auf den Täter oder zumindest auf das verbindende Element zwischen den drei Opfern zu finden, aber vergeblich. Robert Neureiter spielte weder Golf noch bowlte er, stattdessen ruderte er in einem der alteingesessenen Clubs an der Alster. Im Urlaub unternahm er lange Segeltörns auf der Ostsee, seine Frau war keine Hausfrau wie Gabriele Tischler und auch kein billiges Flittchen wie die Freundin von Scholz, sondern Personalchefin in einem Pharmaunternehmen. So sehr sie auch suchten und nachbohrten, sie fanden keine Verbindung zwischen den Opfern. Zu allem Überfluss waren auch den Medien inzwischen die Ähnlichkeiten zwischen den drei Fällen aufgefallen, und die Geschichte wurde genüsslich ausgeschlachtet. Ungeachtet dessen, dass es bisher nur einen Toten gab und dieser auch nur indirekt an den Folgen des Überfalls gestorben war, sprachen die Boulevardblätter vom Axtmörder, der seit Wochen Hamburgs Straßen unsicher machte.

Als das Wochenende vor der Tür stand, wurden alle, die an den Ermittlungen beteiligt waren, spürbar gereizter. Zwei Überfälle hatten an einem Donnerstag stattgefunden, der dritte an einem Freitag, drei beziehungsweise zwei Wochen lagen jeweils dazwischen. Gleichgültig, aus welchem Grund der Täter zuschlug, egal, nach welchen Kriterien er seine Opfer auswählte: Sie waren sicher, dass er erneut zuschlagen würde – heute, morgen, nächste Woche.

Die einzige Verbindung, die Lina zwischen den Opfern sah, war, dass ihr die Männer allesamt unsympathisch waren, und da erging es Max nicht anders. Sven Scholz und Robert Neureiter, die sie beide noch wiederholt befragten, behandelten Max und Lina von oben herab wie Dienstboten.

»Und Holger Tischler? Hätten wir den auch nicht gemocht?« Lina klang müde, was Max ihr nicht verdenken konnte. Sie hatten für eine kurze Pause an einer Bäckerei angehalten, und Lina nippte lustlos an ihrem Kaffee.

Er dachte an den Garten, den er allerdings nur im Dunkeln und noch dazu im Winter gesehen hatte. Leblos und so überpflegt, dass er vollkommen unnatürlich wirkte. »Gut möglich«, sagte er.

»Versicherungsangestellter. Rechthaber. Zwangscharakter.« Lina verzog das Gesicht. »Mein bester Freund wäre er garantiert nicht geworden.«

Sie befragten weitere Zeugen und mögliche Verdächtige. Bei Neureiter fanden sie tatsächlich jemanden, dessen Wut groß genug war, dass man ihm so eine Tat möglicherweise zutrauen könnte. Matthias Bietz, ein Kollege von Neureiter, zog verächtlich die Brauen hoch, als Max ihn fragte, wie er zu Neureiter stünde.

»Robert ist ein Egoist. Er denkt zuerst an sich, und dann kommt sehr lange gar nichts. Dann kommt sein Segelboot und vielleicht irgendwann auch mal seine Frau. Dabei kann er sehr charmant sein, wenn er will, oh ja. Sogar Isabel ist auf ihn hereingefallen. Obwohl sie eine kluge Frau ist.« Er verschränkte die Arme und lehnte sich gegen einen Schrank in dem kleinen Zimmer des Krankenhauses, in das er Max und Lina gebeten hatte. Der Raum wirkte wie eine Mischung aus Umkleidekabine und Pausenraum – eine nicht besonders einladende Kombination.

»Stimmt es, dass Sie früher einmal mit der jetzigen Frau Neureiter zusammen waren?«

Bietz nickte. Er versuchte, ruhig zu bleiben, doch Max sah, dass er die Fäuste ballte. »Ja, das stimmt. Die beiden haben sich sogar durch mich kennengelernt.« Er klang verbittert. »Mal sehen, wie lange sie es mit ihm aushält. Ich habe es jedenfalls noch nie erlebt, dass Robert darauf verzichtet hätte, seine Interessen durchzusetzen, komme, was wolle. Und ich glaube nicht, dass Isabel das auf Dauer mit sich machen lässt.«

Für den Abend des Überfalls hatte Bietz zwar kein Alibi, wohl aber für die Angriffe auf Scholz und Tischler. Womit er als Täter so gut wie sicher ausschied.

14

»Wie geht es Falk?«, fragte Lina leise, als sie neben Lutz über den leeren Elbstrand schlenderte. Sie kam direkt von der Arbeit, wo sie mal wieder gewaltig die Zähne hatte zusammenbeißen müssen, um nicht mit Sebastian aneinanderzugeraten. Aber solange sie in aller Stille gegen Holzmann weiterermittelte, durfte sie einfach kein Risiko eingehen. Jeden Moment rechnete sie damit, dass Sebastian misstrauisch werden würde, weil sie sich so wenig widerspenstig zeigte. Bisher war er noch nicht auf die Idee gekommen, dass das nur Taktik sein könnte, und sie hoffte, dass es so blieb.

»Geht so. Er trägt es wohl mit Fassung.« Lutz kannte Falk nur flüchtig und hatte ihn genauso lange nicht gesehen wie sie. Aber er sah Miriam Feldmann häufig, die Falk regelmäßig im Gefängnis besuchte. Die beiden hatten auch ein paar Leute zusammengetrommelt, um Falks Wohnung zu räumen und zu retten, was zu retten war. Ein Teil der Bücher und Zeitschriften war jedoch auf dem Müll gelandet, was Falk ziemlich getroffen hatte. Fast noch mehr als die bittere Tatsache, dass Sven Scholz jetzt doch seinen Willen bekommen hatte. Bis auf Erwin Rhode hatten alle Mieter ihre Wohnungen in der Clemens-Schultz-

Straße geräumt, und auch der würde Ende des Monats ausziehen.

»Hat Miriam schon mit Berit Sander gesprochen?«

»Ja, und sie hat sich erstaunlich kooperativ gezeigt.« Lutz grinste. »Miriam hatte Fotos von den Häusern dabei, die Holzmann ›betreut‹ hat. Sie glaubt, dass die Sander echt nicht gewusst hat, was der Mann in den Häusern anstellt.«

»Und? Was hat sie erzählt?«

»Holzmann ist tatsächlich schon seit Jahren für Sven Scholz tätig. Wenn etwas ist, ruft sie immer ihn an.«

»Kennt sie Alexander Meyfarth?«, fragte Lina. Im Zuge der polizeilichen Ermittlungen war er nie befragt worden, und seit Sebastian den Fall quasi zu den Akten gelegt hatte, gab es auch keinen Grund mehr, den Chef von *Haus & Bau* zu suchen und zu befragen.

»Nein. Sie wusste gar nicht, dass Holzmann nicht der Chef ist.«

Lina zog den Schal fester um den Hals. Der Wind war kalt und ungemütlich, aber das hatte wenigstens den Vorteil, dass hier an der Elbe nicht viel los war und sie sich ungestört unterhalten konnten.

»Schon merkwürdig«, sagte sie nachdenklich. »Wenn Holzmann schon länger für Scholz den Rausschmeißer macht, aber erst seit zwei Jahren für seine jetzige Firma arbeitet, muss Scholz doch irgendwann Rechnungen von der neuen Firma bekommen haben. Ist Sander das nicht aufgefallen?«

»Das schon, aber Scholz hat die Rechnungen anstandslos akzeptiert. Also hat sie nie weiter nachgefragt.«

»Kann sie sich noch an den Namen der Firma erinnern, die davor die Rechnungen an Scholz geschickt hat?«

»Ja. *Hausservice Mitte*, Eigentümer war ein gewisser Thorsten Zimmermann. Tätigkeitsfeld: Hausmeisterservice und Sanierungsarbeiten. Die Firma wurde vor vier Jahren gegründet und hat vor zwei Jahren Insolvenz angemeldet, nach Rückzahlungsforderungen in dreistelliger Millionenhöhe.«

Lina wollte bereits die nächste Frage stellen, als sie über Lutz Worte stolperte. »Warte mal, Rückforderungen in dreistelliger Millionenhöhe? Innerhalb von zwei Jahren? Als einfacher Hausmeisterservice? Wie haben die das denn geschafft?«

»Keine Ahnung.« Lutz zuckte die Schultern. »Diesen Zimmermann konnten wir auch noch nicht auftreiben.« Er reichte ihr einen Zettel. »Das ist alles, was wir über ihn rausgefunden haben. Kannst du den mal überprüfen?«

»Klar.« Sie nahm den Zettel und schob ihn in ihre Tasche. Sie konnte die *SoKo Falk*, wie sie sich seit Max' Besuch nannten, natürlich nicht offen unterstützen. Sie wusste nur, dass Miriam Feldmann und noch ein paar andere Freunde von Falk dazugehörten. Lutz war ihre einzige Verbindung zu der Gruppe, mit ihm besprach sie regelmäßig die neusten Ergebnisse und Entwicklungen.

»Wenn diese zweite Firma nur zwei Jahre existiert hat«, sagte sie nachdenklich, »dann muss es davor noch eine Firma gegeben haben, bei der Holzmann gearbeitet hat. Er ekelt schließlich schon länger für Scholz die Mieter aus den Häusern.«

Lutz sah sie an und zog seine Kapuze tiefer ins Gesicht. »Stimmt. Aber es ist schon seltsam. Holzmann hat anscheinend mindestens zweimal die Firma gewechselt, aber jedes Mal Scholz als Kunden mitgenommen.«

»Soll ja vorkommen.« Lina lachte. »Guter Tipp an alle Arbeitgeber: Sei nett zu deinen Leuten, sonst sind sie weg und nehmen wichtige Kunden mit.«

Lutz lachte nicht mit. »Trotzdem ist das merkwürdig. Dazu kommt, dass wir diesen Meyfarth noch nicht gefunden haben. Weder bei sich zu Hause noch im Büro.« Unter der Firmenadresse von *Haus & Bau* hatten sie nur zwei Räume in einem kleinen Gewerbehof in Schnelsen gefunden. Als Lutz ihr das erste Mal davon erzählt hatte, war ihr die Sache reichlich komisch vorgekommen. Wenn die Firma auch Sanierungen anbot, musste es doch einen Ort geben, an dem die Werkzeuge und Baumaterialien gelagert wurden, aber ein Lager oder eine Werkstatt war in Schnelsen nicht dabei.

»Aber wir wissen jetzt, wo die ihr Lager haben«, fuhr er fort. »In diesem Gewerbegebiet zwischen Schnackenburgallee und Autobahn. Auf dem Grundstück eines Schrottplatzes steht ganz hinten ein Schuppen, da habe ich Holzmann drin verschwinden sehen.«

»Du hast Holzmann verfolgt? Bist du wahnsinnig? Lutz, der Kerl ist saugefährlich!«

»Ich war vorsichtig. Er hat mich nicht gesehen, garantiert.«

Linas Herz raste, als ihr klar wurde, wohin ihre geheimen Ermittlungen sie und die anderen Mitglieder der *SoKo Falk* führen könnten. Dies war kein Spaß, kein aufregender Kick gegen den grauen Alltag, Geocaching einmal anders. Was, wenn Holzmann merkte, dass sie ihm nachschnüffelten? Nicht zum ersten Mal wünschte sie, sie hätte Lutz die Sache ausgeredet, als er sie um Hilfe gebeten hatte, Falks Unschuld zu beweisen.

»Ich habe noch eine gute Nachricht.« Lutz war stehen geblieben und drehte den Rücken zum Wind. »Verflucht, ist das kalt. Lass uns zurückgehen und vor dem Training noch einen Kaffee trinken.«

»Das ist echt eine gute Nachricht. Ich dachte schon, du wolltest bis nach Blankenese laufen.«

»Ha. Ha. Ha.« Sie machten kehrt. Mit dem Wind im Rücken lief es sich gleich wesentlich leichter. »Ein Mieter aus der Juliusstraße hat vor seiner Tür eine Videoüberwachung installiert. Ohne Wissen der Nachbarn. Schon vor Wochen hat er einen Streit zwischen Holzmann und Kröger mitgeschnitten und die Datei gespeichert.«

Lina war plötzlich hellwach. »Worum ging es in dem Streit?«

»Das weiß er nicht, das Material ist zu schlecht. Er meinte zwar, dass man da vermutlich mehr rausholen könnte, aber er kennt sich damit nicht aus.«

»Wieso hat der Typ sich nicht schon vorher gemeldet?«

»Er war ein paar Wochen auf den Kanaren und ist erst letzte Woche zurückgekommen.«

Lina erinnerte sich dunkel an die Studentin, die sie vor mehr als sechs Wochen befragt hatten. Am Tag danach hatten sie Bernd Krögers Leiche gefunden.

»Wir müssen herausfinden, wieso die beiden sich gezofft haben.« Unvermittelt blieb sie stehen. »Mir fällt gerade was ein. Als wir Holzmann vernommen haben, noch ehe klar war, dass es sich bei dem Toten um Kröger, nicht um Falk handelt, habe ich kurz mit zwei Bauarbeitern auf der Baustelle geredet, zwei Subunternehmern. Sie kannten Bernd Kröger nicht und haben auf der Baustelle auch nie jemand anders als Holzmann gesehen.«

»Ja, und?«

»Wenn Holzmann und Kröger beide bei *Haus & Bau* arbeiten, warum kennen die beiden Bauarbeiter dann nur Holzmann?«

»Weil Kröger kein Handwerker ist und sich mit Baustellen nicht auskennt?«, mutmaßte Lutz. »So ungewöhnlich finde ich das jetzt nicht.«

Lina seufzte. Er hatte ja recht. Krögers Job war es vermutlich einzig und allein, die Mieter zu terrorisieren. Dazu brauchte man andere Qualifikationen als für die Sanierung alter Häuser. »Der Bauarbeiter hat übrigens noch etwas erzählt«, sagte Lina keuchend, während sie den steilen Schulberg zur Elbchaussee hinaufstiegen. »Holzmann will, dass sie das Haus möglichst billig sanieren.« Sie schnappte nach Luft. »Er meinte, sie bekämen nur Schrottmaterial geliefert und sollen Bauvorschriften ignorieren, damit es billiger wird und schneller geht.«

»Na super. Schöner … Wohnen … mit … Scholz.« Auch Lutz bekam die Worte kaum noch heraus, aber keiner von beiden wollte sich die Blöße geben, stehen zu bleiben oder das Sprechen einzustellen.

»Aber irgendwann … muss so was … doch auffallen«, japste Lina.

»Die neuen Eigentümer … können sich … dann ja bei … der Baufirma beschweren.«

Lina blieb stehen und atmete schwer. Sie starrte Lutz an, der ein paar Schritte vor ihr ebenfalls angehalten hatte und sie angrinste.

»Machst du etwa schon schlapp?«

Doch Lina ignorierte diese Unterstellung. »Aber was, wenn die Baufirma dann nicht mehr existiert? Zum Beispiel, weil sie Insolvenz angemeldet hat?«

Lutz starrte zurück. »Oder weil der Inhaber der Baufirma nicht zahlen kann und pleitemacht?«

Am nächsten Morgen, es war Freitag, war Lina ungewöhnlich früh im Büro. Max hatte noch nicht einmal seine Jacke ausgezogen und sah sie erstaunt an.

»Bist du krank?«

Sie schüttelte den Kopf. Topfit war sie natürlich noch nicht um diese Zeit, aber sie war bereits um sechs Uhr aufgewacht, da hatte sie genauso gut aufstehen und ins Büro fahren können. Sie warf einen raschen Blick zur Tür des Nachbarbüros, hinter der Sebastian sich gerade lautstark mit Alex unterhielt.

»Ich wollte nur kurz etwas nachschauen«, antwortete sie und schaltete ihren Computer ein.

Max sah sie einen Moment lang stumm an, dann hängte er seine Jacke auf. »Kommt ihr gut voran?«, fragte er leise.

Sie wiegte den Kopf. »Könnte sein, dass wir was haben.« Sie dachte an die Videoaufnahmen, die ihnen aber leider nichts nützten. Sie konnte nicht einfach die Kollegen von der Kriminaltechnik um Hilfe bitten, das würde Sebastian garantiert erfahren. »Du kennst nicht zufällig jemanden, der sich mit Computern gut auskennt? Und Videos?«

»Videos?« Max musterte sie interessiert.

»Es gibt einen kurzen Film, auf dem man sieht, dass Holzmann und Kröger sich streiten, aber leider kann man kein Wort verstehen. Aber wenn man die Datei bearbeiten würde, könnte man da vielleicht was rausholen.« Hilflos zuckte sie die Schultern. Sie kannte sich in der Materie absolut nicht aus. »Wie bei einem verschwommenen Foto, das man ja auch manchmal nachträglich noch scharf stellen kann.«

Sie ließ sich auf ihren Bürostuhl sinken und griff nach dem Kaffeebecher. Erst da merkte sie, dass Max sie nachdenklich ansah.

»Ich kenne da vielleicht jemanden«, sagte er langsam.

»Echt jetzt?«

Max grinste. »Du kennst ihn auch. Moritz Thal ist doch Filmemacher.«

Lina fühlte sich auf einen Schlag wacher. »Hast du noch Kontakt zu ihm?«, fragte sie und meinte eigentlich: *Läuft da was zwischen euch?*

»Ich habe seine Telefonnummer«, sagte er. Sie sah ihn erwartungsvoll an, doch er hob nur schmunzelnd eine Augenbraue.

Thorsten Zimmermann. Lina tippte den Namen in die Suchmaske ein, dazu die anderen wenigen Daten, die Lutz ihr überlassen hatte. Geburtsdatum und letzte Meldeadresse. Ein Allerweltsname, aber vielleicht hatte sie ja Glück.

Glück? Nun ja. Ein Thorsten Zimmermann, bei dem es sich um den Gesuchten handeln konnte, war vor knapp zwei Jahren an einer Überdosis Heroin gestorben. In den letzten drei Monaten vor seinem Tod hatte er Hartz IV bezogen. Lina suchte sich das Aktenzeichen heraus und wollte gerade ins Archiv verschwinden, um sich die Ermittlungsakte zu Zimmermanns Tod einmal anzuschauen, als Max' Telefon klingelte.

»Ja? Okay. Wir kommen.« Er legte auf und verdrehte die Augen. »Wir sollen zu Sebastian.«

Hanno war immer von seinem Schreibtisch aufgestanden, hatte den Kopf zur Tür hereingesteckt und ihnen persönlich gesagt, sie sollten mal kurz rüberkommen. Lina stand seufzend auf und folgte Max nach nebenan.

Es wurde ein kürzeres Treffen als befürchtet.

Ein weiterer Mann war mit einer Axt angegriffen und schwer verletzt worden.

15

Max klopfte leise an die Tür des Krankenzimmers und wartete erst das »Herein« ab, ehe er die Klinke herunterdrückte. Marko Simmering lag allein in einem Zweibettzimmer, den Kopf hatte er von der Tür abgewandt und zum Fenster gedreht. Eine kurze Stoppelfrisur, kräftige, durchtrainierte Arme, ein Oberkörper, dem man das regelmäßige Training oder die harte körperliche Arbeit ansah. Unter der Blässe sah man noch den Rest der typischen Bräune eines Menschen, der im Freien arbeitete. Auf dem Nachttisch stand eine Vase mit roten Rosen. Direkt vor dem Fenster wuchs eine riesige Kastanie, in deren noch kahlen Zweigen ein paar Amseln herumhüpften.

Wie die anderen Opfer war Marko Simmering abends im Dunkeln von einem Unbekannten überfallen und mit einer Axt kurz oberhalb des Kniegelenks am Oberschenkel verletzt worden. Der Oberschenkelknochen und die Kniescheibe waren gespalten, das Knie würde vermutlich für den Rest seines Lebens steif bleiben.

»Herr Simmering?«, sagte Max freundlich, als er näher an das Bett herantrat. Langsam drehte der Mann den Kopf in seine Richtung. Er musterte Max ohne großes Interesse, dann wanderte sein Blick kurz zu Lina, ehe er erneut aus dem Fenster schaute.

»Wir sind von der Kriminalpolizei und würden Ihnen gerne ein paar Fragen stellen, wenn Sie sich dazu in der Lage fühlen.«

Die Hand auf der Bettdecke ballte sich zur Faust, und die Halsschlagadern traten hervor. »Finden Sie den Scheißkerl und buchten Sie ihn ein!« Seine Stimme klang heiser, vermutlich von der Narkose und den Schmerzmitteln, aber sein verzweifelter Zorn war ihm deutlich anzumerken.

»Das würden wir ja gerne, aber dazu müssten wir erst einmal herausfinden, wer Ihnen das angetan hat«, sagte Max sachlich.

»Das ist ja wohl klar. Jan Hagemann, dieser Ökospinner. Der will mich fertigmachen, dieser Scheißkerl!«

Lina zückte ihren Block und notierte sich den Namen.

»Und warum will Herr Hagemann Sie fertigmachen?«, fragte Max geduldig. Überrascht war er nicht, dass Marko Simmering sofort einen konkreten Verdacht äußerte. Schließlich hatten auch Scholz und Neureiter sofort eine ganze Reihe Personen benannt, denen sie den Überfall zutrauten.

»Weil ich meinen Job gemacht und dabei ein paar von seinen beschissenen Bäumen etwas zu hart angefasst habe.« Marko Simmering schlug sich mit der Faust auf den Oberschenkel. Es war der gesunde, trotzdem zuckte er zusammen.

»Können Sie uns vielleicht erzählen, was genau passiert ist, Herr Simmering?«, fragte Max ruhig.

Der Mann schloss kurz die Augen. »Wir waren im Wernershagener Weg zugange, in Moorburg. Glasfaserleitungen verlegen. Nur 'ne Handvoll Anwohner, dazu ein paar Gewerbebetriebe. Ein Autohaus, eine Tischlerei, so was eben. Und diese bescheuerten Bäume. Mit dem Bagger hab ich ein paar Wurzeln mit rausgerissen, aber verdammt noch mal, so was passiert ständig. Und die Bäume stehen zehn Jahre später immer noch. Aber dieser Hagemann stellt sich jedes Mal an, als würden die Bäume ihm persönlich gehören. Dieses Mal hat er sogar behauptet, die Bäume wären so schwer beschädigt, dass sie wegmüssten.« Marko Simmering schlug die Augen auf und sah Max an. »So ein Blödsinn! Aber der hat das echt durchgezogen und meinem Chef die Rechnung geschickt. Fällung und Neupflanzung. Und dann auch noch Schadensersatz. Das müssen Sie sich mal vorstellen! Die Firma musste Schadensersatz zahlen für so'n Grünzeug, das ganz von allein wächst, nur im Weg rumsteht und nichts als Dreck und Arbeit macht.« Er schüttelte den Kopf, als könnte er so viel Unverstand nicht fassen.

»Und wie kommt Herr Hagemann dazu, solche Maßnahmen anzuordnen?«, fragte Lina. »Ich meine, wer gibt ihm das Recht dazu?«

»Das ist einer von den Baumfuzzis in der Stadt.« Als er Linas fragenden Blick sah, fügte er hinzu: »Na, seit die Ökos hier im Land das Sagen haben, sind Bäume doch die neuen heiligen Kühe. Keine Baustelle mehr ohne Baumschützer. Da kommt dann so'n Spinner wie der Hagemann und schreibt uns vor, wie wir unsere Leitungen zu verlegen haben, damit den kostbaren Bäumchen ja nichts passiert.« Erneut schüttelte er ungläubig den Kopf. »Und wir dürfen dann draufzahlen, weil der Herr mal wieder irgendeinen Schnickschnack wie Handschachtung oder Saugwagen oder so'n Quatsch haben will.«

Zwischen Baumschützern und Tiefbauern schien ein gewisser grundsätzlicher Interessenkonflikt zu bestehen.

»Und wie genau kam es dazu, dass Hagemann Ihnen angedroht hat, Sie fertigzumachen?«, fragte Max.

»Er ist zur Baustelle gekommen, als ich gerade am Schachten war. An vier Bäumen war ich schon vorbei. Er wirft einen Blick in den Graben, kommt wie ein Bekloppter auf mich zugerast und baut sich vor meinem Bagger auf. Fuchtelt wie wild rum. Ich mach die Maschine aus und die Tür auf. Mann, der

184

hat mich beinahe rausgezerrt, so sauer war der. Hat mich angebrüllt, ob ich denn keine Augen im Kopf habe und was ich mir denn dabei gedacht habe. Ich hab gesagt, ich mache hier nur meinen Job, aber da ist der erst richtig ausgerastet. Hat sofort die Baustelle dichtgemacht, hat den Bauleiter rantelefoniert und den auch noch mal zur Sau gemacht. Mann, der hat vielleicht 'nen Larry gemacht. Ich hab versucht, ihn zu beruhigen, und hab gesagt, die Bäume erholen sich schon wieder, schließlich sind das alles alte, riesige Dinger. Da ist er mir dann fast an die Gurgel gegangen. Wenn mein Schachtmeister nicht dazwischengegangen wäre, hätten wir uns an Ort und Stelle geprügelt, das garantiere ich Ihnen.«

»Und wann war das?«, fragte Lina. »Wann sind Sie mit Herrn Hagemann aneinandergeraten?«

Marko Simmering hob die Hand und strich sich über die kurzen Haarstoppel. Das Gespräch hatte ihn ziemlich erschöpft, sein Gesicht war blasser als vorher, seine Stimme war leiser geworden und kaum noch zu verstehen. »Keine Ahnung. Vor drei, vier Wochen vielleicht.« Er ballte erneut die Faust, doch dieses Mal hatte die Geste etwas Hilfloses, Verzweifeltes. »Schnappen Sie sich das Schwein!«

»Heißt das, Sie haben Herrn Hagemann erkannt? War er es, der Sie überfallen hat?«

»Nee, erkannt hab ich den nicht, der kam ja von hinten, außerdem war es dunkel, und ich hatte schon ein, zwei Bierchen intus. Aber ich schwöre Ihnen, der war's. Wer hätte es sonst sein sollen?«

Max hörte Linas unterdrücktes Seufzen neben sich. Ein wenig beneidete er den Mann um seine Gewissheit. Wenn es nur so einfach wäre! Doch er ahnte bereits, dass sie, wie in den anderen Fällen, auch dieses Mal keine Verbindung zwischen Jan Hagemann und den übrigen Opfern finden würden.

Sie ließen sich noch den Namen der Zeugen geben, die den Streit zwischen Simmering und Hagemann beobachtet hatten, dann verabschiedeten sie sich von dem erschöpften Mann. Max blieb noch einen Moment am Krankenbett stehen, und noch ehe sie das Zimmer verlassen hatten, war Marko Simmering eingeschlafen.

»Fahren wir gleich zu diesem Hagemann?«, fragte Lina auf dem Weg zum Auto, und Max hörte eine Müdigkeit in ihrer Stimme, die nichts mit der Uhrzeit oder der geringen Kaffeemenge zu tun hatte, die sie heute erst konsumiert hatte.

Er konnte das gut nachvollziehen. Auch er war diese endlosen Vernehmungen von Zeugen und Verdächtigen leid, die am Ende doch wieder nur im Sande verliefen und sie keinen Schritt weiterbrachten.

»Du meinst, dann haben wir es hinter uns?«

Lina zuckte die Achseln. »Glaubst du, das bringt was? Vielleicht sind es ja doch alles nur zufällige Opfer.«

Nicht zum ersten Mal stand diese Erklärung im Raum: dass sie es mit einem echten Serientäter zu tun hatten, bei dem es in der Regel keine Beziehung zwischen Opfer und Täter gab. Was die Suche nach dem Motiv und dem Täter erheblich erschwerte. Noch hoffte Max, dass sie es nicht mit jemandem zu tun hatte, der seine Opfer vollkommen zufällig auswählte. Dass es irgendeine Gemeinsamkeit zwischen ihnen gab, die sie nur noch nicht gefunden hatten. Doch je mehr offensichtlich völlig willkürlich ausgewählte Männer der Täter verstümmelte, desto unwahrscheinlicher war es, dass es ein verbindendes Element zwischen ihnen gab.

Lina schloss die Augen und lehnte den Kopf an die Rückenlehne. Klein wie sie war, reichte sie nur knapp an die Kopfstütze.

»Die einzige Gemeinsamkeit ist, dass sie allesamt unsympathische Kotzbrocken sind.«

»Was allerdings weder verboten ist noch das Motiv für die brutalen Überfälle sein dürfte.« Aber im Grunde hatte sie recht. Alle Opfer ließen sich mehr oder weniger derselben Kategorie zuordnen: Ich-bin-der-Boss-und-sage-wo's-langgeht.

»Würde sich auch schlecht im Bericht machen: Die Opfer sind den ermittelnden Beamten allesamt unsympathisch«, gab Lina zu.

»Aber irgendwie passt dieser Marko Simmering nicht ganz in das Muster«, sagte Max nachdenklich. »Die anderen drei sind entweder selbstständig oder arbeiten in Führungspositionen.«

»Nur Marko Simmering nicht. Er ist weder Chef einer eigenen Firma noch hat er irgendwelche Führungsaufgaben inne. Das Einzige, was er führt, ist ein kleiner Bagger.«

Sie sahen sich an. Hatte das jetzt etwas zu bedeuten oder nicht? War das jetzt einer der Zufälle, die wirklich nur Zufall waren, oder steckte mehr dahinter? Seufzend drehte Max den Zündschlüssel um und startete den Wagen.

Der Himmel hatte sich zugezogen. Für den späten Nachmittag waren Sturmböen angesagt, doch das Wetter hielt sich wieder einmal nicht an den Zeitplan des Wetterberichts. Als sie um halb eins auf den Hof des Baumpflegebetriebs in Bergstedt im Nordosten Hamburgs einbogen, trieb der Wind bereits Plastiktüten und kleinere Äste vor sich her. Die ersten fetten Regentropfen schlugen auf die Frontscheibe. Sie stellten den Dienstwagen vor dem einstöckigen Bürogebäude ab, rannten auf die schlichte Holztür zu und fanden sich in einem offenen Empfangsbereich wieder.

Aus einer Bürotür trat ein hochgewachsener Mann, als Max sich gerade ein paar Tropfen aus dem Gesicht wischte.

»Herr Berg und Frau Svenson, nehme ich an?«, fragte er. Max hatte sie beide telefonisch angekündigt, und Jan Hagemann hatte erklärt, er sei in seiner Firma, sie könnten gerne vorbeikommen, er sei ohnehin den ganzen Nachmittag mit dem Schreiben von Rechnungen beschäftigt.

Hagemann deutete auf einen großen Tisch in der Ecke, dessen Tischplatte aus einer riesigen Baumscheibe bestand. Auf Regalen an den Wänden standen weitere Holzmuster, knorrig gewachsene Wurzeln, Baumscheiben unterschiedlicher Größe. Überhaupt war Holz hier das bestimmende Element: Der Fußboden war aus Holz, die Türen und Fenster sowie sämtliche Möbel. Selbst der Kugelschreiber auf dem Tisch. Aus dem Büro nebenan waren leises Stimmengemurmel und das Klackern einer Tastatur zu hören.

»Herr Hagemann, kennen Sie Herrn Simmering? Marko Simmering?«, fragte Lina.

Hagemann runzelte die Stirn. Sein Gesicht war gebräunt und faltig, die grauen Haare sorgfältig gestutzt. Max schätzte den Mann auf Mitte fünfzig, seine kräftige Statur ließ darauf schließen, dass er körperlich arbeitete.

»Marko Simmering … Keine Ahnung. Sollte ich ihn kennen?«

»Herr Simmering ist Tiefbauer und arbeitet bei der Firma Süderfeld«, erklärte Max. »Er erzählte uns, Sie beide seien vor einigen Wochen einmal heftig aneinandergeraten, im Wernershagener Weg in Moorburg.«

»Ach, den meinen Sie. Ich wusste nicht, wie er heißt, aber ja, ich erinnere mich gut an diesen … Herrn. Warum fragen Sie?«

»Herr Simmering gab an, Sie hätten ihn bedroht.«

Zum ersten Mal ließ Hagemann Anzeichen von Nervosität erkennen. »Bedroht? Wir hatten eine Meinungsverschiedenheit, das stimmt. Kann schon sein, dass mir da etwas rausgerutscht

188

ist.« Er blickte von Max zu Lina. »Ist dem Mann etwas zugestoßen?«

»Er wurde gestern Abend überfallen und mit einer Axt schwer am Oberschenkel verletzt.«

»Damit habe ich nichts zu tun.« Hagemann verschränkte die Arme vor der Brust.

»Marko Simmering ist nicht das einzige Opfer«, sagte Lina.

Endlich begriff Hagemann. Er wurde deutlich blasser, trotzdem versuchte er zu lachen, was ihm nur beinahe gelang. Sein Blick fiel auf die offene Bürotür, und er stand auf, um sie zu schließen. »Sie glauben doch nicht etwa, ich sei dieser Psychopath, der die Leute abschlachtet?«, fragte er mit gepresster Stimme.

»Herr Hagemann, wir müssen jeder Spur nachgehen, das verstehen Sie sicher. Und laut Marko Simmering hatten Sie einen Grund, ihn anzugreifen.« Max schwieg einen Moment und gab Hagemann Zeit, sich zu fassen und die Nachricht, dass er zum Kreis der Verdächtigen gehörte, zu verdauen. »Worum ging es in dem Streit mit Simmering?«

Hagemann schenkte sich ein Glas Wasser ein und trank in großen Schlucken, ehe er antwortete. »Der Mann ist, wie Sie schon sagten, Tiefbauer und hat ein paar ziemlich alte und ziemlich wertvolle Linden auf dem Gewissen.« Er blickte erneut von Max zu Lina. »Ich bin Baumpfleger und werde regelmäßig von der Stadt beauftragt, dafür zu sorgen, dass Bäume auf und rund um Baustellen nicht beschädigt werden. Für die meisten Tiefbauer sind Bäume nämlich nichts als lästige Hindernisse. Ich glaube, für die besteht die ideale Stadt aus sauber geteerten Straßen und ordentlich gepflasterten Gehwegen. Hier und da ein Betontopf mit Stiefmütterchen, wenn's hochkommt ein paar mickrige Bäumchen, die aber nicht höher als fünf Meter werden dürfen. Laufen Sie mal durch die Hafencity, dann wissen Sie, was ich meine.«

Max dachte an das neue aus dem Boden gestampfte Viertel direkt am Hafen. Die Bäume dort waren Straßenmöbel, die sich der Gesamtkonzeption unterzuordnen hatten. Das konnte man mögen oder nicht, aber mit Natur hatte das herzlich wenig zu tun.

»Zum Glück sieht die Politik das inzwischen anders. Eine Stadt ohne Bäume ist keine lebenswerte Stadt. Mittlerweile hat man das begriffen und kümmert sich verstärkt um die Bäume, vor allem die Altbäume. Sie dürfen nicht mehr ohne Weiteres gefällt werden, selbst wenn sie auf einem Privatgrundstück stehen.« Er schaute aus dem Fenster. Auf dem Hof zerrte der Wind an den kahlen Ästen einer mächtigen, alten Kastanie. Vor dem Stamm stand eine fantasievoll gestaltete Gartenbank aus fast gelbem Holz, der man ansah, dass es sich um ein Einzelstück handelte. Jetzt war es dort draußen ziemlich ungemütlich, doch im Sommer und bei schönem Wetter musste es ein wunderbarer Platz sein.

»Trotzdem werden immer noch viel zu viele Altbäume gefällt. Für Neubauten, für Straßenausbauten, weil sie zu viel Licht wegnehmen, weil sie von Pilzen befallen wurden, Unfallbäume. Von den illegalen Fällungen ganz zu schweigen, bei denen sich die Leute über alle Vorschriften hinwegsetzen. Umso wichtiger ist es, die Bäume zu erhalten, die stehen bleiben dürfen.«

»Aber gibt es nicht die Vorschrift, dass für jeden gefällten Baum ein neuer gepflanzt werden muss?«, fragte Lina.

Hagemann schnaubte verächtlich. »Ja, die gibt es. Aber vergleichen Sie mal einen Jungbaum mit einer alten, über hundertjährigen Buche oder Kastanie. Das ist was ganz anderes, schon allein, wenn Sie die Folgen für das Stadtklima betrachten. Vom Wohlfühlfaktor ganz zu schweigen.« Mit zusammengezogenen Brauen musterte er Lina, als hätte sie sich mit ihrer Frage als jemand geoutet, dem Bäume vollkommen egal waren.

»Und wie war das jetzt mit Marko Simmering?«, fragte Max freundlich, um die Sprache wieder auf den Grund ihres Besuchs zu bringen.

»Ich nehme an, Sie wissen in groben Zügen Bescheid, worum es ging? Baumaßnahmen in einer Straße mit altem Baumbestand, und der Kerl kümmert sich einen Dreck um meine Anweisungen und baggert munter drauflos, ohne Rücksicht auf die Wurzeln. Im Wernershagener Weg steht der Rest einer alten Lindenallee, die früher einmal zu einem kleinen Gutshof führte, der längst abgerissen wurde. Aber die Allee steht immer noch, und Alleen sind gesetzlich geschützte Biotope. Die Bäume bedürfen also einer ganz besonderen Vorsicht und Pflege. Das habe ich den Männern von Süderfeld vor Beginn der Baumaßnahme auch erklärt – aber so was geht bei denen zum einen Ohr rein, zum anderen wieder raus.« Frustriert hob er die Schultern. »Da redet man sich den Mund fusselig, um den Leuten klarzumachen, worum es geht und worauf sie achten sollen, und dann drehst du dich um, und sie machen genau das, was sie nicht machen sollten.«

Max nickte verständnisvoll. »Und wie genau gerieten Sie mit Herrn Simmering aneinander?«

»Ich kam dazu, als er schon drei oder vier Bäume irreparabel beschädigt hatte. Ich stellte mich vor seinen Bagger, bis er ausstieg, dann rief ich den Bauleiter an und ließ die Baustelle sperren. Außerdem beauftragte ich einen Gutachter mit der Schätzung des Schadens. Die Bäume waren nicht mehr standsicher und mussten gefällt werden.«

»Und wie lief der Streit mit Herrn Simmering ab?«, fragte Max genauso freundlich wie zuvor.

»Den habe ich wohl ziemlich angebrüllt, so genau weiß ich das nicht mehr. Ich weiß nur noch, dass ich total sauer war. Da müht man sich ab und erklärt und überlegt mit, wie die ihren Job am besten hinbekommen, und dann ist da so eine Dumpfbacke, die sich dreist über alles hinwegsetzt.«

»Haben Sie Herrn Simmering tätlich angegriffen?«, fragte Lina, die allmählich die Geduld verlor.

»Nein, das bestimmt nicht.«

»Sie haben Marko Simmering nicht aus seinem Bagger gezerrt?«

»Unsinn, wo haben Sie das denn her?« Er sah von Max zu Lina und wieder zurück. »Hat dieser Simmering das etwa behauptet? Dann lügt der!«

»Wir versuchen uns nur ein Bild zu machen, was genau passiert ist«, erklärte Max in beschwichtigendem Ton. »Sie haben sich also mit Herrn Simmering gestritten, recht laut, wie ich annehme. Wie ging es weiter?«

»Herrje, so genau weiß ich das nicht mehr. Ein paar Kollegen von ihm kamen hinzu, ein Wort gab das andere, bis schließlich der Bauleiter kam und seine Leute wegschickte. Aber ich habe diesen Mann nicht angefasst, ich schwöre es. Weder da draußen in Moorburg noch später.« Er sah Max an. »Ich laufe doch nicht mit einer Axt durch die Straßen und schlage die Leute tot! Das müssen Sie mir glauben.«

»Wo waren Sie gestern Abend gegen halb zwölf?«, fragte Lina. Sie klang müde, weil sie diese Frage stellen musste, obwohl sie ahnte, dass nichts dabei herauskommen würde.

»Zu Hause«, erwiderte Hagemann.

»Kann das jemand bestätigen?«

»Meine Frau.«

»Und wo waren Sie am 21. Januar gegen ein Uhr nachts? Das war ein Donnerstag.« Der Tag, an dem Sven Scholz überfallen worden war.

Jan Hagemann ließ sich zurücksinken, seine Gesichtszüge entspannten sich sichtlich. »Da war ich mit meiner Familie in Köln. Mein Schwiegervater feierte seinen achtzigsten Geburtstag.«

Max nickte bedächtig. Es wäre ja auch zu schön gewesen, endlich einmal so etwas wie eine Spur zu haben. Er sah zu Lina hinüber, die ihre Enttäuschung nur mit Mühe unterdrücken konnte. Sie hob die Achseln, halb resigniert, halb gleichgültig. Was soll's, noch eine falsche Spur. Sie blickte auf ihren Notizblock, auf dem sie sich ein paar Stichworte gemacht hatte. Natürlich würden sie das Alibi von Jan Hagemann überprüfen, doch Max hatte keinen Zweifel daran, dass es stichhaltig sein würde.

Verstohlen sah Max sich im Raum um. Helle Halogenstrahler verbreiteten ein angenehmes Licht, die Fenster sperrten das Schmuddelwetter aus. Eigentlich hatten sie keinen Grund, länger hier herumzutrödeln, aber er hatte auch keine Lust, jetzt durch den Gewitterregen zum Auto zu rennen. Aber das war es nicht allein, was ihn noch zögern ließ. Sein Blick blieb an einer der Baumscheiben in den Regalen hängen. Ein tiefer Spalt reichte fast bis zur Mitte, deutlich waren die dunklen Verfärbungen im Holz zu erkennen. Jan Hagemann war seinem Blick gefolgt.

»Eine Linde, die vom Brandkrustenpilz befallen war. Wir mussten eine Notfällung machen, sonst hätte der Baum jederzeit umfallen können.« Er klang bedrückt, als täte es ihm um jeden Baum leid, den er wegnehmen musste.

Max starrte immer noch die Baumscheibe an. Besah sich die anderen im Raum, von denen die meisten irgendwelche selbst für ihn erkennbare Schäden aufwiesen. An irgendetwas erinnerte ihn dieses Bild.

Dann fiel es ihm wieder ein. Vor vier Wochen, auf dem Grundstück von Holger Tischler, hatte er einen abgesägten Baumstumpf gesehen, rein und makellos, nicht so offenkundig krank wie diese Muster hier. Holger Tischler, der ganz in der Nähe wohnte, nur wenige Fahrminuten von der Firma des Baumpflegers entfernt.

»Sie sagten vorhin, man dürfe Bäume nicht einfach so fällen, selbst wenn sie auf dem eigenen Grundstück stehen«, sagte er.

»Ja, das stimmt. Ab einem bestimmten Stammumfang braucht man die Genehmigung des Bezirksamts. Und die wird nicht einfach so erteilt, nur weil einem der Baum die Aussicht versperrt. Wieso fragen Sie?« Jan Hagemann sah ihn neugierig an.

»Ich habe vor vier Wochen einen Baum gesehen, der erst vor Kurzem gefällt wurde. Besser gesagt, ich habe den Stumpf gesehen. Es hat sogar noch leicht nach Harz gerochen.«

»Vor vier Wochen war noch Fällsaison. Vielleicht war der Baum krank und musste weg. Wo stand er denn?«

»Auf einem Privatgrundstück in Duvenstedt«, erklärte Max.

»Doch nicht etwa im Hahnenredder?«

Max und Lina wechselten einen Blick. »Wie kommen Sie darauf?«, fragte Max.

»Vor ein paar Wochen hat mich ein Eigentümer angerufen, er wollte einen alten Baum in seinem Garten gefällt haben. Er fand, er mache zu viel Dreck, und er käme mit dem Laubharken nicht mehr hinterher. Ich habe mir den Baum angeschaut, eine völlig gesunde, kräftige Blutbuche. Also habe ich ihm erklärt, dass es in Hamburg eine Baumschutzsatzung gibt und dass er garantiert keine Fällgenehmigung bekommt.« Er schüttelte den Kopf. »Es ist immer wieder dasselbe. Nur weil ein Baum auf ihrem Privatgrundstück steht, glauben die Leute, sie könnten damit tun und lassen, was sie wollen.«

»Können Sie sich noch an den Namen des Mannes erinnern?«

»Tut mir leid, mein Namensgedächtnis ist miserabel. Aber ich hatte mir den Termin aufgeschrieben, warten Sie.« Hagemann sprang auf und lief in den Nebenraum. Max sah ihn auf dem hinteren der beiden Schreibtische herumkramen, dann kam er mit einem Tischkalender zurück. »Anfang Januar war das, gleich in der ersten Woche …« Er blätterte langsam ein paar Seiten um, dann tippte er auf einen Eintrag.

»Hier. Tischler, Holger Tischler. Hahnenredder 11. Ist er das?« Er hob den Kopf und wurde sichtlich blasser, als er in Max und Linas ernste Gesichter sah.

Max dachte an den Möchtegern-Zengarten in Öjendorf und an die Mondlandschaft im hinteren Bereich des Grundstücks. »Sagen Ihnen auch die Namen Robert und Isabel Neureiter im Eschenkamp etwas? Das liegt in Öjendorf.«

Dieses Mal musste Hagemann passen. »Tut mir leid, da klingelt nichts.« Er blätterte in seinem Kalender. »Neureiter, sagten Sie?« Er suchte weiter. »Nein, tut mir leid.«

»Und Sven Scholz? Er wohnt in Ottensen, aber er ist Immobilieninvestor, es könnte gut sein, dass er irgendwo im Stadtgebiet einen Baum fällen lassen wollte.«

Hagemann runzelte die Stirn und blätterte erneut den Kalender durch. Als er nichts fand, holte er auch noch den alten Kalender vom letzten Jahr aus dem Nachbarbüro. »Tut mir leid«, sagte er nach einer Weile, »aber hier drin steht nichts über einen Sven Scholz, und der Name sagt mir auch nichts. Wenn Sie mir sagen könnten, um was für einen Baum es dabei ging …?«

Das konnten sie nicht.

»Notieren Sie sämtliche Termine in diesem Kalender?«, fragte Max.

Hagemann schüttelte den Kopf. »Nein. Manchmal ruft mich auch jemand über Handy an, und wenn es passt und ich in der Gegend bin, fahre ich spontan vorbei.« Er seufzte. »Es kann also gut sein, dass ich bei diesem Sven Scholz oder einem Herrn Neureiter war, aber die Namen sagen mir nichts.«

Linas Wangen waren leicht gerötet. Max sah ihr an, dass sie Feuer gefangen hatte. Endlich eine Verbindung, eine Gemeinsamkeit, eine Spur! Ihre Augen funkelten, als sie sich vorbeugte und Jan Hagemann intensiv musterte.

»Wer außer Ihnen wusste noch, dass Herr Tischler bei Ihnen wegen einer Baumfällung angefragt hat? Und wer wusste von den Fällungen im Wernershagener Weg?«

Hagemann rutschte unbehaglich auf seinem Stuhl hin und her. »Ich weiß nicht, eine Menge Leute. Meine Mitarbeiter. Kollegen vom Baumpflegerstammtisch. Über die Fällungen in Moorburg stand sogar etwas in der Zeitung.« Was den Kreis der Verdächtigen auf einen Schlag um ein paar Tausend Menschen erweiterte.

Lina sah den Baumpfleger ernst an. »Herr Hagemann, fällt Ihnen jemand ein, dem Sie diese Taten zutrauen würden?«

»Nein, natürlich nicht!« Er klang empört. Aber die meisten Menschen konnten sich nicht vorstellen, dass jemand, den sie kannten, zu Gewalttaten neigte.

»Oder jemand, der Bäume so sehr liebt, dass er sie rächt, wenn ihnen Unrecht geschieht?«, hakte Max sanft nach.

Hagemann sah ihn an. Erst nach ein paar Sekunden schüttelte er ganz langsam den Kopf.

16

Der Frühling ließ noch auf sich warten, obwohl er für die Meteorologen bereits fünfzehn Tage alt war. Dunkelgraue Wolken rasten über den Himmel, ein fieser kalter Wind kroch einem durch die Kleidung in die Knochen. Doch immerhin war es trocken, als Lutz und Lina auf dem kleinen Gewerbehof im Norden Hamburgs standen und sich umschauten. Die große Halle, die einst eine mittelständische Druckerei beherbergt hatte, war heute in mehrere kleine Werkstätten aufgeteilt. Im alten Bürogebäude hatten sich ein Grafikstudio, eine Consulting-Firma und ein *Network of Life* – was immer das auch sein mochte – eingemietet. Unter der Woche herrschte hier normales Alltagstreiben, doch jetzt, Sonntagnachmittag, war der kleine, schmucklose Hof wie ausgestorben. Grasbüschel wucherten durch die Risse im Asphalt. Vor dem Treppenaufgang, direkt in der schmalen Hofzufahrt, standen eine Bank und ein Eimer Sand, in dem die Raucher ihre Zigaretten ausdrücken konnten.

Das Büro der Firma *Haus & Bau* verbarg sich in einem winzigen Anbau mit Flachdach, der hinten an der Werkhalle klebte wie ein Wurmfortsatz. Die Außentür schien in eine Art Vorraum zu führen, von dem zwei Räume abzweigten. Lina spähte durch das hintere Fenster und konnte durch die schmutzigen Scheiben gerade noch die Einrichtung eines normalen Büros erkennen. Ein Schreibtisch mit Computer und Telefon, ein Aktenschrank, in der Ecke ein Drucker. Beim zweiten Raum, auf der anderen Seite der Außentür, waren die Jalousien heruntergelassen.

Sie schaute Lutz an. Ein mulmiges Gefühl machte sich in ihrem Magen breit, als sei sie im Begriff, eine Achterbahn zu besteigen. Gestern Abend hatte Lutz sie überredet, dem Büro am Sonntagvormittag einen Besuch abzustatten, um sich mal ein wenig umzusehen.

»Und wenn wir Holzmann über den Weg laufen?«, hatte sie zögernd eingewandt. »Verdammt, Lutz, wir spielen hier nicht Räuber und Gendarm. Wir versuchen, einen Mörder zu überführen.«

»Genau deswegen dürfen wir nicht nur herumsitzen und Däumchen drehen.«

»Lass uns wenigstens abwarten, ob Moritz es schafft, etwas aus dem Video herauszukitzeln.«

Noch am Freitag, kurz vor Feierabend, hatte Max ihn angerufen, und Moritz hatte sich sofort bereit erklärt, ihnen zu helfen.

»Und wenn er es nicht schafft? Dann müssen wir das Büro sowieso genauer unter die Lupe nehmen«, hatte Lutz argumentiert.

Zähneknirschend hatte Lina schließlich zugestimmt, aber erst, nachdem Lutz angedroht hatte, andernfalls allein loszuziehen. Und jetzt standen sie hier. Um sich ein wenig *umzusehen*.

Lutz blickte noch einmal in Richtung Straße, dann griff er nach der Türklinke. Lina riss ihn energisch zurück. »Vorsicht, verdammt«, flüsterte sie und holte zwei Paar Einmalhandschuhe aus der Tasche, von denen sie Lutz eines hinhielt. Falls man irgendwann einmal ihre Fingerabdrücke hier fände, käme sie in Teufels Küche.

Linas Miene entgleiste vor Verblüffung, als sie endlich die Klinke herunterdrückte und die Tür geräuschlos aufschwang. Erleichtert stieß sie den Atem aus. Es war zwar immer noch ziemlich heikel, was sie hier trieben, aber immerhin musste sie so nirgends einbrechen.

Vorsichtig, alle Sinne zum Zerreißen gespannt, betrat sie den Vorraum. Lutz folgte ihr. Links befand sich das Büro, das sie bereits von außen kurz inspiziert hatten. Eine Tür direkt gegenüber dem Eingang führte in ein winziges Bad mit Dusche, Toilette und Waschbecken. Die Tür zum zweiten Raum lag rechts und war nur angelehnt. Mit einer Taschenlampe in der Hand schlich sie voran. Stieß langsam die Tür auf. Verbrauchte, stickige Luft schlug ihr entgegen. Im Schummerlicht erkannte sie einen Tisch, auf dem eine offene Brottüte und eine Packung Margarine standen. Links neben ihr war eine kleine Küchenzeile, rechts das Fenster mit den heruntergelassenen alten Jalousien. Links hinten in der Ecke ein Schlafsofa, darauf ein Berg Decken. Sie tastete nach dem Lichtschalter neben der Tür. Eine nackte Glühbirne, die von einem staubigen Lampenschirm nur halb verdeckt wurde, tauchte den Raum in trübes Licht. Sie wollte sich gerade zu Lutz umdrehen, als der Deckenberg auf dem Schlafsofa sich bewegte und jemand mit einem Geräusch, das zugleich Schnarchen, Schrei und Fluch war, hochschreckte und sie anstarrte. Der Mann trug ein fleckiges T-Shirt, das über einem beachtlichen Bierbauch spannte. Tiefe Augenringe, strähnige, fettige Haare, bleiche Haut.

Ein paar Sekunden sagte niemand etwas. Lutz hatte sich neben Lina in den Raum gezwängt und fand als Erster seine Worte wieder.

»Sind Sie Alexander Meyfarth?«

»Schickt Holzmann Sie?«, lautete die Gegenfrage.

Aus einem Impuls heraus zückte Lina ihren Dienstausweis, vermied es allerdings, ihren Namen zu nennen. »Kriminalpolizei Hamburg, Mordkommission. Herr Meyfarth?«

Der Mann nickte und starrte Lutz an. Geistesgegenwärtig zog der einen Ausweis aus der Tasche und hielt ihn kurz in die Höhe. Der Vereinsausweis vom Kickboxen war zum Glück farblich ähnlich gestaltet wie Linas Dienstausweis.

Meyfarth warf die Decke beiseite. Zu dem T-Shirt trug er eine Jogginghose und Socken, die schon bessere Zeiten gesehen hatten. Er setzte sich auf die Sofakante, suchte auf dem Couchtisch nach seinen Zigaretten und steckte sich eine an. »Was wollen Sie?«, fragte er mürrisch.

Lina öffnete das Fenster einen Spalt. »Wir haben nur ein paar Fragen an Sie, Herr Meyfarth«, erklärte sie freundlich. »Sie sind doch der Inhaber von *Haus & Bau*, richtig?«

»Jau.«

»So lange haben Sie die Firma ja noch nicht, erst zwei Jahre. Laufen die Geschäfte gut?«

»Jau.«

»Wie viele Baustellen haben Sie denn im Moment?«

»Puh, da bin ich überfragt, so auf die Schnelle …«

Lina nickte verständnisvoll. »Aber Herr Holzmann weiß das doch bestimmt, oder?«

Misstrauisch runzelte er die Stirn. »Wieso wollen Sie das wissen?«

Lina zögerte kurz. »Wir ermitteln in einem Mordfall, in den Herr Holzmann möglicherweise verwickelt ist.« Dabei beobachtete sie Meyfarth scharf. Wusste er, dass sein Angestellter ein vorbestrafter Schläger war?

Meyfarth riss die Augen auf. »Manni soll was mit einem Mord zu tun haben? Nee, das glaube ich nicht. Das ist ein feiner Kerl, ohne den würde der Laden gar nicht laufen.« Kurzes Schweigen. »Ohne ihn gäb's den Laden gar nicht.«

Lina horchte auf. »Wie meinen Sie das?«

»Na, der hat mich doch erst auf die Idee gebracht, es noch mal zu versuchen. Ich hatte schon mal eine Firma, wissen Sie? Meyfarth-Bau. Fünfzehn Angestellte, gute Aufträge. Lief alles super. Aber irgendwann haben die Kunden nicht mehr gezahlt. Erzählten was von Pfusch und schlechter Arbeit … Hab ein paar Mal versucht, das Geld einzutreiben, aber bei den ganzen Gebühren, die Sie vorher zahlen müssen, sind Sie ja schon pleite, ehe Sie einen Pfennig kriegen.« Er schnaubte. »Ich musste Insolvenz anmelden, mit dem Geschäft und privat. Laden weg. Haus weg. Frau weg. Kinder weg. Danach hab ich keinen neuen Job mehr gefunden. Wissen Sie, wenn man einmal sein eigener Chef war, ordnet man sich nicht mehr gerne unter.« Achselzucken. »Tja, und dann hab ich Manni kennengelernt. Der hat mir Mut gemacht, es noch mal zu versuchen. Hat versprochen, mich zu unterstützen. Einen guten Kunden hatte er auch schon für mich.«

»Hieß dieser Kunde zufällig Sven Scholz?«, fragte Lutz und fing sich einen Rippenstoß ein.

Meyfarth runzelte die Stirn und kratzte sich am Bauch. »Kann sein.«

»Holzmann erwähnte eine ausländische Firma, für die Sie tätig seien. Wie heißt diese Firma?«

Meyfarth sog gierig an seiner Zigarette und wich ihrem Blick aus. »Tut mir leid, ich kann mir den Namen nie merken. Irgendwas Englisches, Housing Consulting oder so ähnlich. Fragen Sie Holzmann, der weiß das.«

Lina beobachtete den Mann. Als Inhaber einer Baufirma kannte er seine wichtigsten Kunden nicht? »Und wie läuft so der normale Geschäftsbetrieb?«, fragte sie. »Ich meine, wer kümmert sich um die Kundenakquise, wer schreibt die Rechnungen, wer betreut die Baustellen? Wie viele Angestellte haben Sie?«

»Holzmann. Holzmann ist mein einziger Angestellter, aber er ist ein Teufelskerl, der kümmert sich um alles. Wissen Sie«, erklärte er und beugte sich vertraulich vor, »heute läuft auf dem Bau alles über Subunternehmer, Sie brauchen gar keine eigenen Leute mehr. Deswegen kommen Holzmann und ich ja auch ganz allein zurecht.« Meyfarth kratzte sich erneut am Bauch.

»Und der Hausmeisterservice?«, fragte Lutz. »Haben Sie für den Bereich noch weitere Angestellte?«

»Hausmeister?« Meyfarth glotzte ihn verständnislos an.

»Ihre Firma bietet doch auch Hausmeisterservice an. Steht jedenfalls so im Handelsregister.«

»Ach das.« Meyfarth winkte ab. »Das ist so'n Nebenjob von Manni. Er betreut ein, zwei Häuser als Hausmeister. Er hat mich damals gebeten, das mit in die Firma reinzunehmen. Klar, hab ich gesagt, wieso nicht? Aber damit habe ich nichts zu tun, das macht er ganz allein.«

So wie Holzmann in diesem Laden offensichtlich alles allein regelte.

»Herr Meyfarth, wann waren Sie zuletzt auf einer Ihrer Baustellen?«, fragte Lutz, und Lina hörte den provozierenden Unterton.

»Ui, das ist schon 'ne Weile her. Mir geht's nicht so gut, gesundheitlich, verstehen Sie, aber zum Glück nimmt Manni mir die meiste Arbeit ab.« Er rieb sich über die Stirn, als müsste er beweisen, wie schlecht es ihm ging, während die Zigarette zwischen seinen gelb gefärbten Fingern bis auf den Filter hinunterbrannte. »Aber was hat das alles mit diesem Mord zu tun? Außerdem hab ich das doch schon alles Ihrem Kollegen erzählt.«

Lina tauschte einen raschen Blick mit Lutz. »Unserem Kollegen? Wann war der denn hier?« Sie hatte keinerlei Hinweise gefunden, dass gegen Meyfarth ermittelt wurde. Aber es war nicht auszuschließen, dass er in einem anderen Fall als Zeuge vernommen worden war. Was allerdings ein merkwürdiger Zufall wäre.

»Vor ein paar Monaten war einer hier und hat mich auch wegen der Firma gelöchert. Sagte, er käme von der Wirtschaftsabteilung oder so, aber so sah der gar nicht aus.«

»Wie sah er denn aus?«

»Na ja, so mager, Schnauzer, eine große Tätowierung am Arm. Hörte sich an wie einer vom Kiez, wenn Sie verstehen, was ich meine.«

Lina zückte ihr Handy und scrollte durch die Bilder, bis sie eines der Fotos von Bernd Kröger fand, die Falk heimlich aufgenommen hatte. »War es dieser Mann?« Sie ging zu Meyfarth und hielt ihm das Handy hin. Dabei wehte ihr eine unangenehme Duftwolke aus Schweiß, Rauch und Bier entgegen.

»Jau, der war's.«

Sie wich wieder zurück. »Und was wollte der Herr von Ihnen?«

»Na, der hat eigentlich dasselbe gefragt wie Sie. Was für Baustellen wir so haben, mit wem wir zusammenarbeiten und so was. Hat er Ihnen das nicht erzählt?« Misstrauisch stierte er seine beiden Besucher an.

»Nein, aber das ist ganz normal«, beschwichtigte Lina ihn freundlich. »Wenn er in einer anderen Abteilung arbeitet, bekommen wir gar nicht mit, an was der Kollege so dran ist.«

»Sagt Ihnen der Name Bernd Kröger etwas?«, fragte Lutz.

»Bernd Kröger?« Meyfarth schob seine fleischige Unterlippe vor. »Kenn ich nicht. Wer soll das denn sein?«

Sie versetzte Lutz einen leichten Rippenstoß, als ihr siedend heiß einfiel, dass er nicht gesehen hatte, welches Foto sie Meyfarth gerade gezeigt hatte. »Wir haben gehört, er soll bei Ihnen angestellt gewesen sein«, sagte sie hastig. »Aber das ist dann wohl ein Irrtum.«

»Und ob das ein Irrtum ist. Ich weiß doch, wer für mich arbeitet.«

Lutz und Lina sahen sich an. »Dürften wir uns vielleicht kurz mal im Büro nebenan umsehen?«, fragte Lina und wandte sich Richtung Tür.

»Was? Nee, dürfen Sie nicht!«

»Nur ganz kurz. Wir bringen auch nichts durcheinander.«

»Ich sagte Nein!« Meyfarth warf den Zigarettenstummel in den übervollen Aschenbecher, wuchtete sich vom Sofa hoch und blieb einen Moment schwankend stehen. Er war fast zwei Meter groß, und man sah ihm an, dass er früher einmal ein Mann gewesen sein musste, der zupacken konnte. Sie traute ihm durchaus zu, dass er problemlos einen Haufen Bauarbeiter durch die Gegend gescheucht hatte. Heute jedoch war er nur noch eine traurige Imitation seines früheren Selbst, die sich noch einmal zu ihrer alten Größe aufblähte. »Ich hab Ihnen wahrscheinlich sowieso schon viel zu viel erzählt. Holzmann hat gesagt, ich soll den Mund halten und niemanden ins Büro lassen. Das hat er gesagt. Haben Sie einen richterlichen Durchsuchungsbeschluss? Nee, was? Und deswegen verschwinden Sie jetzt sofort. Raus hier. Raus!«

Lina hob die Hände und zog sich langsam zurück. »Ganz ruhig, Herr Meyfarth. Wir sind schon weg. Beruhigen Sie sich!« Sie hörte, wie Lutz hinter ihr die Tür öffnete, noch zwei Schritte, dann stand auch sie wieder draußen auf dem Hof an der frischen Luft. Eine Bewegung hinter der Jalousie, dann wurde das Fenster zugeknallt.

Lina atmete tief ein. »Scheiße. Wenn wir Pech haben, sagt er Holzmann Bescheid.«

»Und dann bekommst du Ärger bei der Arbeit?«

»Schön wär’s.« Sie verzog das Gesicht. »Das wäre mir lieber als Ärger mit Holzmann.«

Sie machten sich auf den Heimweg. Im Bus war es zu voll, als dass sie sich ohne belauscht zu werden unterhalten konnten, aber in der U-Bahn fanden sie eine leere Nische am Wagenende, die sie ganz für sich hatten.

»Kann das sein, dass er als Chef der Firma seine wichtigsten Kunden nicht kennt?«, sprach Lutz eine der vielen Fragen laut aus, die ihr durch den Kopf schwirrten.

»Klar kann das sein. Wenn er nur der Strohmann ist«, flüsterte Lina. »Und danach sieht die Sache für mich aus. Holzmann überredet Meyfarth, die Firma zu gründen. Meyfarth ist Alkoholiker, den interessiert es gar nicht, was Holzmann so treibt. Vermutlich bekommt er ein monatliches Taschengeld und darf in dieser Bruchbude wohnen.« Sie dachte an Thorsten Zimmermann, den Inhaber der Firma, bei der Holzmann vorher angestellt gewesen war. Er war kurz nach der Insolvenz an einer Überdosis Heroin gestorben. Wahrscheinlich hatte er auch schon vorher an der Nadel gehangen, als er offiziell noch Chef einer Baufirma gewesen war. »Wenn sich die Kunden wegen Pfusch am Bau beschweren, bleibt alles an Meyfarth hängen, und Holzmann behält eine saubere Weste. Möglicherweise braucht er die Strohmänner auch, damit er überhaupt auf dem Bau arbeiten kann. Um einen Handwerksbetrieb zu gründen, brauchst du einen Meisterbrief. Soweit wir wissen, hat Holzmann nicht einmal eine abgeschlossene Berufsausbildung.« Sie schwiegen kurz, als an der nächsten Station jemand einstieg und sich vor sie setzte. Laute Technomusik dröhnte aus den Kopfhörern.

»Und Scholz? Weiß der, was sein Hausmeister sonst noch so treibt?«, sagte Lutz nachdenklich.

»Es würde mich nicht wundern, wenn er hinter dieser ausländischen Firma steckt«, erklärte Lina. »Es wäre zu auffällig, wenn es jedes Mal die Häuser von Scholz sind, die kurz nach dem Verkauf schon wieder auseinanderfallen. Also gründet er irgendeine Briefkastenfirma in Panama oder auf den Cayman Islands, und wenn es zu brenzlig wird, macht er den Laden dicht und einen neuen auf.« Nachdenklich schaute sie aus dem Fenster, als die U-Bahn hinter dem Tierpark für kurze Zeit im Freien fuhr. Vielleicht sollte sie den Kollegen vom Wirtschaftsdezernat mal einen Tipp geben.

»Aber es gibt doch auch Häuser, die er unter seinem eigenen Namen kauft und wieder vertickt.«

»Klassische Mischkalkulation«, sagte sie trocken. »Ein paar legale Geschäfte, um den Schein zu wahren, aber das meiste Geld verdient er vermutlich mit diesen Pfusch-Sanierungen.«

Lutz nickte bedächtig. »Aber irgendwann muss der Schwindel doch auffliegen. Was, wenn Meyfarth auspackt, wie der Laden wirklich läuft?«

»Falls er Gelegenheit dazu hat«, sagte Lina gedehnt und dachte an Thorsten Zimmermann. Sie sah Lutz an. »Wir müssen unbedingt herausfinden, welche Firmen Holzmann vorher auf diese Weise in die Pleite getrieben hat. Und was aus den Geschäftsführern geworden ist.«

»Wir?«, fragte Lutz amüsiert. »Ist das nicht eher ein Fall für die Mordkommission?«

Lina boxte ihn in die Seite. »Nimm es als Kompliment. Du machst dich ganz gut als Schnüffler.«

Am Schlump stiegen sie um. In der nächsten U-Bahn war es so voll, dass sie beide nur schweigend ihren Gedanken nachhingen. Eine Station später stiegen sie noch einmal um. Erst als sie am Bahnhof Altona endgültig ausstiegen, nahmen sie das Gespräch wieder auf.

»Aber was ist mit Bernd Kröger?«, überlegte Lutz laut. »Wie passt der da rein? Ob es stimmt, dass er gar nicht bei *Haus & Bau* angestellt war?«

»Wenn Meyfarth nur ein Strohmann ist, kann es doch gut sein, dass er davon gar keine Ahnung hatte.«

Lutz grinste. »Oder Bernd Kröger war ein freier Mitarbeiter.«

»Auf Honorarbasis.«

»Freiberuflicher Rausschmeißer.«

Sie wurde wieder ernst. »Ich bezweifle, dass wir bei Meyfarth auch nur eine Rechnung von Kröger finden. Mit Rechnungsnummer und Leistungsdatum.«

»Aber wieso taucht er bei Meyfarth auf und fragt den aus?«, fragte Lutz einigermaßen ratlos. »Holzmann war offensichtlich nicht gerade begeistert davon, dass Meyfarth mit ihm geplaudert hat.«

Lina schwieg unbehaglich. Sie mochte sich gar nicht ausmalen, wie Holzmann reagieren würde, wenn er erfuhr, dass sie und Lutz mit Meyfarth geredet hatten.

Sie liefen durch die Fußgängerzone und die Geschäftsstraßen, in denen trotz des schlechten Wetters einiges los war. Viele Kneipen und Cafés waren geöffnet, und auf den schmalen Bänken auf den Bürgersteigen hockten die Raucher, viele gegen die Kälte in dünne Decken gehüllt. Lutz hatte vorgeschlagen, im *Casa Mia* noch einen Happen zu essen, und Lina hatte nichts dagegen. Auf dem Weg zu dem spanischen Lokal überquerten sie einen kalten, leeren Platz, auf dem ein kleines Bäumchen einsam vor sich hin fror.

»Hier wohnt Sven Scholz«, sagte Lina. »Da drüben in dem Neubau. Penthouse mit Elbblick.« Sie verzog das Gesicht.

»Hier ist das?« Lutz blieb stehen und schaute an dem Haus empor. »Dann hat dieses Arschloch also damals den Baum fällen lassen!« Er ging weiter und merkte erst nach ein paar Schritten, dass Lina wie festgewachsen stehen geblieben war und ihm nachstarrte.

»Sag das noch mal«, sagte sie, als er zurückkehrte.

»Sven Scholz ist ein Arschloch.«

»Nein. Das mit dem Baum.«

»Das weißt du doch. Als das Haus gebaut wurde, ist der Baum gefällt worden, weil er auf der geplanten Auffahrt zur Tiefgarage stand. Kannst du dich nicht mehr an diese riesige Kastanie erinnern, die früher hier stand?«

»Und ob«, sagte Lina langsam. »Und jetzt weiß ich auch, wie Sven Scholz ins Bild passt.«

»Sag ich doch. Als Arschloch.«

17

Gähnend und mit kleinen Augen betrat Max das Büro. Er war müde und brauchte dringend Schlaf, und zum ersten Mal in seinem Leben erwog er ernsthaft, einen Kaffee zu trinken. Sobald er die Augen schloss, sah er dieses andere Paar Augen, diesen sinnlichen Mund vor sich. Das war das Fatale am Verliebtsein. Man tat Dinge, von denen man genau wusste, dass sie einem nicht guttaten. Wie war das noch? Verliebte durchleben im Grunde genommen eine Psychose. Sie sind geistig nicht ganz zurechnungsfähig und befinden sich in einem permanenten psychischen Ausnahmezustand. Das konnte Max voll und ganz bestätigen, doch das Verrückte war: Es war ihm egal. Sein trotz des Berufs geruhsames Leben, geprägt von Meditation und Training, war von einem Filmemacher mit einem hinreißenden Lächeln auf den Kopf gestellt worden? Egal. Sein tägliches Kung-Fu-Training empfand er nur noch als lästige Pflicht? Egal.

Und jetzt traf auch noch Lina schon zum zweiten Mal hintereinander fast zeitgleich mit ihm im Büro ein. Und das an einem Montagmorgen!

Die Welt war nicht mehr die, die sie einmal war.

Gut gelaunt begrüßte Lina ihn, als sie kurz nach ihm ins

Zimmer stürmte und schwungvoll den Rucksack neben ihrem Schreibtisch auf den Boden schleuderte. Noch ehe er seinen Computer eingeschaltet hatte, platzte es bereits aus ihr heraus.

»Ich weiß jetzt, wie Sven Scholz in das Muster passt. Dort, wo er in Ottensen den Neubau hingesetzt hat, stand früher ein alter Baum, und der ist jetzt weg.«

Max erinnerte sich, dass sie diesen Baum schon einmal erwähnt hatte, am selben Tag, als sie Sven Scholz nach dem Überfall im Krankenhaus befragt hatten. Aber er hatte nicht weiter darüber nachgedacht und Lina offensichtlich auch nicht. In der Stadt wurden ständig irgendwo Bäume gefällt, wer hätte denn ahnen können, dass ausgerechnet dieser Baum sich als wichtig für ihre Ermittlungen erweisen würde?

»War das denn auch eine illegale Fällung?«, fragte er. »Bei Tischler und Simmering war es ja ganz klar, dass die Bäume hätten stehen bleiben sollen.«

»Und bei Neureiter ist das auch nicht auszuschließen.« Lina runzelte die Stirn. »Wer erteilt eigentlich solche Fällgenehmigungen? Das Ordnungsamt?«

Max tippte etwas in seine Tastatur ein. »Für Altona ist es die Abteilung Stadtgrün im Bezirksamt. Für Öjendorf das Bezirksamt Mitte.«

Robert Neureiter hatte, wie sie bei einem Anruf im Bezirksamt Mitte erfuhren, tatsächlich Anfang des Jahres einen Fällantrag gestellt, der jedoch abgelehnt worden war.

»Ach, und der Baum wurde jetzt trotzdem gefällt, sagen Sie?«, hakte die Sachbearbeiterin nach. »Danke für die Info, da werden wir uns gleich mal drum kümmern.«

Beim Bezirksamt Altona dauerte es eine Weile, bis Lina herausgefunden hatte, wer für Bäume zuständig war, und zu Jörg Götsche durchgestellt wurde. Sie schaltete den Lautsprecher ein, und nachdem sie ihm ein wenig auf die Sprünge geholfen hatte, erinnerte sich der Sachbearbeiter an den Fall.

»In Ottensen, in der Großen Brunnenstraße? Letztes Jahr? Stimmt, da wurde ein Fällantrag gestellt, aber der wurde abgelehnt.«

Lina und Max sahen sich an. »Aber der Baum steht ja jetzt nicht mehr. Wie konnte das passieren?«

»Moment.« Das Klappern einer Tastatur. »Hier habe ich den Vorgang.« Leises Murmeln, als Götsche seine Aufzeichnungen überflog. »Der Baum wurde kurz darauf bei Tiefbauarbeiten im Wurzelbereich stark beschädigt. Die Standsicherheit war nicht mehr gegeben, es musste eine Notfällung vorgenommen werden.«

Tiefbauer, Notfällung. Das kam ihm bekannt vor. Max konnte sich gut vorstellen, dass ein kleiner Baggerfahrer nichts dagegen hatte, sich ein Zubrot zu verdienen, indem er ein paar Baumwurzeln mit herausriss. Ganz aus Versehen natürlich. Für den Schaden kam dann die Versicherung seines Chefs auf. »Wissen Sie, um welche Tiefbaufirma es sich handelt? Und wer die Fällung vorgenommen hat?«

»Tut mir leid, das steht hier nicht. Beide Firmen wurden vom Bauherrn beauftragt.«

»War das ein Herr Scholz? Sven Scholz?«

»Sekunde … Genau. Der hatte auch schon den Antrag auf Fällung gestellt.« Jörg Götsche seufzte. »Hat der am Ende doch noch seinen Willen bekommen. Und wir konnten es ihm nicht einmal nachweisen.«

»Was für Konsequenzen hätte es denn für Scholz gehabt, wenn Sie es ihm hätten nachweisen können?«, fragte Lina neugierig.

»Moment.« Wieder ein leises Murmeln. »Kastanie, bestimmt hundertfünfzig Jahre alt … Wäre wahrscheinlich knapp im fünfstelligen Bereich gewesen. Zehntausend, vielleicht fünfzehntausend Euro Schadensersatz. Dazu ein Bußgeld wegen Verstoß gegen die Baumschutzsatzung, noch mal fünftausend Euro. Und vermutlich eine Anzeige wegen Sachbeschädigung. Der Baum war immerhin öffentliches Eigentum.« Götsche seufzte erneut. »Aber meistens kommen die Leute doch irgendwie davon. Es ist eine Schande.«

Nachdem Lina aufgelegt hatte, sagte sie nachdenklich: »Die Strafe hätte Scholz doch aus der Portokasse zahlen können.«

»Aber einen Tiefbauer zu schmieren ist vermutlich billiger«, wandte Max ein. »Außerdem macht sich eine Verurteilung wegen Sachbeschädigung nicht besonders gut im Lebenslauf.«

»Ich habe das dumpfe Gefühl, dass das einem wie Scholz ziemlich egal wäre. Und wie finden wir jetzt raus, wer den Baum gefällt hat?«

»Indem wir Scholz fragen?«, schlug Max vor.

Lina warf einen raschen Blick auf die Tür zu Sebastians Büro. Die Aussicht, die morgendliche Teamsitzung zu schwänzen, schien wohl sehr verlockend zu sein. »Dann mal los«, sagte sie und sprang auf.

Sie kündigten sich telefonisch bei Sven Scholz an. Anfangs wirkte er reichlich unwillig, doch dann beorderte er sie zu seinem Loft in Ottensen. In unmittelbarer Nähe fanden sie keinen Parkplatz, sodass sie ein Stückchen laufen mussten. Lina sah sich ein paar Mal um, als suche sie jemanden. Sie wohnte hier in der Gegend, und Max vermutete, dass sie nach Bekannten Ausschau hielt. Oben am Fahrstuhl wurden sie von Püppi in Empfang genommen, die sie lächelnd und schweigend zum Essbereich führte. Max und Lina kannten das großzügige Penthouse bereits von früheren Befragungen. Von der weiträumigen Wohnlandschaft aus hatte man durch die bodentiefen Fenster einen atemberaubenden Blick auf die Elbe. Scholz saß am Frühstückstisch, vor sich eine Tasse Cappuccino aus einem von diesen Hightech-Automaten und ein Buttercroissant. Püppi, die nur mit einem Morgenmantel bekleidet war, ließ sich mit lasziven Bewegungen auf den Stuhl neben ihm gleiten.

»Haben Sie das Schwein immer noch nicht gefasst?«, fragte er, kaum dass Max ihn höflich begrüßt hatte. Doch sein Blick klebte an Lina.

»Nein«, sagte Max. »Dazu brauchen wir noch eine Auskunft von Ihnen.«

Scholz biss von seinem Croissant ab, kaute und starrte Lina an, sagte jedoch nichts.

»Bevor Sie dieses Haus bauen ließen, stand auf dem Platz ein alter Baum, eine Kastanie, wenn ich richtig informiert bin. Welche Firma haben Sie damals mit der Fällung beauftragt?«

Langsam drehte Scholz sich zu Max um. »Wie bitte? Sie kommen hierher und fragen mich ernsthaft nach einem Baum? Nach einem blöden, bescheuerten *Baum?*« Er tupfte sich den Mund mit einer Stoffserviette ab. »Haben Sie noch alle Tassen im Schrank? Ich an Ihrer Stelle würde lieber schleunigst zusehen, dass ich den Kerl finde, der mich überfallen hat.«

»Beantworten Sie einfach meine Frage, Herr Scholz«, sagte Max kühl.

Scholz lehnte sich zurück und musterte ihn aus schmalen Augen. »Ich habe keine Ahnung, wer den Baum abgesägt hat. Um solchen Kleinscheiß kümmere ich mich doch nicht persönlich!«

»Und wer hat sich dann darum gekümmert?«

»Der Bauleiter.«

»Herr Holzmann?«, fragte Max und spürte, wie Lina sich neben ihm verspannte.

»Holzmann? Wie kommen Sie denn darauf?« Scholz war plötzlich auf der Hut. »Der erledigt für mich Hausmeisterdienste, mehr nicht. Vom Bau hat der doch gar keine Ahnung.«

»Ach so.« Max erinnerte sich noch gut an den Besuch bei

Holzmann auf der Baustelle im Hellkamp. Wusste Scholz das denn nicht? Der Immobilienmakler musterte ihn immer noch aus halb geschlossenen Augen. Die Spannung im Raum stieg merklich an. Püppi, die die ganze Zeit stumm dabeigesessen und ihre Fingernägel betrachtet hatte, rutschte unruhig auf ihrem Stuhl hin und her.

»Wer war dann der Bauleiter?«, fragte Max betont sachlich.

»Werner Schramm von der Elbebau GmbH.« Mit einer energischen Geste erhob sich Scholz und baute sich vor ihm auf. Max war ein paar Zentimeter größer als er, doch das schien ihn nicht zu beeindrucken. »Und jetzt verschwinden Sie hier, alle beide. Wenn bei der Polizei nur solche Lachnummern arbeiten wie Sie, ist es ja kein Wunder, dass es mit diesem Land bergab geht.«

»Wie Sie meinen.« Max wandte sich zum Gehen, doch Lina blieb noch stehen und musterte Scholz aufmerksam. Dieser fing ihren Blick ein, und seine Augen wurden zu Schlitzen.

»Raus hier. Auf der Stelle.«

Max stupste Lina sanft in die Seite, und sie riss sich zusammen.

»Sie hören von uns«, sagte er kühl. Dann folgte er Lina.

»Wieso hat Holzmann vom Bau keine Ahnung?«, wunderte sich Max laut, als sie wieder auf der Straße standen. »Auf dieser Baustelle am Hellkamp hat er doch den Bauleiter gemacht.«

»Vergiss nicht, Holzmann arbeitet für *Haus & Bau,* nicht für Scholz. Und mit dem Haus am Hellkamp hat Scholz nichts zu tun.« Lina zuckte die Schultern. »Zumindest nicht offiziell.«

Er sah sie von der Seite an. »Wie meinst du das?«

»Bei *Haus & Bau* handelt es sich vermutlich um eine Scheinfirma, gegründet zu dem Zweck, Häuser möglichst billig zu sanieren. Dann werden sie verkauft, und wenn die ersten Schadensersatzforderungen der betrogenen Käufer kommen, ist die Firma längst pleite.«

»Ach«, sagte Max. »Und woher weißt du das?«

»Wir haben uns mal etwas umgehört.«

»Interessant. Und ihr glaubt also, dass auch diese ausländische Firma, der das Haus am Hellkamp gehört …«

»Und deren Namen weder Holzmann noch sein Chef uns verraten konnte … Ja, wir vermuten, dass Sven Scholz dahintersteckt.«

Max ließ sich die Sache durch den Kopf gehen. »Könnte es sein, dass ihr da einer richtig großen Sache auf der Spur seid?«

»Allerdings.« Bevor sie die Straße überquerten, sah Lina besonders aufmerksam nach links und rechts. »Überleg doch mal! Sven Scholz kauft billig Häuser, am liebsten irgendwelche Bruchbuden, renoviert sie billig und verkauft sie teuer. Stell dir mal vor, was für einen Profit das bei den heutigen Immobilienpreisen bringt!«

»Und Bernd Kröger?«

»Wusste ursprünglich vermutlich gar nichts von dem Nebenjob seines Kumpels Holzmann. Der hat ihn engagiert, um die Mieter aus den Häusern zu ekeln. Irgendwann ist er dann hinter das Geheimnis mit den Billig-Sanierungen gekommen.«

»Und hat Holzmann damit erpresst«, sagte Max gedehnt. Ihm fielen die neue, teure Elektronik und das schwere Ledersofa in Krögers winziger Wohnung ein.

Lina nickte. »Das liegt nahe. Als sie von Scholz den Auftrag bekommen, bei ein paar Mietern wegen des Überfalls nachzubohren, sieht Holzmann seine Chance gekommen. Als Falk wegrennt, hat er freie Bahn. Er erschießt Kröger und hofft, dass die Polizei Falk verdächtigen wird.«

»Klingt alles logisch. Wann willst du damit zu Sebastian?«

Sie seufzte. »Du weißt doch, mit Logik darf man Sebastian nicht kommen. Wir brauchen einen Beweis.«

Er begriff. »Die Videoaufnahme mit dem Streit zwischen Holzmann und Kröger.«

»Genau.«

Als sie gerade im Begriff waren, die Straße zu überqueren, heulte nicht weit von ihnen ein Automotor auf. Ein dunkler Wagen näherte sich mit hoher Geschwindigkeit. Lina blieb wie angewurzelt stehen, bis ein kräftiger Stoß von Max sie aus ihrer Schockstarre riss. Sie rannten los. Der Wagen kam näher und machte keine Anstalten abzubremsen. Lina erreichte die andere Straßenseite und quetschte sich zwischen zwei parkenden Autos hindurch. Max spürte den Luftzug des Wagens hinter sich, als er sich eng an ein anderes Auto presste und für eine Sekunde die Augen schloss.

Ein paar Passanten waren stehen geblieben, jetzt kamen sie angelaufen und fragten, ob alles in Ordnung sei. Lina nickte nur stumm und kramte Stift und Papier aus dem Rucksack, um sich das Kennzeichen aufzuschreiben. Ihre Wangen waren gerötet und sie zitterte leicht. Max beruhigte die Menschen, die sie aufgeregt umschwirrten. Er atmete tief ein und aus und ließ die Ruhe in sich wachsen. Die Gesichter entspannten sich, eine Frau lachte erleichtert auf, und bald hatte sich die Aufregung wieder gelegt, als sei nichts geschehen.

»Ihr seid tatsächlich an was richtig Großem dran«, sagte Max nur, als sie wieder sicher in ihrem Wagen saßen.

Natürlich war das Auto als gestohlen gemeldet worden. Eine Polizeistreife fand es am Nachmittag in einer Seitenstraße. Außer einer Beule hatte es nichts abbekommen. Weder Max noch Lina hatten den Fahrer erkannt, trotzdem waren sie sich sicher, dass Scholz und Holzmann dahintersteckten. Scholz hätte genügend Zeit gehabt, seinen Handlanger zu informieren, während sie sich durch den Hamburger Stadtverkehr gequält hatten.

»Die wissen, dass ihr ihnen auf der Spur seid«, sagte Max leise, als sie in ihrem Büro waren. »Darum hat Scholz dich auch so komisch angesehen.«

»Ja, leider.« Sie seufzte. »Wir waren unvorsichtig.«

»Wieso?«

Lina winkte ab. »Es ist besser, wenn du das nicht weißt.« Sie lächelte schief. »Ein Teil der Antwort würde dich nur verunsichern.« Dann holt sie tief Luft. »Wir sollten uns lieber darum kümmern, diesen Baumrächer zu finden. Wie hieß die Baufirma noch? Elbebau GmbH?«

»Wir könnten bei Hagemann anrufen. Wir haben ja nur gefragt, ob er Sven Scholz kennt.«

Wie sich herausstellte, war Jan Hagemann heute den ganzen Tag nicht zu erreichen, doch als Max sein Anliegen erklärte, schaute die Büroangestellte in den Unterlagen nach.

»Ja«, bekam er schließlich zu hören, »das stimmt. Große Brunnenstraße, eine Notfällung wegen Wurzelschaden durch Tiefbauarbeiten. Auftraggeber war die Firma Elbebau.«

»Vielen Dank.« Max legte auf.

»Okay«, sagte Lina. »Drei der vier Opfer haben also eine Verbindung zu Hagemann. Dann werden wir uns die Firma mal genauer vornehmen.«

»Und Neureiter?«

»Um den kümmern wir uns morgen.«

Den Rest des Tages verbrachten sie draußen in Bergstedt im Betrieb von Jan Hagemann. Sie gingen die Personalakten durch, befragten die Angestellten, die nach und nach von ihren Baustellen zurückkehrten, sobald es auf den Feierabend zuging, und ließen sich die Alibis für die vier Abende geben,

217

an denen die Überfälle stattgefunden hatten. Die Mitarbeiter zeigten sich ausgesprochen kooperativ. Die meisten wussten inzwischen, dass es einen Zusammenhang zwischen den Fällungen und den Überfällen zu geben schien. Ausnahmslos jeder verurteilte sowohl das eine als auch das andere, und niemand konnte sich vorstellen, dass ein Kollege so weit gehen würde, einen Menschen mit einer Axt anzufallen, weil er illegalerweise einen Baum gefällt hatte.

»Wir mögen zwar Bäume«, brachte es ein Mitarbeiter auf den Punkt, »aber wir sind doch nicht wahnsinnig.«

Sie versprachen, sich umzuhören, doch Max hatte nicht viel Hoffnung, dass dabei etwas herauskommen würde. Im besten Fall würden sie erreichen, dass der Täter in Deckung ging. Keine weiteren Überfälle mehr, keine Todesopfer. Das wäre immerhin etwas.

Am späten Nachmittag, sie waren gerade ins Büro zurückgekehrt, erreichte Max eine Nachricht von Moritz. Er hatte das Video bearbeitet und wollte ihm die Datei schicken. Kurz darauf sah Max sich mit Lina zusammen den kurzen Film an.

Ein dunkler Hausflur. Max erkannte mit einiger Mühe das Treppenhaus in der Juliusstraße wieder. Man hörte es rauschen und poltern, dann kamen zwei Männer ins Bild. Holzmann und Kröger, die gerade die Treppe hinaufstiegen. Die Stimmen waren leise und wenig moduliert, und man musste ziemlich genau hinhören, um etwas zu verstehen.

»… Baustelle in der Langenfelder«, sagte Kröger. »Was die Leute da erzählt haben, war sehr interessant.«

Holzmanns Antwort war schwer zu verstehen, aber es klang wie »kümmere dich um deinen eigenen Scheiß«.

Die Männer waren jetzt dicht vor der Kamera, dann entfernten sie sich wieder.

Kröger: »… könntest mir ruhig etwas entgegenkommen.«

Die Männer verschwanden aus dem Blickfeld, auch die Geräusche wurden leiser. Ole Schubiak, der Mieter, hatte nur im dritten Stock direkt vor seiner Wohnung eine Kamera installiert. Um mögliche Einbrüche zu dokumentieren, wie er angab. Sie mussten jedoch nicht lange warten, bis Kröger und Holzmann zurückkamen. Was auch immer die beiden im vierten Stock des Hauses getrieben hatten, es hatte nicht lange gedauert. Holzmanns Miene verriet, dass er stinksauer war.

»Nichts …« Seine Worte gingen in einem leisen Zischen unter.

»Oh doch. Weil ich sonst nämlich …« Der Rest des Satzes wurde vom Knarren der Treppe übertönt. Doch dann, direkt vor Schubiaks Tür, packte Holzmann Kröger am Kragen und schüttelte ihn unsanft. Als er ihn wieder losließ, wirkte Kröger ziemlich unbeeindruckt: »Beruhig dich, Alter. Ich sag schon keinem was.« Er grinste und wandte sich der Treppe zu. Das Letzte, was sie verstanden, war das Wort »Gehaltserhöhung«, und das letzte Bild zeigte Kröger und Holzmann von hinten, wie sie die Treppe hinabstiegen. Holzmann hatte die Fäuste geballt.

Lina sah Max an. »Was meinst du?«

»Könnte klappen, könnte aber auch schiefgehen. Ein guter Anwalt wird den Film zerpflücken, bis nichts mehr davon übrig ist.«

Ehe Lina antworten konnte, wurde die Tür zum Nachbarbüro geöffnet, und Sebastian steckte den Kopf ins Zimmer. »Ich dachte, ich hätte hier gerade Stimmen gehört.«

Sein Blick fiel auf Linas Computer, auf dem ein Standfoto von Holzmann eingefroren war. Stirnrunzelnd betrachtete er das Bild. »Was ist das?«

Lina holte tief Luft. »Die Aufnahme hat ein Mieter von Sven Scholz gemacht. Sie zeigt einen Streit zwischen Holzmann und Bernd Kröger.«

»Und liefert Hinweise auf ein mögliches Mordmotiv für Holzmann«, fügte Max hinzu, als er sah, dass Sebastian drohend die Augenbrauen in die Höhe zog.

»Woher habt ihr das?«

»Ein Mieter hat uns das Video zur Verfügung gestellt«, sagte Lina.

Sebastian starrte den Bildschirm an. Max beobachtete ihn schweigend. Erstaunlich, dachte er. Man sieht es ihm deutlich an, wenn er nachdenkt.

»Hast du etwa heimlich weiterermittelt?«, fragte er schließlich Lina. Max schien er gar nicht zu bemerken.

Sie lehnte sich in ihrem Bürostuhl zurück. Sie hätte sich aus der Affäre ziehen können, indem sie darauf hinwies, dass der Mieter erst kürzlich aus dem Urlaub zurückgekehrt war, doch das würde den Moment nur weiter hinauszögern, in dem sie mit der Wahrheit herausrücken musste. »Was heißt heimlich?«, fragte sie. »Du hast es mir ja nicht verboten.«

»Aber die Ermittlungen im Mordfall Kröger waren abgeschlossen!«

Sie zuckte die Achseln. »Ich bin noch ein paar offenen Fragen nachgegangen. Fragen, die spätestens vor Gericht garantiert zur Sprache gekommen wären. Ob Holzmann nicht auch ein Motiv gehabt hätte, zum Beispiel.« Sie deutete mit einer Kopfbewegung auf den Bildschirm. »Der Film beweist, dass er eines hatte.«

»Ach ja? Und was für eins?« Sebastian hatte die Arme vor der Brust verschränkt und sich vor Lina aufgebaut. Ungerührt musterte sie ihn von oben bis unten.

»Ich vermute, dass Holzmann von Kröger erpresst wurde.

Weil Holzmann in einen Baubetrug verwickelt ist, zusammen mit Sven Scholz.«

»Baubetrug?« Sebastian versuchte vergeblich, seine Verwirrung hinter einer verächtlichen Miene zu verstecken. Mit raschen Worten erklärte Lina, was sie herausgefunden hatte. Sie achtete sorgfältig darauf, nur von *Ich* zu sprechen, auch wenn Max wusste, dass es ein *Wir* gab.

»Und dieser Film hier ist der einzige Beweis? Zeig mal!« Sebastian würde sich nicht so einfach überzeugen lassen, dazu passte ihm Falk Wagner als Täter viel zu gut in den Kram. Lina ließ den kurzen Film noch einmal ablaufen. Am Ende lachte Sebastian laut auf. »Mehr hast du nicht? Das ist doch lächerlich!«

»Aber zusammen mit den Indizien und den anderen Spuren …« Lina versuchte es erneut, doch an Sebastian würde sie sich die Zähne ausbeißen. Max kannte ihn, er wusste, dass sie gegen ihn keine Chance hatte.

»Sebastian«, sagte er ruhig. »Lina hat recht. Es spricht mindestens genauso viel für Holzmann als Täter wie für Wagner.«

Sebastian fuhr zu ihm herum. »Steckst du etwa mit ihr unter einer Decke? Hast du etwa auch heimlich hinter meinem Rücken herumgeschnüffelt?«

»Nein«, sagte Lina laut. »Max hat damit nichts zu tun. Ich habe allein ermittelt, nur diesen Film habe ich ihm gezeigt.«

Sebastian blickte von einem zum anderen, seine Augen wurden schmal. »Das wird ein Nachspiel haben. Illegale Ermittlungen. Private Schnüffelei.« Er beugte sich zu Lina vor, stützte eine Hand auf der Rückenlehne ihres Stuhls ab. »Jetzt bist du fällig«, geiferte er und machte dabei ein überaus zufriedenes Gesicht.

Lina sprang so schnell auf, dass sie Sebastian fast am Kinn erwischt hätte, wenn er nicht in letzter Sekunde ausgewichen wäre. »Da wäre ich mir nicht so sicher. Du bist ein mieser

Ermittler, und das weißt du. Und andere hier im Haus wissen das auch. Du bist ein ignorantes Arschloch und hast Falk Wagner nur einbuchten lassen, weil er als Täter so wunderbar in dein faschistisches Weltbild passt.« Sie war mehr als einen Kopf kleiner als Sebastian und wog höchstens die Hälfte, trotzdem wich er vor ihr zurück, als sie mit geballten Fäusten vor ihm stand. »Zum Glück bist du nicht derjenige, der darüber zu entscheiden hat, wer für Krögers Tod zur Verantwortung gezogen wird.«

Max atmete ruhig ein und aus. Niemand sagte etwas, und nach ein paar Sekunden ließ die Anspannung nach. Lina öffnete ihre Fäuste, Sebastian ließ die fast ängstlich hochgezogenen Schultern wieder sinken. Ohne ein weiteres Wort verschwand er in seinem Büro und knallte die Tür hinter sich zu.

»Puh«, sagte Max.

Lina ließ sich wieder auf ihren Stuhl sinken. »Das tat gut«, sagte sie, doch ihre Stimme zitterte leicht.

»Aber war es auch klug?« Er ahnte, dass Sebastian es nicht bei einer Drohung belassen würde. Weiß der Teufel, was ihm noch alles einfallen würde – Bedrohung eines Vorgesetzten, Beleidigung, Missachtung von Dienstanweisungen … obwohl Lina sich seines Wissens über keine von Sebastians Anweisungen hinweggesetzt hatte.

»Das ist mir egal«, sagte Lina. »Das musste einfach raus.« Sie sah ihn an. »Irgendetwas wird jetzt passieren, und das ist gut. Es fühlt sich an wie ein fetter Eiterpickel, der endlich aufgeplatzt ist.«

Max nickte. Die Frage war nur: *Was* würde passieren? Vermutlich würde man Lina in ein anderes Ermittlungsteam versetzen. Was bedeutete, dass Max und sie womöglich nicht mehr

lange zusammenarbeiten würden. Dieser Gedanke versetzte ihm einen Stich. Nach sechs Jahren konnte er sich für die Arbeit keinen anderen Partner mehr vorstellen. Lina hatte ihm einmal das Leben gerettet und ihm Geheimnisse anvertraut, von denen vermutlich nur wenige Menschen wussten. Sie hatte ihn einmal ihren »Bruder« genannt, und diese Bezeichnung empfand er als ziemlich treffend. Fast erstaunt identifizierte er das, was da in ihm aufstieg, als einen Hauch von Panik. Nein, er durfte sie nicht verlieren!

»Das schaffen wir schon«, sagte er mehr zu sich als zu Lina, die den Blick abgewandt hatte. »Wir werden eine Lösung finden!«

Lina sah ihn an. Sie wirkte weder verunsichert noch durcheinander, wie er es nach einem Streit mit Sebastian erwartet hätte. Sie wirkte nicht einmal zornig, sondern eher müde. Jetzt schüttelte sie den Kopf.

»Nein, Max. Es gibt keine Lösung. Ich werde niemals unter Sebastian arbeiten. Er wird mich nie akzeptieren. Er wird meine Arbeit nie anerkennen.« Sie schwieg und schaute aus dem Fenster, hinter dem die Lichter der Großstadt im Dunkeln funkelten. »Vermutlich wird es ein Disziplinarverfahren geben, aber selbst wenn das für mich glimpflich ausgeht und ich meinen Job behalten darf: Sebastian wäre immer noch da. Auch wenn ich mich in ein anderes Team, in ein anderes Dezernat versetzen lasse – Sebastian würde mir, wo immer es geht, Steine in den Weg legen.«

Und er wäre nicht der Einzige. Max wusste, dass es mehr als eine Handvoll Kollegen gab, denen Linas Anwesenheit in diesem Haus ein Dorn im Auge war. Kollegen, für deren Vorstellung von Recht und Ordnung sie eine ständige Bedrohung war. Er dachte an die gehässigen Blicke und Bemerkungen, die er mitbekommen hatte, an die scheinbar harmlosen Rempeleien, an die Gespräche, die abrupt endeten, sobald sie dazukam. Sie hatte gekämpft, seit sie bei der Polizei angefangen hatte, und er konnte ihr nicht verdenken, dass sie es satthatte.

Max trat zu ihr ans Fenster. In ihrem Augenwinkel glitzerte eine Träne. Ihre Schulter unter seiner Hand zitterte leicht, als er sie berührte.

»Komm«, sagte er. »Du brauchst etwas Vernünftiges zu essen.«

Sie saßen in einer Tapas-Bar auf halber Strecke zwischen dem Präsidium und Max' Wohnung. Lina hatte sich wieder gefasst, sie sprachen mit gedämpften Stimmen über den Mord an Bernd Kröger und welche Chancen sie hatten, die Staatsanwältin von Holzmanns Schuld zu überzeugen. Lina wischte sich gerade den Mund mit der Serviette ab und nahm einen großen Schluck Bier, als Max' Telefon vibrierte. Das musste Moritz sein. Mit einer Mischung aus Vorfreude und Verlegenheit schaute er auf das Display. Eine unbekannte Festnetznummer. Mit einem Gefühl von Anspannung nahm er ab.

»Herr Berg? Hagemann hier!« Seine Stimme klang schrill, und Max spürte, wie sein Körper auf Alarm schaltete. »Ich bin gerade überfallen worden. Von zwei Männern, einer hatte eine Waffe. Sie … sie haben mich bedroht. Und meine Frau!«

»Was wollten die Männer?«

»Sie wollten wissen, wer der Mann mit der Axt ist. Ich habe Ihnen Boltens Namen genannt. Und jetzt habe ich Angst, dass sie dem was antun.«

»Bolten?« Max sagte der Name nichts, doch seine Gedanken überschlugen sich. »Sind Sie zu Hause? Ja? Wir sind sofort bei Ihnen!«

18

Das Haus im Osten Hamburgs, in dem Jan Hagemann mit seiner Frau lebte, war trotz der späten Stunde hell erleuchtet. Als sie gut zwanzig Minuten nach dem Anruf an der Tür klingelten, rührte sich erst nichts, bis sich im oberen Stockwerk ein Fenster öffnete und Hagemann hinausspähte.

Gleich darauf öffnete sich die Tür. Hagemanns Frau stand dicht neben ihrem Mann, der schützend seinen Arm um sie gelegt hatte. Ihr Gesicht war fleckig, die Augen gerötet, als hätte sie geweint.

Gegen neun Uhr abends hätten zwei Männer an der Tür geklingelt, erzählte Hagemann. Kaum hatte er ihnen geöffnet, da hätten sie auch schon im Flur gestanden und seiner Frau, die dazugekommen sei, eine Waffe an den Kopf gehalten. Sie hätten aber gar kein Geld gefordert, sondern nur gefragt, ob er dieser Wahnsinnige sei, der mit der Axt die Leute umbringt.

Jetzt hockte Hagemann mit bleichem Gesicht auf dem Sofa und umklammerte die Hand seiner Frau, die sich wortlos an ihn drängte. Sie war zierlich und ebenfalls blass, und Lina vermutete, dass sie noch unter Schock stand. Sie suchte in ihrem Smartphone nach einem Foto von Holzmann und zeigte es den

Hagemanns. Beide erkannten den Mann zweifelsfrei wieder. Auch den Mann auf dem zweiten Bild, das Lina ihnen zeigte, erkannten beide. Nachdem Moritz kurz nach Falk Wagners Verhaftung Holzmanns neuen Kumpan gesehen und ihn ihr beschrieben hatte, hatte Lina in der Datei gezielt nach einem Mann mit einer auffälligen Narbe gesucht und war fündig geworden. Sascha Kuschinski hatte wie Bernd Kröger ebenfalls gemeinsam mit Holzmann im Gefängnis gesessen.

»Herr Hagemann, als Sie mich angerufen haben, erwähnten Sie den Namen Bolten«, sagte Max sanft.

»Ja, Ulrich Bolten. Der eine Baumpfleger, von dem ich mir vorstellen kann, dass er der Mann mit der Axt ist.« Er sah Max' verständnislose Miene. »Hat Ihr Kollege Ihnen das nicht ausgerichtet? Ich habe heute Morgen doch bei Ihnen angerufen, aber ich hatte Ihre Karte verlegt, also habe ich es direkt beim LKA versucht. Ihr Kollege, ein Herr Muhl, meinte, er würde Ihnen ausrichten, dass ich angerufen habe.«

Lina zuckte zusammen. Sebastian. Dieser Idiot!

»Tut mir leid, das ist wohl irgendwie untergegangen«, sagte Max. »Und diesem Herrn Bolten, sagen Sie, trauen Sie zu, dass er mit einer Axt Menschen überfällt?«

Hagemann rutschte unbehaglich hin und her. »Na ja, wenn Sie mich so fragen … eigentlich kann ich es mir immer noch nicht vorstellen. Aber am Freitag fragten Sie doch, ob es jemanden gäbe, dem Bäume unglaublich wichtig sind. Und da ist mir Bolten eingefallen. Ein echter Baumflüsterer, der stellt Sachen mit den Bäumen an, das ist unglaublich. Vor einigen Jahren hat er mal eine Ulme gerettet, bei dem ein Baumfrevler die gesamte Rinde abgehackt hatte, einmal rundherum. Bolten hat den Baum gehegt und gepflegt, und er hat es echt geschafft.«

Lina ging im Kopf die Namen von Hagemanns Angestellten durch. Ein Ulrich Bolten war ihres Wissens nicht darunter. »Woher kennen Sie den Mann?«

»Vom Baumpflegerstammtisch. Wir treffen uns zweimal im Monat in lockerer Runde, und da reden wir auch oft über solche typischen Anfragen für völlig unsinnige Fällungen. Neulich wollte zum Beispiel jemand einen Baum weghaben, weil er einen Zengarten anlegen wollte.« Hagemann schüttelte den Kopf. »Ein Zengarten mitten in Hamburg. So ein Blödsinn.«

Lina war wie elektrisiert. Robert Neureiter. »Wer hat davon erzählt?«

Hagemann zog die Brauen zusammen. »Martin, glaube ich. Martin Schwarz, ein Kollege aus Billstedt.« Öjendorf war ein Stadtteil von Billstedt. Vermutlich hatten die Neureiters zunächst einfach bei einem Baumpfleger aus der Nachbarschaft angefragt. Bis sie dann irgendjemanden gefunden hatten, der es mit der Baumschutzsatzung nicht so ernst nahm.

»Und Ulrich Bolten? Hat er das auch gehört?«

Jan Hagemann hob hilflos die Schultern. »Kann gut sein. Früher war er immer dabei, da konnte man drauf zählen. In letzter Zeit hat er häufiger gefehlt, es hieß, er sei krank. Ich weiß natürlich auch nicht mehr, wann wir über welche Fälle gesprochen haben.« Er schaute von Max zu Lina und schluckte, als fiele ihm erst jetzt wieder ein, warum die beiden hier saßen.

»In Ordnung, Herr Hagemann. Können Sie uns jetzt noch sagen, wo wir Herrn Bolten finden? Am besten, wo er wohnt?«

»Er hatte mal einen eigenen Betrieb, ich glaube, das war schon fast in Schenefeld, aber vor einem Jahr hat er sich zur Ruhe gesetzt. Ich glaube, da in der Ecke wohnt er auch irgendwo.«

Boltens Adresse fanden sie problemlos im Telefonbuch, was bedeutete, dass Holzmann genauso einfach herausfinden konnte, wo der Baumpfleger wohnte. Sie gaben eine Meldung an die Zentrale durch und forderten Verstärkung an. Holzmann war bewaffnet und zögerte im Zweifelsfall nicht, von der Waffe auch Gebrauch zu machen. In angespanntem Schweigen rasten sie von Ost nach West einmal quer fast durch das ganze nächtliche Hamburg. Kurz vor Mitternacht unter der Woche, da kamen sie gut durch.

Ulrich Bolten lebte in einem kleinen Haus nahe der Hamburger Stadtgrenze. Direkt hinter seinem Grundstück begann der Klövensteen, eines der städtischen Waldgebiete. In einiger Entfernung zum Haus wartete bereits ein Streifenwagen ohne Blaulicht, doch den Kollegen war nichts Verdächtiges aufgefallen. Das Haus selbst war dunkel. Kein Anzeichen von Leben, aber auch keine offensichtlichen Einbruchsspuren. Vorsichtig näherten Max und Lina sich dem Haus, die uniformierten Kollegen gaben ihnen Rückendeckung.

Max klingelte.

Nichts.

Lina schaltete ihre Taschenlampe ein, ging zu dem Fenster, das der Haustür am nächsten lag, und leuchtete hinein. Die Küche. Ein Tisch, zwei Stühle, ein Teller und ein Glas. Nichts davon stand dort, wo es hingehörte. Die Stühle waren umgeworfen, der Tisch stand schräg vor der Tür, das Glas und der Teller lagen in Scherben auf dem Boden. Keine Spur von Bolten. Oder Holzmann.

Sie sah Max an. »Wir müssen rein.« Dann drehte sie sich um und winkte die Kollegen herbei.

Max war bereits in die Hocke gegangen und besah sich das Schloss. Keine Minute später war die Tür auf, und sie betraten das dunkle Haus. Eine rasche Durchsuchung, und sie steckten ihre Waffen wieder ein. Das Haus war leer, doch es gab eindeutige Hinweise auf einen Kampf. Einen ungleichen Kampf, dachte Lina, die sich den bulligen Holzmann vorstellte, der bewaffnet und mit Sascha Kuschinski im Schlepptau auf den überraschten Ulrich Bolten trifft.

Sie sah sich um. Ein gemütlich eingerichtetes Wohnzimmer mit Holzdielen und einem alten Teppich vor dem Sofa. Der Fernseher in der Ecke war noch ein Röhrengerät, die Glasfront war von einer dicken Staubschicht bedeckt. An einer Wand stand ein Regal, dessen Pfosten aus skurril geformten Ästen bestand, zwischen die geschickt die Bretter eingearbeitet waren. An den Wänden Bilder von Bäumen, mächtigen Bäumen, denen man ansah, dass sie bereits einige Jahrhunderte auf dem Buckel hatten.

»Lina? Kommst du mal?«

Sie folgte Max' Stimme und gelangte in ein kleines Büro mit Schreibtisch, Computer und Regalen voller Aktenordner. Einen davon hielt Max in der Hand und blätterte darin. Er tippte auf das Bild eines Baumstumpfs in einem langweiligen Garten.

»Der Garten der Tischlers«, sagte Max. Unter dem Foto hatte Bolten fein säuberlich die Adresse notiert, um was für einen Baum es sich handelte und wann er ungefähr gefällt wurde.

Sie fanden ähnliche Datenblätter für die Neureiters und Sven Scholz, Bilder der Baumstümpfe und der Baustellen, bei Scholz ergänzt um Fotos des Baumes, der zuvor an der Stelle gestanden hatte. Von der Lindenallee in Moorburg gab es ebenfalls Bilder, nicht nur aktuelle, sondern auch historische Aufnahmen, sowie einen Zeitungsausschnitt, in dem es um die Beschädigung der Bäume und die anschließenden Fällungen ging.

Und das war noch nicht alles. Der Ordner dokumentierte eine ganze Reihe illegaler Fällungen, jeweils mit genauen Angaben, wer sie veranlasst hatte, mit Namen und Adresse. In einigen Fällen hatte Bolten sogar Bilder der Baumfrevler gemacht und ebenfalls mit abgeheftet.

»Er hat gerade erst angefangen«, flüsterte Lina.

Max blätterte weiter. Ganz hinten im Ordner stießen sie auf eine ganze Bildreihe. Die erste Aufnahme zeigte einen Baum, bei dem man die Rinde komplett abgeschlagen hatte. Das nächste Foto zeigte, wie kleine Zweige die fehlende Rinde überbrückten wie eine Art Bypass. Auf den folgenden Bildern wurde dokumentiert, wie der Baum allmählich eine neue, kräftige Rinde bildete. Das letzte Bild zeigte einen starken, gesunden Baum in einem Park, dem man die schwere Verletzung nicht mehr ansah.

Ein Kollege steckte den Kopf durch die Tür. »Wir haben alles durchsucht, hier ist definitiv keiner. Es gibt noch eine Holzwerkstatt und eine Garage, in der ein Auto steht. Michael überprüft gerade das Kennzeichen, aber es gehört wohl diesem Bolten.«

Kampfspuren, ein leeres Haus, das Auto in der Garage. Das konnte nur eines bedeuten.

»Holzmann hat Bolten entführt«, sagte Max leise.

»Damit Scholz sich persönlich rächen kann?« Sie sahen sich an. Zuzutrauen wäre es ihm, dass er sich in begründeten Einzelfällen selbst die Finger schmutzig machte.

Der Kollege stand immer noch in der Tür, jetzt räusperte er sich kurz. »Draußen steht übrigens ein Nachbar und fragt, was hier los ist. Er sagt, Bolten habe heute Abend Besuch bekommen, zwei Typen mit einem Transporter, die gar nicht wie seine üblichen Kunden ausgesehen hätten.«

»Kunden?«

»Bolten hat wohl Möbel geschreinert und die dann hin und wieder verkauft. Deshalb hat sich der Nachbar ja auch nicht übermäßig gewundert.«

»Hat er sich das Kennzeichen des Transporters gemerkt?«

Der Kollege schüttelte den Kopf. »Nee, so verdächtig kam es ihm auch wieder nicht vor. Außerdem war es schon dunkel.«

»Gut, danke für die Info.« Max lächelte freundlich, der Kollege grüßte und verschwand.

Er wandte sich wieder an Lina. »Wir suchen also nach der Nadel im Heuhaufen. Holzmann wird Bolten ja wohl kaum zu sich nach Hause bringen. Oder zu Scholz in dessen Penthouse.«

Lina sah ihn an, und in diesem Moment machte es Klick. »Ich glaube, ich weiß, wo Bolten ist«, sagte sie gedehnt. Sie ignorierte Max' fragenden Blick und kramte ihr Handy hervor.

Lutz klang verschlafen, als er endlich ranging. Lina musste ihre Frage zweimal wiederholen, ehe er begriff, was sie von ihm wollte.

»Der Hof von Holzmanns Firma? Der liegt in dem Gewerbegebiet an der Schnackenburgallee.«

»Die genaue Adresse?«

»Weiß ich nicht. Zwischen der Schnackenburger und den Bahngleisen, in dieser einen Seitenstraße.« Er schwieg kurz, und Lina hörte es rascheln. »Weißt du noch, wo wir früher Münzen auf die Schienen gelegt haben, damit die platt gefahren werden? Etwa auf der Höhe. Von der Straße aus sieht man nur den Schrottplatz, aber Holzmanns Schuppen ist ganz hinten auf dem Grundstück, ohne Schild, ohne alles.« Kurzes Schweigen. »Wieso willst du das überhaupt wissen? Mitten in der Nacht?« Er klang wesentlich wacher als noch vor wenigen Minuten. Alarmierter.

»Das kann ich dir nicht sagen.« Lina nickte Max zu und rannte bereits zum Auto. »Es hat aber nichts mit Falk zu tun.«

»Lina? Verdammt, was ist los?«

»Ich mache meinen Job. Das ist los!« Sie legte auf und riss die Wagentür auf.

»Wohin?«, fragte Max beim Anschnallen.

»Erst mal in die Schnackenburgallee.«

Er warf ihr einen misstrauischen Blick zu. »Aber du weißt schon, wo du hinwillst?«

»So ungefähr.«

19

Ein Uhr nachts, die Straßen waren wie leer gefegt. Hin und wieder ein Auto, meistens ein Taxi, aber das war es auch schon. Sie kamen schnell voran, und kurz nachdem sie von Boltens Haus aufgebrochen waren, standen sie vor dem Tor eines Schrotthändlers. Der Platz war hell erleuchtet und eingezäunt, das Tor verriegelt. Auf der Straße war niemand zu sehen, kein Auto, kein Transporter. Es war totenstill. Nur von der nahen Autobahn wehte ein leises Rauschen zu ihnen herüber.

Lina blickte am Zaun hoch. Darüberzuklettern wäre kein Problem, doch Max deutete auf die Kameras, die den Hof überwachten.

»Keine gute Idee, hier jetzt einzubrechen«, flüsterte er, obwohl weit und breit keine Menschenseele zu sehen war.

Sie nickte. »Komm«, sagte sie nur und lief zum Auto zurück. Sie lotste Max auf die Schnackenburgallee und von dort auf den Holstenkamp. Als die Brücke in Sicht kam, ließ sie ihn anhalten.

Sie überquerte die Straße im Laufschritt und starrte vom Brückengeländer einen Moment auf die Böschung, die fast vollständig im Dunkeln lag.

»Da willst du runter? Spinnst du?«

»Hier habe ich früher als Kind gespielt. Sobald wir unten sind, wird es einfacher.«

Entschlossen verschwand sie neben dem Geländer im Gebüsch und kämpfte sich durch widerspenstige Büsche und Sträucher. Max folgte ihr, bis sie an einem Bahngleis standen. Die Holstenkampbrücke überspannte mehrere Gleise, die vom Bahnhof Altona Richtung Norden führten. Sie standen auf dem westlichen Gleis, das hinter der Brücke durch einen begrünten Damm vom Rest der Gleisanlagen getrennt wurde.

Im Schein ihrer Taschenlampen liefen sie los. Die Schwellen zwangen sie, große Schritte zu machen, was Max deutlich leichter fiel als Lina. Nach etwa fünfhundert Metern wurde sie langsamer, ihre Bewegungen vorsichtiger. Aufmerksam spähte sie nach links, wo sich hinter einem kleinen Knick ein Gewerbebetrieb an den anderen reihte.

Sie schaltete die Taschenlampe aus und deutete zwischen blattlosen Büschen hindurch auf einen hell erleuchteten Hof. Der Schrottplatz, den sie vorhin von der Straße aus gesehen hatten. Auch hier gab es einen Zaun, aber Max konnte keine Kameras entdecken. Dicht am Zaun stand ein Rotklinkergebäude.

Lautlos schlichen sie weiter. Sie hatten die Gebäudeecke fast erreicht, als sich vor ihnen zwei Schatten aus dem Gebüsch lösten.

Ohne zu überlegen, blieb Max stehen und ging in Kampfposition, die Füße schulterbreit auseinander, die Arme leicht erhoben. Er atmete ruhig, um sich zu konzentrieren. Lina neben ihm hob die Hand mit der Taschenlampe und schaltete sie ein. Der grelle Strahl traf die erste schwarz gekleidete Gestalt direkt ins Gesicht.

»Lutz! Was zum Teufel machst du hier! Scheiße noch mal, hast du mich erschreckt.« Sie richtete den Strahl auf die andere

Person, die bei der Helligkeit die Augen zusammenkniff und die schwarze Kapuze ein Stück nach hinten schob. Sie kannte den Mann nicht, doch Lutz stellte ihn als Florian vor, Falks besten Freund. Hastig schaltete sie die Taschenlampe wieder aus.

»Wir wollten doch nur sehen, dass ihr Holzmann wirklich drankriegt«, erklärte Lutz flüsternd, dann schaute er von Max zu Lina. »Seid ihr etwa allein?« Er hatte offensichtlich mit einem größeren Polizeiaufgebot gerechnet.

»Ich wollte erst auf Nummer sicher gehen«, flüsterte sie. »Ist Holzmann da drin?« Sie deutete auf den schmalen, lang gestreckten Bau.

»Weiß ich nicht, aber Scholz ist hier.« Lutz zeigte auf den silbernen Porsche, der im Schatten eines Baumes parkte. Direkt hinter einem dunklen Transporter. »Er ist kurz nach uns gekommen.«

»Dann sollten wir jetzt Verstärkung anfordern«, sagte Max.

Lina nickte. »Ist besser.« Sie sah Lutz und Florian an. »Und ihr beide verschwindet besser, falls ihr nicht den Rest der Nacht auf dem Revier verbringen wollt.«

»Wir können schon auf uns aufpassen, keine Sorge!« Florian klang ziemlich selbstgefällig, und Lina funkelte ihn an. Es lag ihr auf der Zunge zu sagen, dass das hier kein lustiges Fangen-Spielen am 1. Mai im Schanzenviertel war, doch dann hielt sie den Mund. Sollte er sich doch erwischen lassen. Seine Entscheidung.

Max ging ein paar Schritte zurück Richtung Brücke und wählte im Gehen die Nummer der Zentrale. Ruhig und sachlich erklärte er dem Disponenten die Lage. »Vermutlich drei Geiselnehmer, davon ist mindestens einer bewaffnet.« Er gab eine genaue Ortsbeschreibung durch und erwähnte, dass Lina und er hinten am Grundstück auf die Kollegen vom SEK warten würden.

Er drückte die rote Taste und schaute auf die Uhr. Die ersten Streifenwagen würden schon bald aufkreuzen, aber bis das Sondereinsatzkommando vor Ort war, konnten gut noch ein, zwei Stunden vergehen. Weiß der Teufel, was Holzmann und Scholz in der Zwischenzeit mit Bolten anstellten. Unruhig ging er zu den anderen zurück, die aus dem Schutz der Büsche heraus den einzigen Zugang zum Lagerschuppen beobachteten – ein grünes Metalltor auf der anderen Seite des Zaunes. Durch ein schmales, schmutzstarrendes Fenster fiel ein matter Lichtschimmer auf das Kopfsteinpflaster. Lina hatte Lutz und Florian inzwischen erklärt, wen Scholz und Holzmann dort gefangen hielten und warum.

»Und es dauert echt noch Stunden, bis eure Leute den Mann da rausholen?«, fragte Florian flüsternd. »Bis dahin haben die doch längst Hackfleisch aus ihm gemacht.«

Max stimmte ihm zu, auch Lina machte ein unglückliches Gesicht. Sie sah Max an. »Sie wissen nicht, dass wir nur zu zweit sind, und sie rechnen nicht mit uns.«

Er wog das Für und Wider ab. Selbst wenn sie Scholz, Holzmann und seinen neuen Kumpel, Kuschinski, nicht überwältigten, konnten sie sie doch hoffentlich so weit ablenken, dass sie die Finger von Bolten ließen.

»Okay«, flüsterte er. Er drehte sich zu Lutz und seinem Begleiter um. »Ihr verschwindet. Das ist eine polizeiliche Anordnung, die bei Zuwiderhandlung mit bis zu vierzehn Tagen Ordnungshaft geahndet werden kann.« Er sah Lutz an, dann Florian. Sie wirkten verunsichert, als seien sie nicht sicher, ob er es ernst meinte oder sie verarschen wollte. »Ich meine es ernst.«

Die beiden nickten, rührten sich aber nicht von der Stelle, als Lina und Max neben dem Gebäude über den Zaun kletterten und anschließend vorsichtig zur Hausecke schlichen. Max hoffte nur, dass sie keine Dummheiten machten.

Je näher sie dem alten, verbeulten Metalltor kamen, desto deutlicher hörten sie die Stimmen aus dem Inneren des Schuppens. Max spähte durch das schmutzige Fenster und erkannte eine Art Lager mit tiefen Regalen an beiden Seiten. An der Wand gegenüber des Fensters lehnten Holzlatten in verschiedenen Dicken und Längen wie in einem Baumarkt.

Lina pfiff kaum hörbar. Als er aufblickte, winkte sie ihn zu sich. Durch einen Spalt zwischen Tür und Mauer konnte man in die kleine Halle blicken, die durch ein paar Neonröhren an der Decke erhellt wurde. Auch hier lagerten Baumaterialien aller Art. Auf einer freien Fläche in der Mitte stand ein Stuhl. Ein grauhaariger, schmaler Mann mit einem buschigen, ebenfalls grauen Bart hockte zusammengekauert darauf und hielt den Kopf gesenkt. Schwarzes Gaffer Tape war mehrmals um seinen Oberkörper geschlungen, seine Hände waren offensichtlich auf dem Rücken gefesselt. Aus der Nase lief helles Blut.

Hinter ihm stand Kuschinski, seitlich daneben, mit dem Rücken zum Metalltor, Holzmann. Scholz war nirgendwo zu sehen, doch Max erkannte seine Stimme. Sie kam von links.

»Nur damit ich Sie richtig verstehe, Herr Bolten. Sie sind allen Ernstes mit der Axt auf mich losgegangen, weil ich so einen beschissenen Baum habe fällen lassen?«

Bolten reagierte zuerst nicht, doch nach einem unsanften Stoß von hinten nickte er, um gleich darauf heftig zu husten.

Jetzt trat Scholz in ihr schmales Blickfeld. Er baute sich vor dem Baumpfleger auf. Langsam hob Bolten den Kopf und sah Sven Scholz an. Angst lag in seinem Blick, aber auch Verachtung und Abscheu. »Sie meinen wohl, nur weil Sie Geld haben, könnten Sie sich alles erlauben. Ich habe mir das lange genug mit angesehen. Leute wie Sie, die glauben, ihnen würde die Stadt gehören.«

236

Scholz hob den Arm und versetzte dem wehrlosen Bolten einen heftigen Schlag. Er wartete ein paar Sekunden, bis er sicher war, dass sein Opfer ihm folgen konnte, dann sagte er: »Nur damit *Sie* richtig verstehen: Leuten wie mir gehört die Stadt. Sie mögen Bäume? Dann gehen Sie doch in den Wald, Mann, aber schreiben Sie mir nicht vor, wie ich mein Haus zu bauen habe.«

Scholz verschwand erneut aus dem Blickfeld. Als er wieder auftauchte, hielt er eine Axt in der Hand, die er vor Boltens Augen hin- und herschwingen ließ. »Kommt Ihnen so etwas bekannt vor? Ja?« Seine Stimme klang, als würde er breit grinsen. »Du wolltest mir ein Bein abhacken? Dann wirst du jetzt merken, wie sich das anfühlt.« Er reichte Holzmann die Axt. So weit würde er also doch nicht gehen, dass er sich selbst die Hände blutig machen würde.

Bolten hatte den Kopf gehoben, starrte erst Scholz an, dann Holzmann. Furcht und Entsetzen spiegelten sich in seinem Blick, aber auch eine unbändige Wut. Er zerrte an seinen Fesseln und versuchte vergeblich, sich zu befreien. Holzmann lachte nur verächtlich, und Bolten hustete erneut.

Max riss sich von dem Anblick los und besah sich das Metalltor, das zwischen ihnen und den Männern in der Halle stand. Es hing an einer Rollschiene und ließ sich nach links öffnen. Lina ahnte, was er vorhatte, und kontrollierte, ob das Tor verschlossen war. Dann stellte sie sich von rechts so an die Hauswand, dass sie das Tor mit dem Fuß aufstoßen und sofort mit der Waffe zielen konnte. Max würde mit beiden Händen am Tor ziehen. Lina wusste, dass er seine Waffe zwar dabeihatte, aber wenn sie allein waren, verzichtete er meistens darauf, sie zu ziehen. Es entspannte die Situation und wiegte ihre Gegner in der falschen Sicherheit, einen unbewaffneten Mann vor sich zu haben. Lina dagegen wusste, dass er allein mit seinen Händen und Füßen mehr ausrichten konnte als die meisten Schützen.

Sie waren bereit einzugreifen. Aber wann war der richtige Moment? Unschlüssig sahen sie sich an. Sie wussten, dass mindestens Holzmann eine Waffe besaß, aber wie sah es mit Scholz und Kuschinski aus?

In der Halle fing Bolten an zu schreien. »Nein, nein, bitte nicht!«

Holzmann lachte. Durch den schmalen Spalt sah Max, wie er die Axt hoch über den Kopf hob.

Max nickte Lina zu.

Sie trat mit aller Kraft zu, während er an dem Tor zog. Überraschend leicht glitt die Metalltür zur Seite.

»Hände hoch! Polizei! Keiner rührt sich von der Stelle!« Max' tiefe Stimme hallte in dem großen Raum wider, während er einen Schritt in die Halle tat, die Kampfposition einnahm und alle Anwesenden im Blick behielt. Lina stürmte neben ihm herein und nahm sofort Holzmann ins Visier, der mit beiden Händen die Axt hoch über seinen Kopf hielt.

Ein paar Sekunden war es so still, dass man das Scharren der Mäuse hören konnte. Scholz hob wie in Zeitlupe die Hände, Holzmann rührte sich nicht. Nur Kuschinski machte eine leichte Bewegung, als wollte er nach der Waffe in seinem Hosenbund greifen. Lina nahm ihn ins Visier.

»Hände hoch!«, sagte sie ruhig.

Kuschinski gehorchte.

Max ließ Holzmann nicht aus den Augen. »Legen Sie die Axt auf den Boden. Ganz langsam.«

Lina verlieh seiner Aufforderung Nachdruck, indem sie den Lauf ihrer Waffe wieder auf ihn richtete. Holzmann bückte sich und legte gehorsam die Axt auf den Betonboden vor sich. Als er sich wieder erhob, warf er Scholz einen raschen Blick zu. Der Immobilieninvestor war blass und schaute hektisch von einem zum anderen.

Mit wenigen federnden Schritten war Max bei Holzmann

238

und tastete ihn ab, während Lina die Männer weiterhin mit der Waffe in Schach hielt. Max fand die Pistole, eine Česká, entfernte das Magazin und warf beides hinter sich in die Halle. Das laute Scheppern ließ Scholz zusammenzucken. Nervös leckte er sich über die Lippen. Als Max Holzmann Handschellen anlegen wollte, riss dieser seinen Arm weg und versuchte, Max einen Kinnhaken zu versetzen. Vermutlich bekam er nicht einmal mit, dass Max sich überhaupt bewegte, so verdutzt sah er aus, als er Sekunden später auf dem kahlen Betonfußboden lag und das kalte Metall sich um seine Handgelenke schloss.

Danach ließ Kuschinski sich widerstandslos die Waffe abnehmen und mit dem Gaffer Tape fixieren, das Max auf dem Boden entdeckte. Sobald Kuschinski neben Holzmann auf dem Boden lag, entspannte Lina sich sichtlich und zielte mit der Waffe auf Sven Scholz. Dessen Blick wanderte immer wieder zum offen stehenden Tor.

»Versuchen Sie es doch«, sagte Lina.

»Hören Sie, das ist alles ein Missverständnis. Sie verstehen das nicht. Ich …« Er warf einen hektischen Blick auf die beiden Männer, die auf dem Boden lagen. »Ich wusste nicht, dass Bolten hier ist. Ich hatte keine Ahnung. Holzmann rief mich an und …«

Holzmann hob den Kopf und starrte Scholz an. »Du Arschloch, natürlich wusstest du Bescheid! Du hast gesagt, wir sollen uns das Schwein schnappen. Du wolltest ihn persönlich fertigmachen.« Wut war gar kein Ausdruck für das, was aus seinem Blick sprach.

Scholz zuckte zusammen, dann wandte er sich direkt an Lina. Dabei ließ er die Arme ein Stück sinken, bis es aussah, als wollte er sie herzlich willkommen heißen. »Hören Sie nicht auf ihn, der will nur seine eigene Haut retten. Passen Sie auf, lassen Sie mich einfach laufen, und ich werde mich erkenntlich zeigen. Glauben Sie mir, Sie werden es nicht bereuen, ich kann …«

Lina sagte etwas zu Scholz, aber sie sprach so leise, dass Max es nicht verstehen konnte. Sie zielte mit der Waffe auf seinen Schritt, und Scholz traten die Schweißperlen auf die Stirn. Sie wurde lauter. »Versuchen Sie doch abzuhauen. Na los!«

»Lina«, sagte Max leise. Er stand hinter Bolten und hatte dem Mann eine Hand auf die Schulter gelegt, nachdem er ihn mithilfe seines Taschenmessers von seinen Fesseln befreit hatte. Er sah Scholz streng an, sodass dieser die Arme rasch wieder hochriss. Max war sicher, dass er keine Waffe dabeihatte und auch keinen Fluchtversuch unternehmen würde.

»Los! Gehen Sie rüber zu den anderen!« Lina scheuchte Sven Scholz mit der Waffe vom Tor fort. Max' Blick fiel auf etwas Orangefarbenes, das vor Bolten auf dem Betonfußboden lag. Er erstarrte.

Die Axt.

Doch es war bereits zu spät. Im Bruchteil einer Sekunde war jede Faser seines Körpers angespannt. Er spürte Boltens Bewegung, bevor er sich tatsächlich rührte. Sobald Scholz sich dem Stuhl näherte, beugte Bolten sich vor, griff nach der Axt und sprang auf. Mit einer geübten Bewegung holte er weit aus, seine Augen glühten.

Sven Scholz stieß einen erstickten Schrei aus. Im Schritt seiner feinen Anzughose bildete sich ein dunkler Fleck, ein unangenehmer Gestank breitete sich in der Halle aus.

Lina beugte den Oberkörper zur Seite, mit einem gezielten Kick traf sie Bolten am Arm. Bolten brüllte und ließ die Axt los, die Scholz im Flug an der Schulter streifte, ehe sie scheppernd über den Betonboden schlitterte.

Ungläubig starrte Sven Scholz auf seinen rechten Arm, der schlaff und nutzlos herunterhing. Unter der Hand bildete sich rasch eine Blutpfütze. Wortlos sackte er in sich zusammen wie eine Marionette, deren Fäden man zerrissen hatte.

240

20

Um sie herum herrschte lautes Stimmengewirr, die Luft war warm und stickig. Doch Lina nahm kaum etwas davon wahr. Sie saß zusammen mit Max und Moritz, Lutz und Falk und Miriam und den anderen Mitgliedern der *SoKo Falk* im Chillis, um das erfolgreiche Ende ihrer inoffiziellen Ermittlungen zu feiern.

Aber Lina war im Moment nicht nach Feiern zumute.

Immer wieder sah sie den verletzten Sven Scholz vor sich. Die Axt hatte ihm den Arm fast abgetrennt, es stand noch nicht fest, ob er ihn jemals wieder würde gebrauchen können. Doch das war es nicht, was ihr nicht aus dem Kopf ging. Es war das Bild eines gebrochenen Mannes, der in seiner eigenen Scheiße lag, besudelt vom eigenen Erbrochenen, und weinte wie ein Kind. Nichts war mehr übrig von dem selbstherrlichen, arroganten Mann, der glaubte, ihm gehöre die Stadt und er könne tun und lassen, was er wolle. Doch nicht einmal in diesem Moment konnte sie Mitleid für ihn empfinden, ihr Abscheu und ihr Widerwillen waren immer noch größer. Max hatte neben ihm gekniet. Ihm machte es nichts aus, der Dreck und das Elend und die Erinnerung daran, wie Scholz sie verhöhnt und beschimpft hatte, und dafür bewunderte sie ihn.

Ulrich Bolten hatte vor dem Verletzten gestanden, bis er sich von Lina zurückziehen und Handschellen anlegen ließ. Sie hatte ihn auf den Stuhl gedrückt, auf dem er zuvor schon gesessen hatte, dann sah sie Holzmann an, der brüllte wie ein Berserker, und Kuschinski, der greinte wie ein kleines Kind.

»Schnauze halten, verdammt noch mal!«, schrie sie und baute sich vor den beiden auf. Und sie schwiegen tatsächlich, aus Respekt vor ihren Stiefeln, die direkt vor ihren Nasen standen und die sie gerade in Aktion gesehen hatten. Diese Frau, begriffen sie, hatte ihnen womöglich gerade das Leben gerettet, denn natürlich hätte Bolten, wenn er nicht gestoppt worden wäre, weitergemacht. Holzmann hatte mit den Zähnen geknirscht. Er, ein Koloss von einem Mann, lag vor einer Frau im Dreck und musste ihr auch noch dankbar sein.

Der Krach hatte Lutz und Florian angelockt, die beide in der offenen Tür stehen geblieben waren, unentdeckt von allen außer Lina. Nach einem Blick auf den verletzten Scholz wandte Florian sich ab und Lina hörte, wie er sich irgendwo draußen erbrach.

Lina hatte die Zentrale angerufen, Bericht erstattet, neben der Verstärkung einen Notarzt und die Kriminaltechnik angefordert. Sie ging zu Lutz, der immer noch in der Tür stand, und sah ihn durchdringend an. *Verschwinde,* sagte sie stumm. *Ich komme zurecht.* Lutz warf einen letzten Blick auf Scholz, dann war er fort, über den Zaun und die Bahngleise, an denen sie schon als Kind gespielt hatten.

Die ganze Zeit hatte sie Bolten im Blick behalten. Er saß auf seinem Stuhl, zurückgelehnt und seltsam entspannt, während er Scholz beobachtete, das Häufchen Elend, zu dem er ihn gemacht hatte. Lächelnd schloss er die Augen und legte den Kopf in den Nacken.

Lina blickte zu Max. Er konzentrierte sich auf Scholz und versuchte, die Blutung an der Schulter zu stoppen. Scholz wimmerte, vor Schmerz und Demütigung, denn ihm war sehr wohl bewusst, wie er hier lag und was für ein Bild er abgab. Max betrachtete ihn, dann atmete er ruhig ein und aus. Der Mann beruhigte sich, so wie sich jeder beruhigte, den Max mit seiner Ruhe umhüllte wie mit einem wärmenden Mantel. Lina begriff nicht, wie Max es geschafft hatte, diesen Mann zu behandeln wie jeden anderen. Aber er war eben Max, und das war der große Unterschied zwischen ihnen. Max konnte das, weil er sich freimachen konnte von Hass und Wut, weil er in Scholz das sehen konnte, was er in dem Moment war: ein Mensch, der Trost und Hilfe brauchte.

Ein unsanfter Stoß in die Rippen riss sie aus ihren Erinnerungen. Lutz, der neben ihr saß, streckte ihr seine Flasche Bier entgegen, um mit ihr anzustoßen. Sie tat ihm den Gefallen, um ihm die Stimmung nicht zu verderben. Auf der anderen Seite des Tisches saß Falk Wagner. Er war sofort nach der Entführung und Befreiung Boltens vor vier Tagen aus der Untersuchungshaft entlassen worden. Jetzt hob er sein Glas und prostete ihr ebenfalls lächelnd zu. Die Erleichterung stand ihm ins Gesicht geschrieben.

Holzmann und Kuschinski waren dem Haftrichter vorgeführt worden und saßen in Untersuchungshaft, Sven Scholz lag im Haftkrankenhaus. Holzmann leugnete nicht länger, Bernd Kröger erschossen zu haben, nachdem man die Tatwaffe in seinem Besitz gefunden hatte, jene Česká, die Max ihm in der Lagerhalle abgenommen hatte. Der Tod von Thorsten Zimmermann, dem Geschäftsführer vom *Hausservice Mitte,* der Firma, die zuvor für Scholz gearbeitet hatte, wurde erneut aufgerollt. Das Dezernat für Wirtschaftsdelikte hatte die Büros von Sven

Scholz und der Firma *Haus & Bau* auseinandergenommen und sämtliche Baustellen geschlossen, auf denen das Unternehmen tätig war. Die Medien berichteten bundesweit über die Machenschaften von Scholz und Holzmann, von einem gewaltigen Schlag gegen die Bau-Mafia war die Rede, besonders die gute Ermittlungsarbeit der Polizei wurde hervorgehoben. Die halbe Stadt war in Aufruhr, täglich gab es neue Meldungen von Häusern, bei deren Sanierung Holzmann und Scholz ihre Finger im Spiel hatten und die den neuen Besitzern unter den Füßen wegfaulten. Selbst die illegalen Baumfällungen wurden erwähnt, das Wort Skandal fiel an einigen Stellen, wenn aufgerechnet wurde, wie billig so ein Frevel zu haben sei, und dass ein Baum doch mehr sei als ein Straßenmöbel und sich sein Wert unter Umständen gar nicht in Geld messen ließe. Boltens persönlicher Rachefeldzug wurde natürlich von niemandem gutgeheißen, zumindest nicht ausdrücklich. Doch zwischen den Zeilen ließ sich hier und dort ein verstohlenes Händereiben herauslesen: Auge um Auge, Zahn um Zahn.

Rache schmeckte eben doch süß.

»Was wird jetzt eigentlich aus diesem Bolten?«, fragte Lutz. »Muss er auch in den Knast?« Er schaute zwischen Lina und Max hin und her, doch Max war gerade zu sehr damit beschäftigt, Moritz anzulachen.

»Er liegt auf der Palliativstation im Krankenhaus. Krebs im Endstadium.«

Die Gespräche am Tisch erstarben, obwohl sie leise gesprochen hatte. Dass er im Krankenhaus lag, hatten alle aus den Nachrichten erfahren, aber außer Max und ihr hatte niemand gewusst, wie es um den Mann stand.

»Scheiße«, murmelte Lutz.

»Er hat alles gestanden und bereut nichts«, sagte Lina. »Außer den Tod seines zweiten Opfers. Er wollte niemanden umbringen.« Sie dachte an den Anblick, den der Mann vor zwei

Tagen geboten hatte, als sie ihn im Krankenhaus befragt hatten. Erschöpft und bleich hatte er im Bett gelegen. Die Wangen waren eingefallen, die Hand, die sich die Haare aus der Stirn strich, zitterte. Binnen weniger Tage schien Bolten um Jahre gealtert zu sein. »Das kann doch nicht sein, dass solche Leute einfach machen dürfen, was sie wollen«, hatte er müde erklärt. »Dass sie uralte Bäume töten, weil sie zu viel Arbeit machen. Weil sie stören. Wie Möbelstücke, die man auf den Sperrmüll schmeißt, weil man sich alle paar Jahre neu einrichtet.« Seine Stimme war so leise gewesen, dass sie kaum zu verstehen war. Zum Abschied hatte sie Bolten die Hand gereicht und gelächelt. Sein kurzes Augenzwinkern hatte sie erröten lassen, sie hatte sich ertappt gefühlt.

»Krass, dass er sich bei seinem Rachefeldzug ausgerechnet mit Sven Scholz angelegt hat«, sagte Falk. »Ich meine, von der Idee her … man weiß, dass man stirbt und kann vorher noch einmal ein paar von denen richtig eins auswischen? Ist doch eigentlich ein guter Abgang.«

Lutz nickte, Florian ebenfalls, während Max nur interessiert in die Runde schaute. Als ihre Blicke sich trafen, spürte Lina, wie sie errötete. Sie durfte nicht zugeben, dass sie Bolten für seinen Mut bewunderte, dafür, dass er getan hatte, wovon viele nur träumten. Sie war Polizistin, und wenn sie ihren Job gut machen wollte, durfte sie nicht so denken. In diesem Moment fiel ihr die alte Mieterin in der Juliusstraße ein. Was hatte Frau Nikasch noch zu ihr gesagt? *Ich weiß, Sie machen nur Ihre Arbeit. Aber Sven Scholz ist ein böser Mensch.*

Dieser Fall hatte sie an ihre Grenzen gebracht. Sie hatte ihren Job gemacht, und sie hatte es gehasst. Die Grenzen zwischen Gut und Böse, Falsch und Richtig verschwammen, und Lina hatte das Gefühl, den Boden unter den Füßen zu verlieren.

»Und dann stößt er dabei ausgerechnet in das Wespennest von dem Scholz«, sagte Falk.

»Das war kein Zufall«, erklärte Max. »Sven Scholz besaß vor Jahren eine Villa in Blankenese. Eine Ulme in einem öffentlichen Park hat ihm den Elbblick versperrt und seinem Mandelbäumchen das Licht weggenommen. Also wollte er die Ulme fällen lassen.« Max zuckte die Achseln und blickte in die Gesichter der Menschen, die ihm jetzt aufmerksam zuhörten. »Er hat natürlich keine Fällgenehmigung bekommen. Eines Nachts wurde die Ulme schwer beschädigt. Man konnte Scholz nichts nachweisen, aber jeder wusste, dass er es war. Eigentlich hätte man den Baum fällen müssen, aber da hat Bolten eingegriffen und ihn wieder aufgepäppelt.«

»Wie, so etwas geht?«, fragte Miriam Feldmann.

»Ja, ich habe auch gestaunt«, sagte Max.

Lutz prostete ihm zu, und Max erwiderte die Geste mit seiner Apfelschorle.

»Habt ihr beide im Büro eigentlich Ärger bekommen?«, fragte er, nachdem er seine Flasche wieder abgesetzt hatte. Max und Lina sahen sich an. Seit vier Tagen herrschte eine trügerische Ruhe im Büro. Sebastian machte sich auffallend rar, und Lina versuchte, sich so selten wie möglich im Büro blicken zu lassen. Jeder wartete auf das große Donnerwetter, aber niemand wusste, wann es so weit sein würde. Lina spürte Max' Blick auf sich.

»Ach«, sagte sie und winkte ab. »Wird schon gut gehen.«

Max runzelte die Stirn, doch sie hob ihre Bierflasche an und prostete ihm zu.

Am nächsten Tag stand Lina in ihrem Büro am Fenster und blickte hinaus auf eine Reihe Bäume, von denen manche zaghaft ihre ersten grünen Blätter zeigten. Dahinter rauschte gerade laut ratternd eine S-Bahn vorbei. Dicke Regenwolken verdunkelten den Himmel und ihre Stimmung, doch der Gedanke an

Max beruhigte sie. Den besten Kollegen, den sie sich wünschen konnte. Ein Freund, der sie niemals im Stich lassen würde, egal was geschah.

Als das Telefon klingelte, zuckte Lina zusammen, obwohl sie den Anruf erwartet hatte. Sie nahm ab, hörte kurz zu und legte wortlos auf. Sie öffnete die Tür zu Hannos Büro und baute sich vor dem Schreibtisch auf. Max war unterwegs, er hatte den Auftrag, Bolten noch einmal zu befragen, und Alex begleitete ihn.

Jedem war klar gewesen, dass Sebastian mit ihr allein sein wollte, dass er keine Zeugen haben wollte. Für seine Gemeinheiten. Für seine Niederlage, dachte Lina. Flüchtig erinnerte sie sich an jenen Abend vor genau sieben Wochen, als sie gemeinsam Hanno das Leben gerettet hatten. Die Minuten, in denen sie still zusammengearbeitet und ein gemeinsames Ziel verfolgt hatten, kamen ihr vor wie ein Traum.

»Jetzt bist du fällig.«

Eine Begrüßung schenkten sich beide.

Sebastian schaute von Hannos Schreibtisch, hinter dem er sich verschanzt hatte, zu Lina hoch und schaffte es, dabei verächtlich von oben herabzublicken. »Du verrätst Dienstgeheimnisse, ermittelst ohne Befugnis und bringst Unbeteiligte in Gefahr. Deinetwegen haben wir einen weiteren Schwerverletzten, weil du dich aufgeführt hast wie ein Anfänger.«

»Wenn ich nichts getan hätte, säße Falk Wagner heute noch im Knast, und Sven Scholz und Holzmann könnten weiter ihr Unwesen treiben.« Sie sah Sebastian ruhig an. »Du taugst einfach nicht als Ermittler. Geschweige denn als Teamchef. Wenn du uns gesagt hättest, dass Hagemann angerufen hat, wäre Scholz nie verletzt worden.«

Sebastian gerötetes Gesicht wurde noch dunkler.

»Pass auf, was du sagst!«

»Willst du mir etwa drohen?« Sie lachte. »Du? Mir?«

»Ich brauche dir nicht zu drohen. Ich habe bereits ein Disziplinarverfahren gegen dich eingeleitet.«

Sie starrte ihn an. Warum überraschte sie das nicht? Warum war sie trotzdem schockiert? Sie wusste, dass sie von Anfang an auf Sebastians Abschussliste gestanden hatte. Sie wusste, dass es gute Gründe für ein Disziplinarverfahren gegen sie gab – sie *hatte* Ermittlungsinterna an Außenstehende weitergegeben, sie *hatte* sich nicht an die Regeln gehalten. Aber sie wusste auch, dass man an höherer Stelle ein Auge zugedrückt hätte, wie sie an gewisse Ermittlungsergebnisse gekommen war oder woher sie gewusst hatte, wohin Holzmann Ulrich Bolten gebracht hatte.

Sebastians Mund verzog sich zu einem boshaften, rachsüchtigen Grinsen. Er würde niemals ein Auge zudrücken, weil sie eine Kollegin war. Weil sie gute Arbeit machte. Weil man einfach zusammenhielt im Team, weil man dem anderen nicht ans Bein pisste. Für Sebastian war sie nie eine Kollegin gewesen, für ihn hatte sie nie dazugehört. Und er würde niemals Ruhe geben.

Ganz ruhig atmete sie ein und aus, wie sie es so oft bei Max gesehen hatte. Sie spürte das Gewicht ihrer Dienstwaffe im Schulterholster. Langsam griff sie zur Seite, löste den Druckknopf, zog die Waffe. Genoss den Moment, in dem Sebastian erstarrte und kreidebleich wurde, ehe sie die Pistole vor ihm auf den Tisch knallte. Den Dienstausweis daneben.

Mit beiden Händen stützte sie sich auf Hannos Schreibtisch ab und beugte sich vor, ganz nah zu Sebastian, der sie mit offenem Mund anstarrte. Sie wollte noch etwas sagen, das berühmte letzte Wort. Aber jedes Wort auf der Welt war zu kostbar, um es an ihn zu verschwenden.

Schweigend richtete sie sich auf, drehte sich um und ging.

Epilog

Es ist ruhig. Die Blätter der Bäume rauschen leise im Wind, eine milde Süße liegt in der Luft: Die Linden blühen. Ich spüre den milden Morgenwind an meiner Rinde, genieße die Stille und das Glück, am Leben zu sein.

Mehr als zehnmal ist es Winter und wieder Sommer geworden seit jener schrecklichen Nacht. Einer Nacht wie heute: mild und erfüllt vom Lindenduft.

Dass ich immer noch lebe, gleicht einem Wunder. Wie kann ein Baum überleben ohne die Rinde, die Borke, ohne Schutz und ohne die Möglichkeit, sich zu versorgen? Gleich am nächsten Tag hörte ich aufgeregte Stimmen, Schritte von Menschen, ich spürte ihren Zorn und ihre Trauer, ihre Fassungslosigkeit. Und ich hörte das grausame Wort, das Todesurteil für jeden Baum: Fällung.

In diesem Moment trat ein Mensch vor. Ich kannte ihn, er kam häufig zu mir, sprach mit mir, strich mir über die Rinde und befreite mich von abgestorbenen Ästen. Ich verstand seine Worte an jenem Tag nicht, aber ich nahm seinen Zorn wahr, seine grimmige Entschlossenheit.

Und dieser Mensch heilte mich.

Er nahm kleine Zweige von meinen Ästen und legte sie auf meine Wunde, sodass das Wasser und die Nährstoffe, die sonst durch die Leitungsbahnen in der Rinde transportiert wurden, durch diese Zweige flossen. Er besprühte meine Wunde, und die Pilze, die sich bereits festgesetzt hatten, starben ab. Er baute einen schützenden Zaun um meinen Stamm, damit ich ungestört heilen konnte. Er gab mir Nährstoffe, die mich stärkten, und sorgte dafür, dass ich niemals Durst litt.

Eine Zeit war es ungewiss, ob ich es schaffen würde, doch seine Fürsorge und seine Mühen waren nicht umsonst.

Er besucht mich oft. Anfangs jeden Tag, jetzt, da ich wieder gesund bin, meine Rinde nachgewachsen und die Wunde komplett verschlossen ist, sind seine Besuche seltener geworden. Doch wenn er kommt, spüre ich, dass ich für ihn etwas ganz Besonderes bin. Ich mag die Königin sein, von allen geachtet und respektiert, doch von ihm werde ich geliebt.

Schritte.

Menschenschritte.

Wie immer lausche ich aufmerksam in mein Wurzelwerk, und wie immer seit jener Nacht kann ich nicht verhindern, dass mich eine furchtsame Starre erfasst, bis ich weiß, dass der Mensch sich mir ohne Arglist nähert.

Diese Schritte kenne ich. Niemand sonst schafft es, mich auf diese besondere Art zum Vibrieren zu bringen. Wie seine Hand, die meinen Stamm berührt: sanft und doch fest.

Heute indes nähert er sich mir langsam und kraftlos. Er stützt sich an meinen Stamm, legt einen Moment die Stirn an meine kühle Rinde, ehe er sich auf eine meiner dicken, kräftigen Wurzeln setzt.

Ich kenne den Tod. Alte Bäume, deren Zeit gekommen ist, riechen nach Fäulnis und Schwäche. Pilze haben ihnen zugesetzt, und auch wenn sie sich lange dagegen wehren, kommt der

Tag, an dem sie so schwach und kraftlos sind, dass eine kleine Windbö ausreicht, um sie zu fällen.

Auch dieser Mensch wird bald fallen. Er trat in mein Leben, um mich zu retten, und jetzt stirbt er, und ich kann nichts dagegen tun. Zum ersten Mal in der langen Zeit meines Daseins empfinde ich Trauer, spüre ich den drohenden Verlust. Erschöpft schmiegt er sich an meinen Stamm. Ich nehme seine tiefe Müdigkeit wahr. Doch ich spüre auch die Ruhe, die ihn überkommt, als ich ihn mit meinem Duft umfange. Der Frieden, den er mit sich schließen kann, wird mein letztes Geschenk an ihn sein. Unmerklich lasse ich meine Äste ein wenig tiefer sinken wie in einer Umarmung.

11913518R00150

Printed in Germany
by Amazon Distribution
GmbH, Leipzig